U0124646

龙朱·山鬼

LONGZHU
SHANGUI

沈从文 著

华中科技大学出版社
http://press.hust.edu.cn
中国 · 武汉

图书在版编目(CIP)数据

龙朱·山鬼 / 沈从文著. —武汉:华中科技大学出版社,2023.5
ISBN 978-7-5680-9165-7

Ⅰ.①龙… Ⅱ.①沈… Ⅲ.①神话—作品集—中国 Ⅳ.①I277.5

中国国家版本馆CIP数据核字(2023)第019856号

龙朱·山鬼
Longzhu·Shangui   沈从文 著

策划编辑:娄志敏
责任编辑:陈心玉
封面设计:琥珀视觉
责任校对:刘 竣
责任监印:朱 玢
出版发行:华中科技大学出版社(中国·武汉)   电话:(027)81321913
        武汉市东湖新技术开发区华工科技园   邮编:430223
录 排:孙雅丽
印 刷:湖北新华印务有限公司
开 本:880mm×1230mm 1/32
印 张:10.625
字 数:202千字
版 次:2023年5月第1版第1次印刷
定 价:59.00元

龙应当藏在云里，你应当藏在心里。

这歌是用白耳族顶精粹的言语，自白耳族顶纯洁的一颗心中摇着，从白耳族一个顶甜蜜的口中喊出，成为白耳族顶热情的音调，这样一来所有一切声音仿佛全哑了。一切鸟声与一切远处歌声，全成了这王子歌时和拍的一种碎声。对山的女人，从此沉默了。

水是各处可流的，火是各处可烧的。月亮是各处可照的，爱情是各处可到的。

　　一个美丽的完人，总应当有一些缺点，所以菩萨就给他一点说谎的本能。我不愿在说谎人前面受欺，如今我是完了。

　　仙人到时，果如美女扇陀出国之前所说，被骑而来。且因所爱扇陀在其背上，谨慎小心，似比一切驯象良马，尚较稳定。

目录

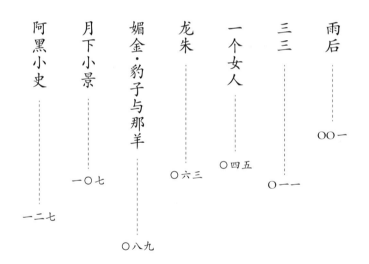

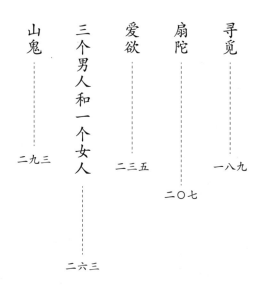

雨

后

我明白你会来，所以我等。

"我明白你会来，所以我等。"

"当真等我？"

"可不是，我看看天，雨快要落了，谁知道这雨要落多大多久，天又是黑的，我喊了五声，或者七声。我说，四狗，四狗，你是怎么啦！雨快要落了，不怕么？落雨了，打雷了，你这个人！全不曾回声。我以为你回家了。我又算……雨可真来了，哗喇哗喇，这里树叶子响得怕人。我不怕，可只担心你。我知道你是不曾拿斗篷的。雨水可真大，我躲在那株大楠木下，就是那株楠木，我们俩……忘记了么？你装。我要问你到底打哪儿来，身上也不湿多少，头又是光的，我问你，躲到什么洞里。"四狗笑，四狗不答。他不说从家中来，她便明白的。

他坐到那人身边去，挤拢去坐，垫坐的是些桐木叶。

这时节行雨已过前山，太阳复出了，还可以看前山成块成片的云，像被猎人追赶的野猪，只飞奔。四狗坐处四围是虫声，是树木枝叶上积雨下滴的声音，头上有个棚，雨后太阳蒸得每个山头出热气，四狗头上却阴凉。头上虽凉心却热热的，原来四狗的腰已被两只柔软的手围着了。

"四狗……"想说什么不及说，便打一声嗯哨。

因为对山有同伴，同伴这时正吹着口哨找人。

同伴是在落雨时各藏躲岩下树下，雨止以后又散在山头摘蕨菜的，这时陪四狗身边坐的也是摘蕨人。

在两人背后有一个背笼，是女人的。四狗便回头扳那背笼看。

"今天怎么只得这一点？……喔，花倒得了不少。还有莓咧，我正渴，让我吃莓吧。下了一阵雨，莓已洗淡了，这个可是雨前摘的。我喂你一颗，算我今天赔礼，成吗？"

"要你赔礼？我才……"

她把围着四狗的腰的两只手放松了，去采地上的枯草。

"四狗，我告你，我也总有一天要枯的——一切全要枯，到八月九月，我总比你们枯得更早。"她记起一册唱本书，自古红颜多命薄。一个女人没有着落，书本上可记起的故事太多了。

四狗莫名其妙，他说道：

"我的天，我听不懂你的话！"

"我也不一定要你懂，你总有一天懂的。"

"让我在这儿便懂，成不成？"

"你要懂，就懂了，待不得我说。"她又想，"聋子耳边响大雷，空事情。"就哧地笑了。

四狗不再吃莓了，用手扳定并排坐的人，细细的鉴赏。黑色的皮肤，红红的薄嘴，大大的眼睛与长长的眉毛。四狗这时重新来估价。鼻子小，耳朵大，下巴是尖的，这些地方四狗却放过了。他捏她辫子，辫子是先盘在头上，像一盘乌梢蛇，这时这条蛇已挂在背后了，四狗不怕蛇咬人，从头捏至尾。

"你少野点。"女的说了却并不回头。

四狗渐渐明白了自己的过错。通常便如此，非使人稍稍生气，不会明白的。于是他亲她的嘴——把脸扭着不让这么办，所亲的只是耳下的颈子。四狗为这个情形倒又笑了。 女的稍停停，不让四狗看见，背了脸，也笑了，四狗不必看也完全清楚。

四狗说："好人，莫发我的气好了。"

"这么还说人发你的气。女人敢惹男子吗？……嘘，七妹子，你莫颠！"

后面说的话声音提得极高，为的是应付对山一个女人的唱歌。对山七妹子，知道这一边山草棚下有阿姐与四狗在，就唱歌作弄人。

七妹子唱的是——

天上起云云重云，
地上埋坟坟重坟，

娇妹洗碗碗重碗，

娇妹床上人重人。

天上起云云起花，

包谷林里种豆荚，

豆荚缠坏包谷树，

娇妹缠坏后生家。

　　四狗是不常常唱歌的，除非是这时人隔一重山——然而如今隔一层什么？他的手，那只拈吃过特意为他摘来的三月莓的手，已大胆无畏从她胁下伸过去，抓定一件东西了。

　　但仍然得唱，唱的是："大姐走路笑笑底，一对奶子翘翘底。心想用手摸一摸，心子只是跳跳底。"

　　四狗的心跳，说大话而已。习惯事情已不能使这个男子心跳，除非是把桐木叶子作她的褥，四狗的身作她的被，那时的四狗只想学狗打滚。

　　对山的七妹子，像看清四狗唱这歌情形下的一切，便大声地喊：

　　"四狗！四狗！你又撒野了，我要告他们去。"

　　"七妹子，你再发疯，你让我捶你！"

　　作妹的怕姐姐，经过一阵恐吓，便顾自规规矩矩扯蕨菜去了。这里的四狗不久两只手全没了空。

　　四狗不认字，所以当前一切全无诗意。然而听一切大小虫子的鸣叫，听晾干了翅膀的蚱蜢各处飞，听树叶上的雨点向地下的跳跃，听在傍近身边一个人的心怦怦跳，全是诗。

"请你念一句诗给我听。"因为她读过书，而且如今还能看小说，四狗就这样请求。

明白她是读书人，也就容易明白先时同四狗说话的深意了。她从书上知道的事，全不是四狗从实际上所能了解的事。说是要枯了，女人只是一朵花，开的再好也要枯。好花开不长，知道枯比其他快，便应当更深的爱。然而四狗不是深深的爱吗？虽然深深的爱，总还有什么不够，这应当是认字的过错。四狗不认字。然而若同样的认字识书，在这样天气下不更好些么？

说是请念一句诗，她就想。

念深了不能懂，浅了又赶不上山歌好，她只念："落花人独立，微雨燕双飞。"景不恰，但情绪正好是这样情绪。总还有比这个更好的诗，她不能一一去从心中搜寻了。

四狗说："人，这诗真好。"——不是说诗好，他并不懂诗，他的意思不过是说念诗的人与此时情景好罢了。他说不出他的快乐。他要撒野。

"这样天气是不准人放荡的天气，不知道么？"

四狗听到说天气，才像去注意天气一样，望望天。天上蓝分分，还有白的云，白的云若能说像绵羊，则这羊是在蓝海中走动的。四狗虽没见过海，但是那么大，那么深，那么一望无边，天也可以说是海了。

"我说天气太好了，又凉，又清，又……"

"你要成痨病才快活。"

"我成痨病时，你给我的要好多！"四狗意思是个人身体强壮如豹子，纵听过人说年轻人不注意身体随意胡闹就会害痨病，然而痨病不是一时能起的事。

"给你的——给你的什么？呸！"

到底给什么，四狗也说不出口。于是被呸了，也不争这一口气。把傻话说出来，难道算聪明么？

到后他想起另外一个事情，要她把舌子让他咬。顽皮的章法，是四狗以外的别一个人想不出，不是四狗她也不会照办的。

她抿了一下嘴说道：

"四狗你真坏，跟谁学来这个下流行动？"

四狗不答。仍然那么坏。他心想，"什么叫作下流。"他不懂这两个字的意义。

"四狗……你去好了。"

"我去，你一个人在这里待着成？"

她却笑了。望四狗。身子只是那么找不到安置处，想同四狗变成一个人。有点迷乱，有点……

过了一会儿，她把眼闭着了，还是说，"四狗，你去了吧。"

四狗要走，可也得待一会儿。

他看她着急。这是有经验的。他仍然不松不紧的在她面前歪缠。他有道理。一种神圣的游戏正刚要开始。她口上虽说，"四狗，你讨厌，你真讨厌。"结果她将承认四狗在她面前放肆是必要的一件事。四狗人坏，至少在这件事上有点坏，然而这是有纵容四狗坏的人在，不应当由四狗一人负责。

"讨厌的人，我让你摆布，可是你让我……"

一切照办，四狗到后被问到究竟给了她多少，可糊涂得红脸了。头上是蓝分分海样的天，压下来，真像要压下来的样子，然而有席棚挡驾，不怕被天压死。女人说："四狗，你把我压死了吧。"四狗也像有这样存心，到后可同天一样，作被盖的东西总不是压得人死的。

四狗仿佛若有所得，又仿佛若有所失，预备挪开自己。

四狗得了些什么？不能说明。他得了她所给他的快活，然而快活是用升可以量，还是用秤可以称的东西呢？他又不知道了。她也得了些，她得的更不是通常四狗解释的"快乐"两字。四狗给她一些气力，一些强硬，一些温柔，她用这些东西把自己陶醉，醉到不知人事。到后她恢复了，有点微倦，全身还软软的，心境却很好。所读的书全忘掉了。

一个年轻女人得到男人的好处，不是言语可以解说的，所以她不作声。仰天望，望得见四狗的大鼻子同一口白牙齿。

"四狗，你真讨厌！"

"我不讨厌。"

"你是个坏人。"

"我不是坏人。"

"四狗，不许到井边吃那个冷水！"

在草棚躺着的她，望着向下山的四狗遥喊时，四狗已走过了小溪涧，转到竹子林中，被竹子拦了她的眼睛了。

天气还早，不到烧夜火时候。雨已不落了。她还是躺着，看天上的云，不去采蕨。对山七妹又唱起来了。

娇家门前一重坡，

别人走少郎走多，

铁打草鞋穿烂了，

不是为你为哪个？

三三站立溪边，眼望一泓碧流，心里好像掉了什么东西，极力去记忆这失去的东西的名称，却数不出。

　　杨家碾坊在堡子外一里路的山嘴路旁。堡子位置在山弯里，溪水沿到山脚流过去，平平的流到山嘴折弯处忽然转急，因此很早就有人利用到它，在急流处筑了一座石头碾坊，这碾坊，不知从什么时候起，就叫杨家碾坊了。

　　从碾坊往上看，看到堡子里比屋连甍，嘉树成荫，正是十分兴旺的样子。往下看，夹溪有无数山田，如堆积蒸糕，因此种田人借用水力，用大竹扎了无数水车，用椿木做成横轴同撑柱，圆圆的如一面锣，大小不等树立在水边。这一群水车，就同一群游手好闲的人一样，成日成夜不知疲倦地咿咿呀呀唱着意义含糊的歌。

　　一个堡子里只有这样一座碾坊，所以凡是堡子里碾米的事都归这碾坊包办，成天有人轮流挑了仓谷来，把谷子倒到石槽里去后，抽去水闸的板，石槽里水冲动了下面的暗轮，石磨盘带着动情的声音，即刻就转动起来了。于是主人一面谈着一件事情，一面清理到簸箩筛子，到后头上包了一块白布，拿着个长把的扫帚，追逐着磨盘，跟着打圈儿，扫除溢出槽外的谷米，再到后，谷子便成白米了。

到米碾好了，筛好了，把米糠挑走以后，主人全身是糠灰，常常如同一个滚到豆粉里的汤圆。然而这生活，是明明白白比堡子里许多人生活还从容，而为一堡子中人所羡慕的。

凡是到杨家碾坊碾过谷子的，都知道杨家三三。妈妈十年前嫁给守碾坊的杨，三三五岁，爸爸就丢下碾坊同母女，什么话也不说死去了。爸爸死去后，母亲作了碾坊的主人，三三还是活在碾坊里，吃米饭同青菜小鱼鸡蛋过日子，生活毫无什么不同处。三三先是望到爸爸成天全身是糠灰，到后爸爸不见了，妈妈又成天全身是糠灰……于是三三在哭里笑里慢慢地长大了。

妈妈随着碾槽转，提着小小油瓶，为碾盘的木轴铁心上油，或者很兴奋地坐在屋角拉动架上的筛子时，三三总很安静的自己坐在另一角玩。热天坐到有风凉处吹风，用包谷秆子作小笼，冬天则伴同猫儿蹲到火桶里，剥灰煨栗子吃。或者有时候从碾米人手上得到一个芦管做成的唢呐，就学着打大傩的法师神气，屋前屋后吹着，半天还玩不厌倦。

这碾坊外屋上墙上爬满了青藤，绕屋全是葵花同枣树，疏疏的树林里，常常有三三葱绿衣裳的飘忽。因为一个人在屋里玩厌了，就出来坐在废石槽上撒米头子给鸡吃；在这时，什么鸡欺侮了另一只鸡，三三就得赶逐那横蛮无理的鸡，直等到妈妈在屋后听到声音，代为讨情时才止。

这磨坊上游有一潭，四面有大树覆荫，六月里阳光照不到水面。碾坊主人在这潭中养得有几只白鸭子，水里的鱼也比上下溪里多。照一切习惯，凡靠自己屋前的水，也算是自己财产的一份。水坝既然全为了碾坊而筑成的，一乡公约不许毒鱼下网，所以这小溪里鱼极多。遇到有不甚面熟的人来钓鱼，看到潭边幽静，想蹲一会儿，三三见到了时，总向人说："不行，这鱼是我家潭里养的，你到下面去钓吧。"人若顽皮一点，听到这个话等于不听到，仍然拿着长长的竿子，搁到水面上去安闲地吸着烟管，望着小姑娘发笑。三三急了，便高声喊叫她的妈："娘，娘，你瞧，有人不讲规矩，钓我们的鱼，你来折断他的竿子，你快来!"娘自然是不会来干涉别人钓鱼的。

母亲就从没有照到女儿意思折断过谁的竿子，照例将说："三三，鱼多咧，让别人钓吧。鱼是会走路的，上面总爷家塘里的鱼，因为欢喜我们这里的水，都跑来了。"三三照例应当还记得夜间做梦，梦到大鱼从水里跃起来吃鸭子，听到这个话，也就没有什么可说了，只静静地看着，看这不讲规矩的人，究竟钓了多少鱼去。她心里记着数目，回头好告给妈妈。

有时因为鱼太大了一点，上了钓，拉得不合适，撇断了钓竿，三三可乐极了，仿佛娘不同自己一伙，鱼反而同自己是一伙了的神气，那时就应当轮到三三向钓鱼人咧着嘴发笑了。但三三却常常急忙跑回去，把这事告给母亲，母女两人同笑。

有时钓鱼的人是熟人，人家来钓鱼时，见到了三三，知道她的脾气，就照例不忘记问："三三，许我钓鱼吧。"三三便说："鱼是各处走动的，又不是我们养的，怎么不能钓。"

钓鱼的是熟人时，三三常常搬了小小木凳子，坐到旁边看鱼上钩，且告给这人，另一时谁个把钓竿撇断的故事。到后这熟人回到磨坊时，照例会把所得的大鱼分一些给三三家。三三看着母亲用刀剖鱼，掏出白色的鱼脬来，就放到地上用脚去踹，发声如放一枚小炮仗，听来十分快乐。鱼洗好了，揉了些盐，三三就忙取麻线来把鱼穿好，挂到太阳下去晒。到有客时，这些干鱼同辣子炒在一个碗里待客，母亲如想到折钓竿的话，将说："这是三三的鱼。"三三就笑，心想着："怎么不是三三的鱼？潭里的鱼若不是我照管，早被看牛小孩捉完了。"

三三如一般小孩，换几回新衣，过几回节，看几回狮子龙灯，就长大了。熟人都说看到三三是在糠灰里长大的。一个堡子里的人，都愿意得到这糠灰里长大的女孩子做媳妇，因为人人都知道这媳妇的妆奁是一座石头做成的碾坊。照规矩，十五岁的三三，要招郎上门，也应当是时候了。但妈妈有了一点私心，记得一次签上的话语，不大相信媒人的话语，所以这磨坊还是只有母女二人，不曾有谁添入。

三三大了，还是同小孩子一样，一切得傍着妈妈。母女两人把饭吃过后，在流水里洗了脸，望到行将下沉的太阳，一个日子就打发走了。有时听到堡子里的锣鼓声音，或是什么人接亲，或是什么人做斋事，"娘，带我去看，"又像是命令又像是请求地说着，若无什么别的理由推辞时，娘总得答应同去。去一会儿，或停顿在什么人家喝一杯蜜茶，荷包里塞满了榛子胡桃，预备回家时，有月亮天什么也不用，就可以走回家。遇到夜色晦黑，燃了一把油柴！毕毕剥剥地响着爆着，什么也不必害怕。若到总爷家寨子里去玩时，总爷家还有长工打了灯笼送客，一直送到碾坊外边。只有这类事是顶有趣味的事。在雨里打灯笼走夜路，三三不能常常得到这机会，却常常梦到一人那么拿着小小红纸灯笼，在溪旁走着，好像只有鱼知道这回事。

当真说来，三三的事，鱼知道的比母亲应当还多一点，也是当然的。三三在母亲身旁，说的是母亲全听得懂的话，那些凡是母亲不明白的，差不多都在溪边说去。溪边除了鸭子就只有那些水里的鱼。鸭子成天自己嘎嘎地叫个不休，哪里还有耳朵听别人说话！

这个夏天，母女两人一吃了晚饭，不到黄昏，总常常到堡子里一个人家去，陪一个行将远嫁的姑娘谈天，听一个从小寨来的人唱歌。有一天，照例又进堡子里去，却因为谈到绣花，使三三回碾坊来取样子，三三就一个人赶忙跑回碾坊来。快到屋边时，黄昏里望到溪边有两个人影子，有一个人到树下，拿着一枝竿子，好像要下钓的神气，三三心想，这一定是来偷鱼的，照规矩喊着："不许钓鱼，这鱼是有主人的！"一面想走上前去看是什么人。

就听到一个人说："谁说溪里的鱼也有主人？难道溪里活水也可养鱼吗？"

另一人又说："这是碾坊里小姑娘说着玩的。"

那先一个人就笑了。

旋即又听到第二个人说，"三三，三三，你来，你鱼都被人捉完了！"

三三听到人家取笑她，声音好像是熟人，心里十分不平！就冲过去，预备看是谁在此撒野，以便回头告给母亲。走过去时，才知道那第二回说话的人是总爷家管事先生，另外同一个从没见过面的年轻男人。那男人手里拿的原来只是一个拐杖，不是什么钓竿。那管事先生是一个堡子里知名人物，他认得三三，三三也认识他，所以当三三走近身时，就取笑说："三三，怎么鱼是你家养的？你家养了多少鱼呀？"

三三见是总爷家管事先生，什么话也不说了，只低下头笑。头虽低低的，却望到那个好像从城里来的人白裤白鞋，且听到那个男子说："女孩很聪明，很美，长得不坏。"管事的又说："这是我堡里美人。"两人这样说着，那男子就笑了。

到这时，她猜到男子是对她望着发笑！三三心想："你笑我干吗？"又想："你城里人只怕狗，见了狗也害怕，还笑人，真亏你不羞。"她好像这句话已说出了口，为那人听到了，故打量跑去。管事先生知道她要害羞跑了，故说："三三，你别走，我们是来看你碾坊的。你娘呢。"

"娘不在。"

"到堡子里听小寨人唱歌去了，是不是？"

"是的。"

"你怎么不欢喜听唱歌？"

"你怎么知道我不欢喜？"

管事先生笑着说："因为看你一个人回来，还以为你是听厌了那歌，担心这潭里鱼被人偷尽，所以……"

三三同管事先生说着，慢慢地把头抬起，望到那生人的脸目了，白白的脸好像在什么地方看到过，就估计莫非这人是唱戏的小生，忘了擦去脸上的粉，所以那么白……那男子见到三三不再怕人，就问三三："这是你的家里吗？"

三三说："怎么不是我家里！"

因为这话很有趣味，那男子就说："你住在这个山沟边，不怕大水把你冲去吗？"

"嗨！"三三抿着小小的美丽嘴唇，狠狠地望了这陌生男子一眼，心里想："狗来了，狗来了，你这人吓倒落到水里，水就会冲去你。"想着当真冲去的情形，一定很是好笑，就不理会这两个人，笑着跑去了。

从碾坊取了花样子回向堡子走去的三三，在潭边再上游一点，望到那两个白色影子还在前面，不高兴又同这管事先生打麻烦，于是故意跟到这两个人身后，慢慢地走着。听到两个人说到城里什么人什么事情，听到说开河，又听到说学务局要总爷办学校，因为这两人全都不知道有人在后面，所以自己觉得很有趣味。到后又听到管事先生提起碾坊，提起妈妈怎么人好，更极高兴。再到后，就听到那城里男人说："女孩子倒真俏皮，照你们乡下习惯，应当快放人了。"

那管事的先生笑着说："少爷欢喜，要总爷做红叶，可以去说说。不过这磨坊是应当由姑爷管业的。"

三三轻轻地呸了一口，停顿了一下，把两个指头紧紧地塞了耳朵。但依然听到那两人的笑声，想知道那个由城里来好像唱小生的人还说些什么，所以不久就继续跟上前去。

那小生说些什么可听不明白，就只听那个管事先生一人说话，那管事先生说："少爷做了磨坊主人，别的不说，成天可有新鲜鸡蛋吃，也是很值得的！"话一说完，两人又笑了。

三三这次可再不能跟上去了，就坐在溪边的石头上，脸上发着烧，十分生气。心里想："你要我嫁你，我偏不嫁你！我家里的鸡纵成天下二十个蛋，我也不会给你一个蛋吃。"坐了一会，凉凉的风吹脸上，水声淙淙使她记忆起先一时估计中那男子为狗吓倒跌在溪里的情形，可又快乐了，就望到溪里水深处，一人自言自语说："你怎么这样不中用！管事的救你，你可以喊他救你！"

到宋家时，宋家婶子正说起一件已经说了一会儿的事情，只听宋家妇人说："……他们养病倒稀奇，说是养病，日夜睡在廊下风里让风吹……脸儿白得如闺女，见了人就笑……谁说是总爷的亲戚，总爷见他那种恭敬样子，你还不见到。福音堂洋人还怕他，他要媳妇有多少！"

母亲就说："那么他养什么病？"

"谁知道是什么病？横顺成天吃那些甜甜的药，什么事情不做，在床上躺着。在城里是享福，到乡里也是享福。老庚说，害第三期的病，又说是痨病，说也说不清楚。谁清楚城里人那些病名字。依我想，城里人欢喜害病，所以病的名字特别多；我们不能因害病耽搁事情，所以除打摆子就只发烧肚泻，别的名字的病，也就从不到乡下来了。"

另外一个妇人因为生过瘰疬，不大悦服宋家妇人武断的话，就说："我不是城里人，可是也害城里人的病"

"你舅妈是城里人！"

"舅妈关我什么事？"

"你文雅得像城里人，所以才生疬子！"

这样说着，大家全笑了起来。

母女两人回去时，在路上三三问母亲："谁是白白脸庞的人？"母亲就照先前一时听人说过的话，告给三三，堡子里总爷家如何来了一位城里的病人，样子如何美，性情如何怪。一个乡下人，对于城中人隔膜的程度，在那些描写里是分明易见的，自然说得十分好笑。在平常某个时节，三三对于母亲在叙述中所加的批评与稍稍过分的形容，总觉得母亲说得极其俨然，十分有味，这时不知如何却不大相信这话了。

走了一会，三三忽问："娘，娘，你见到那个城里白脸人没有呢？"

妈妈说："我怎么见到他？我这几天又不到总爷家里去。"

三三心想："你不见到怎么说了那么半天。"

三三知道妈妈不见到的，自己倒早见到了，便把这件事保守秘密，却十分高兴。以为只有自己明白这件事情，此外凡是说到城里人的都不甚可靠。

两人到潭边，三三又问："娘，你见到总爷家管事先生没有？"

若是娘说没有见过，反问她一句，那么，三三就预备把先前遇到总爷家那两个人的一切，都说给妈妈听了。但母亲这时正想起别的一个问题，完全不关心三三的话，所以三三把方才的事情瞒着母亲，一个字不提。

第二天三三的母亲到堡子里去，在总爷家门前，碰到那个从城里来的白脸客人，同总爷的管事先生。那管事先生告她，说他们昨天曾到碾坊前散步，见到三三，又告给三三母亲说，这客人是从城里来养病的客人。到后就又告给那客人，说这个人就是碾坊的主人杨伯妈。那人说，真很同三三小姐相像。那人又说三三长得很好，很聪敏，做母亲的真福气。说了一阵话，把这老妇人说快乐了，在心中展开了一个幻景，想起自己觉得有些近于糊涂的事情，忙匆匆地回到碾坊去，望着三三痴笑。

三三不知母亲为什么今天特别乐，就问母亲到了什么地方，遇到了谁。

母亲想，应当怎么说才好，想了许久才说："三三，昨天你见到谁？"

三三说："我见到谁？没有。"

娘就笑了："三三你记记，晚上天黑时，你不看见两个人吗？"

三三以为是娘知道一切了，就忙说："人是有两个的，一个是总爷家管事的先生，一个是生人……怎么？"

"不怎么。我告你，那个生人就是城里来的先生，今天我见到他们，他们说已经同你认识了，所以我们说了许多话。那少爷像个姑娘样子。"母亲说到这里时，想起一件事好笑。

三三以为妈妈是在笑她，偏过头去看土地上灶马，不理会母亲。

母亲说："他们问我要鸡蛋，你下半天送二十个去，好不好？"

三三听到说鸡蛋，打量昨天两个男人说的笑话都为母亲知道了，心里很不高兴，说道："谁去送他们鸡蛋，娘，娘，我说……他们是坏人！"

母亲奇怪极了，问："怎么是坏人？什么地方坏？"

三三红了脸不愿答应，母亲说："三三，你说什么事？"

迟了许久，三三才说："他们背地里要找总爷做媒，把我嫁给那个白脸人。"

母亲听到这天真话什么也不说，笑了好一阵。到后看到三三要跑了，才拉着三三说："小报应，管事先生他们说笑话，这也生气吗？谁敢欺侮你！……"

说到后来，三三也被说笑了。

她到后来就告给娘城里人如何怕狗的话，母亲听到不作声，好久以后，才说："三三，你真是还像小丫头，什么也不懂。"

第二天，妈妈要三三送鸡子到寨子里去，三三不说什么，只摇头。妈妈既然答应了人家，就只好亲自送去。母亲走后，三三一个人在碾坊里玩，玩厌了又到潭边去看白鸭，看了一会鸭子，等候母亲还不回来，心想莫非管事先生同妈妈吵了架，或者天热到路上发了痧……心里老不自在，回到碾坊里去。

但是过了一会，母亲可仍然回来了。回到碾坊一脸的笑，跨着脚如一个男子神气。坐到小凳上，告给三三如何见到那先生，那先生如何要她坐到那个用粗布做成的软椅子上去，摇着荡着像一个摇篮。又说到城里人说的三三为何不念书，城里女人全念书。又说到……

三三正因为等了母亲大半天，十分不高兴。如今听到母亲说到的话，莫名其妙，不愿意再听，所以不让母亲说完就走了。走到外边站到溪岸旁，望着清清的溪水，记起从前有人告诉她的话，说这水流下去，一直从山里流一百里，就流到城里了。她这时忖想……什么时候我一定也不让谁知道，就要流到城里去，一到城里就不回来了。但若果当真要流去时，她愿意那碾坊，那些鱼，那些鸭子，以及那一匹花猫，同她在一处流去。同时还有，她很想母亲永远和她在一处，她才能够安安静静地睡觉。

母亲看不见到三三，站在碾坊门前喊着："三三，三三，天气热，你脸上晒出油了，不要远走，快回来！"

三三一面走回来，一面就自己轻轻地说："三三不回来了！"

下午天气较热，倦人极了，躺到屋角竹凉床上的三三，耳中听着远处水车陆续的懒懒的声音，眯着眼睛望到母亲头上的髻子，仿佛一个瘦人的脸，越看越活，朦朦胧胧便睡着了。

她还似乎看到母亲包了白帕子，拿着扫帚追赶碾盘，绕屋打着圈儿，就听到有人在外面说话，提到她的名字。

只听到说："三三到什么地方去了，怎么不出来？"

她奇怪这声音很熟，又想不起是谁的声音，赶忙走出去，站在门边打望，才望到原来又是那个白脸的人，规规矩矩坐在那儿钓鱼。过细看了一下，却看到那个钓竿，原来是总爷家管事先生的烟杆，一头还冒烟。

拿一根烟杆钓鱼，倒是极新鲜的事情，但身旁似乎又已经得到了许多鱼，所以三三非常奇怪。正想去告母亲，忽然管事先生也从那边来了。

好像又是那一天的那种情景，天上全是红霞，妈妈不在家，自己回来原是忘了把鸡关到笼子里，因此赶忙跑回来捉鸡的。如今碰到这两个人，管事先生同那白脸城里人，都站在那石墩子上，轻轻地在商量一件事情。这两人声音很轻，三三却听得出是一件关于不利于己的行为。因为听到说这些话，又不能嗾人走开，又不能自己走开，三三就非常着急，觉得自己的脸上也像天上的霞一样。

那个管事先生装作正经人样子说："我们是来买鸡蛋的，要多少钱把多少钱。"

那个城里人，也像唱戏小生那么把手一扬，就说："你说错了，要多少金子把多少金子。"

三三因为人家用金子恐吓她，所以说，"可是我不卖给你，不想你的钱，你搬你家大块金子来，到场上去买老鸭蛋吧。"

管事先生于是又说："你不卖行吗，你舍不得鸡蛋为我做人情，你想想，妈妈以后写庚帖，还少得了管事先生吗？"

那城里人于是又说："向小气的人要什么鸡蛋，不如算了吧。"

三三生气似的大声说："就算我小气也行。我把鸡蛋喂虾米，也不卖给人！我们不羡慕别人的金子宝贝。你同别人去说金子，恐吓别人吧。"

可是两个人还不走，三三心里就有点着急，很愿意来一只狗向两个人扑去。正那么打量着，忽然从家里就扑出来一条大狗，全身是白色，大声汪汪地吠着，从自己身边冲过去，即刻这两个恶人就落到水里去了。

于是溪里的水起了许多水花，起了许多大泡，管事先生露出一个光光的头在水面，那城里人则长长的头发，缠在贴近水面的柳树根上，情景十分有趣。

可是一会儿水面什么也没有了，原来那两个人在水里摸了许多鱼，全拿走了。

三三想去告给妈妈，一滑就跌下了。

刚才的事原来是做一个梦。母亲似乎是在灶房煮午饭，因为听到三三梦里说话，才赶出来的。见三三醒了，摇着她问："三三，三三，你同谁吵闹？"

三三定了一会儿神，望妈妈笑着，什么也不说。

妈妈说："起来看看，我今天为你焖芋头吃。你去照照镜子，脸睡得一片红！"虽然照到母亲说的，去照了镜子，还是一句话不说。人虽早清醒，还记得梦里一切的情景，到后来又想起母亲说的同谁吵闹的话，才反去问母亲，究竟听到吵闹些什么话。妈妈自然是不注意这些的，所以说听不分明，三三也就不再问什么了。

直到吃饭时，妈妈还说到脸上睡得发红，所以三三就告给老人家先前做了些什么梦，母亲听来笑了半天。

第二次送鸡蛋去时，三三也去了。那时是下午。吃过饭后，两人进了总爷家的大院子。在东边偏院里，看到城里来的那个客，正躺在廊下藤椅上，望到天上飞的鸽子。管事的不在家，三三认得那个男子，不大好意思上前去，就让母亲过去，自己站在月门边等候。母亲上前去时节，三三又为出主意，要妈妈站在门边大声说，"送鸡蛋的来了，"好让他知道。母亲自然什么都照到三三主意做去，三三听到母亲说这句话，说到第三次，才引起那个白白脸庞的城里人注意，自己就又急又笑。

三三这时是站在月门外边的。从门罅里向里面窥看，只见到那白脸人站起身来，又坐下去，正像梦里那种样子。同时就听到这个人同母亲说话，说到天气和别的事情，妈妈一面说话一面尽掉过头来，望到三三所在的一边。白脸人以为她就要走去了，便说："老太太，你坐坐，我同你说话很好。"

妈妈于是坐下了，可是同时那白脸城里人也注意到那一面门边有一个人等候了，"谁在那里，是不是你的小姑娘？"

看情形不好，三三就想跑。可是一回头，却望到管事先生站在身后，不知已站了多久。打量逃走自然是难办到的，末后就被管事先生拉着袖子，牵进小院子来了。

听到那个人请自己坐下，听到那个人同母亲说那天在溪边见到自己的情形，三三眼望另一边，傍到母亲身旁，一句话不说，巴不得即刻离开，可是想不出怎么就可以离开。

坐了一会儿，出来了一个穿白袍戴白帽装扮古怪的女人。三三先还以为是男子，不敢细细地望。到后听到这女人说话，且看她站到城里人身旁，用一根小小管子塞到那白脸男子口里去，又抓了男子的手捏着，捏了好一会，拿一枝好像笔的东西，在一张纸上写了些什么记号。那先生问"多少'豆'?"就听到回答说："同昨天一样。"且因为另外一句话听到这个人笑，才晓得那是一个女人。这时似乎妈妈那一方面，也刚刚才明白这是一个女人，且听到说"多少'豆'"，以为奇怪，所以两人望望，都抿着嘴笑了起来。

看到这母女生疏的情形，那白袍子女人也觉得好笑，就不即走开。

那白脸城里人说，"周小姐，你到这地方来一个朋友也没有，就同这个小姑娘做个朋友吧。她家有个好碾坊，在那边溪头，有一个动人的水车，前面一点还有一个好堰坝，你同她做朋友，就可到那儿去玩，还可以钓些鱼回来。你同她去那边林子里玩玩吧，要这小姑娘告你那些花名草名。"

这周小姐就笑着过来，拖了三三的手，想带她走去。三三想不走，望到母亲，母亲却做样子努嘴要她去，不能不走。

可是到了那一边，两人即刻就熟了。那看护把关于乡下的一切，这样那样问了她许多，她一面答着，一面想问那女人一些事情，却找不出一句可问的话，只很稀奇地望到那一顶白帽子发笑。觉得好奇怪，怎么顶在头上不怕掉下来。

过后听到母亲在那边喊自己的名字，三三也不知道还应当同看护告别，还应当说些什么话，只说"妈妈喊我回去，我要走了"，就一个人忙忙地跑回母亲身边，同母亲走了。

母女两人回到路上走过了一个竹林，竹林里恰正当到晚霞的返照，满竹林是金色的光。三三把一个空篮子戴在头上，扮作钓鱼翁的样子，同时想起总爷家养病服侍病人那个戴白帽子的女人，就和妈妈说，"娘，你看那个女人好不好？"

母亲说："哪一个女人？"

三三好像以为这答复是母亲故意装作不明白的样子，因此稍稍有点不高兴，向前走去。

妈妈在后面说："三三，你说谁？"

三三就说："我说谁，我问你先前那个女子，你还问我！"

"我怎么知道你是说谁？你说那姑娘，脸庞红红白白的，是说她吗？"

三三才停着了脚，等着她的妈。且想起自己无道理处，悄悄地笑了。母亲赶上了三三，推着她的背，"三三，那姑娘长得好体面，你说是不是？"

三三本来就觉得这人长得体面，听到妈妈先说，所以就故意说："体面什么？人高得像一条菜瓜，也是体面！"

"人家是读过书来的，你不看她会写字吗？"

"娘，那你明天要她拜你做干娘吧。她读过书，娘近来只欢喜读书的。"

"嗨，你瞧你！我说读书好，你就生气。可是……你难道不欢喜读书的吗？"

"男人读书还好，女人读书讨厌咧。"

"你以为她讨厌，那我们以后讨厌她得了。"

"不，干吗说'讨厌她得了?'你并不讨厌她!"

"那你一人讨厌她好了。"

"我也不讨厌她!"

"那是谁该讨厌她? 三三，你说。"

"我说，谁也不该讨厌她。"

母亲想着这个话就笑，三三想着也笑了。

三三于是又匆匆地向前走去，因为黄昏太美，三三不久又停顿在前面枫树下了，还要母亲也陪她坐一会，送那片云过去再走。母亲自然不会不答应的。两人坐在那石条上了，三三把头上的篮儿取下后，用手整理头发。就又想起那个男人一样短短头发的女人。母亲说："三三，你用围裙揩揩脸，脸上出汗了。"三三好像不听到妈妈的话，眺望到另一方，她心中出奇，为什么有许多人的脸，白得像茶花。她不知不觉又把这个话同母亲说到了，母亲就说，这就是他们称呼做城里人的理由，不必擦粉，脸也总是很白的。

三三说："那不好看。"母亲也说"那自然不好看。"三三又说："宋家的黑子姑娘才真不好看。"母亲因为到底不明白三三意思所在，拿不稳风向，所以再不敢插言，就只貌作留神地听着，让三三自己去作结论。

三三的结论就只是故意不同母亲意见一致，可是母亲若不说话时，自己就不须结论，也闭了口，不再作声了。

　　另外某一天，有人从大寨里挑谷子来碾坊的，挑谷子的男人走后，留下一个女人在旁边照料一切。这女人具一种欢喜说话的性格，且不久才从六十里外一个寨上吃喜酒回来，有一肚子的故事，许多乡村消息，得和一个人说说才舒服，所以就拿来与碾坊母女两人说。母亲因为自己有一个女儿，有些好奇的理由，专欢喜问人家到什么地方吃喜酒，看到些什么体面姑娘，看到些什么好嫁妆。她还明白，照例三三也愿意听这些故事，所以就向那个人，问了这样又问那样，要那人一五一十说出来。

　　三三却静静地坐在一旁，用耳朵听着，一句话不说。有时说的话那女人以为不是女孩子应当听的，声音较低时，三三就装作毫不注意的神气，用绳子结连环玩，实际上仍然听得清清楚楚。因为听到那些怪话，三三忍不住要笑了，却扭过头去悄悄地笑，不让那个长舌妇人注意。

　　到后那两个老太太，自然而然就说到总爷家中的来客，且说到那个白袍白帽的女人了。那妇人说她听人说这白帽白袍女人，是用钱雇来的，雇来照料那个先生，好几两银子一天。但她却又以为这话不十分可靠，她以为这人一定就是城里人的少奶奶，或者小姨太太。

　　三三的妈妈意见却同那人的恰恰相反，她以为那白袍女人，绝不是少奶奶。

　　那妇人就说："你怎么知道不是少奶奶？"

三三的妈说："怎么会是少奶奶。"

那人说："你告我些道理。"

三三的妈说："自然有道理，可是我说不出。"

那人说："你又不看见，你怎么会知道。"

三三的妈说："我怎么不看见？……"

两人争着不能解决，又都不能把理由说得完全一点，尤其是三三的母亲，又忘记说是听到过哪一位喊叫过周小姐的话，来用作证据。三三却记到许多话，只是不高兴同那个妇人去说，所以三三就用别种的方法打乱了两人不能说清楚的问题。三三说："娘，莫争这些事情，帮我洗头吧，我去热水。"

到后那妇人把米碾完挑走了。把水热好了的三三，坐在小凳上一面解散头发，一面带着抱怨神气向她娘说："娘，你真奇怪，欢喜同老婆子说空话。"

"我说了些什么空话？"

"人家媳妇不媳妇，关你什么事！"

……

母亲想起什么事来了，抿着口痴了半天，轻轻地叹了一口气。

过几天，那个白帽白袍的女人，却同寨子里一个小女孩到碾坊来玩了。玩了大半天，说了许多话。妈妈因为第一次有这么一个稀客，所以走出走进，只想杀一只肥母鸡留客吃饭，但又不敢开口，所以十分为难。

三三却把客人带到溪下游一点有水车的地方去，玩了好一阵，在水边摘了许多金针花，回来时又取了钓竿，搬了凳子，到溪边去陪白帽子女人钓鱼。

溪里的鱼好像也知道凑趣，那女人一根钓竿，一会儿就得了四条大鲫鱼，使她十分欢喜。到后应当回去了，女人不肯拿鱼回去，母亲可不答应，一定要她拿去。并且听白帽子女人说南瓜子好吃，就又为取了一口袋的生瓜子，要同来的那个小女孩代为拿着。

再过几天，那白脸人同总爷家管事先生，也来钓了一次鱼，又拿了许多礼物回去。

再过几天那病人却同女人在一块儿来了，来时送了一些用瓶子装的糖，还送了些别的东西，使得主人不知如何措置手脚。因为不敢留这两个人吃饭，所以到两人临走时，三三母亲还捉了两只活鸡，一定要他们带回去。两人都说留到这里生蛋，用不着捉去，还不行，到后说等下一次来再杀鸡，那两只鸡才被释放了。

自从这两个客人到来后，碾坊里有点不同过去的样子，母女两人说话，提到"城里"的事情就渐渐多了。城里是什么样子，城里有些什么好处，两人本来全不知道。两人只从那个白脸男子、白袍女人的神气，以及平常从乡下人听来的种种，作为想象的根据，模拟到城里的一切景况，都以为城里是那么一种样子：一座极大的用石头垒就的城，这城里就有许多好房子。每一栋好房子里面住了一个老爷同一群少爷；每一个人家都有许多成天穿了花绸衣服的女人，装扮得同新娘子一样，坐在家里，什么事也不必做。每一个人家，屋子里一定还有许多跟班同丫头，跟班的坐在大门前接客人的名片，丫头便为老爷剥莲心，去燕窝毛。城里一定有很多条大街，街上全是车马。城里有洋人，脚干直直的，就在大街上走来走去。城里还有大衙门，许多官如"包龙图"一样，威风凛凛，一天审案到夜，夜了还得点了灯审案。城里还有好些铺子，卖的是各样稀奇古怪的东西。城里一定还有许多大庙小庙，庙里成天有人唱戏，成天也有人看戏。看戏的全是坐在一条板凳上，一面看戏一面剥黑瓜子。坏女人想勾引人就向人打瞟瞟眼。城门口有好些屠户，都长得胖墩墩的。城门口还有个王铁嘴，专门为人算命打卦。

这些情形自然都是实在的。这想象中的都市，像一个故事一样动人，保留在母女两人心上，却永远不使两人痛苦。他们在自己习惯生活中得到幸福，却又从幻想中得到快乐，所以若说过去的生活是很好的，那到后来可说是更好了。

但是，从另外一些记忆上，三三的妈妈却另外还想起了一些事情，因此有好几回同三三说话到城里时，却忽然又住了口不说下去。三三问到这是什么意思，母亲就笑着，仿佛意思就只是想笑一会儿，什么别的意思也没有。

三三可看得出母亲笑中有原因，但总没有方法知道这另外原因究竟是什么。或者是妈妈预备要搬进城里，或者是做梦到过城里，或者是因为三三长大了，背影子已像一个新娘子了，妈妈惊讶着，这些躲在老人家心上一角儿的事可多着呐。三三自己也常常发笑，且不让母亲知道那个理由。每次到溪边玩，听母亲喊"三三你回来吧"，三三一面走一面总轻轻地说："三三不回来了，三三永不回来了。"为什么说不回来，不回来又到些什么地方来落脚，三三并不曾认真打量过。

有时候两人都说到前一晚上梦中到过的城里，看到大衙门大庙的情形，三三总以为母亲到的是一个城里，她自己所到又是一个城里。城里自然有许多，同寨子差不多一样，这个三三老早就想到了的。三三所到的城里，一定比母亲那个还远一点，因为母亲凡是梦到城里时，总以为同总爷家那堡子差不多，只不过大了一点，却并不很大。三三因为听到那白帽子女人说过，一个城里看护至少就有两百，所以她梦到的，就是两百个白帽子女人的城里！

妈妈每次进寨子送鸡蛋去，总说他们问三三，要三三去玩，三三却怪母亲不为她梳头。但有时头上辫子很好，却又说应当换干净衣服才去。一切都好了，三三却常常临时又忽然不愿意去了。母亲自然是不强着三三的。但有几次母亲有点不高兴了，三三先说不去，到后又去；去到那里，两人是都很快乐的。

人虽不去大寨，等待妈妈回来时，三三总很愿意听听说到那一面的事情。母亲一面说，一面望到三三的眼睛，这老人家懂得到三三心事。她自己以为十分懂得三三，所以有时话说得也稍多了一点，譬如关于白帽子的女人，如何照料白脸的男子那一类事，母亲说时总十分温柔，同时看三三的眼睛，也照样十分温柔，于是，这母亲，忽然又想到了远远的什么一件事，不再说下去；三三也想到了另外一件事，不必妈妈说话了，这母女就沉默了。

寨子里人有次又过碾坊来了，来时三三已出到外边往下溪水车边采金针花去了。三三回碾坊时，望到母亲同那个管事先生商量什么似的在那里谈话，管事一见到三三，就笑着什么也不说。三三望望母亲的脸，从母亲脸上颜色，她看出像有些什么事，很有点蹊跷。

那管事先生见到三三就说："三三，我问你，怎么不到堡子里去玩，有人等你！"

三三望到自己手上那一把黄花，头也不抬说："谁也不等我。"

管事先生说："你的朋友等你。"

"没有人是我的朋友。"

"一定有人！想想看，有一个人！"

"你说有就有吧。"

"你今年几岁，是不是属龙的？"

三三对这个谈话觉得有点古怪，就对妈妈看着，不立即作答。

管事先生却说："你不说我也知道，你妈妈还刚刚告我，四月十七，你看对不对？"

三三心想，四月十七，五月十八你都管不着，我又不稀罕你为我拜寿。但因为听说是妈妈告的，三三就奇怪，为什么母亲同别人谈这些话。她就对母亲把小小嘴唇扁了一下，怪着她不该同人说这些，本来折的花应送给母亲，也不高兴了，就把花放在休息着的碾盘旁，跑出到溪边，拾石子打飘飘梭去了。

不到一会儿，听到母亲送那管事先生出来了，三三赶忙用背对到大路，装着望到溪对岸那一边牛打架的样子，好让他们走去。管事先生见三三在水边，却停顿到路上，喊三姑娘，喊了好几声，三三还故意不理会，又才听到那管事先生笑着走了。

管事先生走后，母亲说："三三，进屋里来，我同你说话。"三三还是装作不听到，并不回头，也不作答。因为她似乎听到那个管事先生临走时还说："三三你还得请我喝酒。"这喝酒意思，她是懂得到的，所以不知为什么，今天却十分不高兴这个人。同时因为这个人同母亲一定还说了许多话，所以这时对母亲也似乎不高兴了。

到了晚上，母亲因为见到三三不说话，与平时完全不同了，母亲说："三三，怎么，是不是生谁的气？"

三三口上轻轻地说："没有。"心里却想哭一会儿。

过两天，三三又似乎仍然同母亲讲和了，把一切事都忘掉了，可是再也不提到大寨里去玩，再也不提醒母亲送鸡蛋给人了。同时母亲那一面，似乎也因为了一件事情，不大同三三提到城里的什么，不说是应当送鸡蛋到大寨去了。

日子慢慢地过着，许多人家田堤的新稻，为了好的日头同恰当的雨水，长出的禾穗全垂了头。有些人家的新谷已上了仓，有些人家摘着早熟的禾线，舂出新米各处送人尝新了。

因为寨子里那家嫁女的好日子快到了，搭了信来接母女两人过去陪新娘子。母亲正新为三三缝了一件葱绿布围裙，要三三去住两天。三三没有什么理由可以说不去，所以母女二人就带了些礼物到寨子里来了。到了那个嫁女的家里，因为一乡的风气，在女人未出阁以前，有展览妆奁的习惯，一寨子的女人都可来看，就见到了那个白帽子的女人。她因为在乡下除了照料病人就无什么事情可做，所以一个月来在乡下就成天同乡下女人玩玩，如今随了别的女人来看嫁妆，所以就碰到了这母女两人。

一见面，这白帽子女人就用城里人的规矩，怪三三母亲，问为什么多久不到总爷家里来看他们；又问三三为什么忘了她。这母女两人自然什么也不好说，只按照到一个乡下人的方法，望到略显得黄瘦了的白帽子女人笑着。后来这白帽子的女人就告给三三妈妈，说病人的病还不什么好，城里医生来了一次，以为秋天还要换换地方，预备八月里就回城去，再要到一个顶远的有海的地方去养息。因为不久就要走了，所以她自己同病人，都很想母女两人，同那个小小碾坊。

这白帽子女人又说，曾托过人带信要她们来玩的，不知为什么他们不来。又说她很想再来碾坊那小潭边钓鱼，可是因为天气热了一点，不好出门。

这白帽子女人，看见三三的新围裙，裙上还扣了朵小花，式样秀美，就说："三三，你这个围腰真美，妈妈自己做的是不是?"

三三却因为这女人一个月以来脸晒红多了，就只望着这个人的红脸好笑，笑中包含了一种纯朴的友谊。

母亲说："我们乡下人，要什么讲究东西，只要穿得上身就好了。"因为母亲的话不大实在，三三就轻轻地接下去说："可是改了三次。"

那白帽子女人听到这个话，向母女笑着："老太太你真有福气，做你女儿的也真有福气。"

"这算福气吗? 我们乡下人哪里比得城里人好。"

因为有两个人正抬了一盒礼物过去，三三追上前想看看是什么时，白帽子女人望着三三的背影，"老太太，你三姑娘陪嫁的，一定比这家还多。"

母亲也望那一方说："我们是穷人，姑娘嫁不出去的。"

这些话三三都听到，所以看完了那一抬礼，还不即过来。

说了一阵话，白帽子女人想邀母女两人进寨子里去看看病人，母亲见三三神气有点不高兴，同时且想起是空手，乡下人照例又不好意思空手进人家大门，所以就答应过两天再去。

又过了几天，母女二人在碾坊，因为谈到新娘子敷水粉的事情，想到白帽子女人的脸，一到乡下后就晒红了许多的情形，且想起那天曾答应人家的话了，所以妈妈问三三，什么时候高兴去寨子里看"城里人"。三三先是说不高兴，到后又想了一下，去也不什么要紧，就答应母亲不拘哪一天去都行。既然不拘什么时候，那么，自然第二天就可以去了。

因为记起那白帽子女人说的话，很想来碾坊玩，故三三要母亲早上同去，好就便邀客来，到了晚上再由三三送客回去。母亲却因为想到前次送那两只鸡，客人答应了下次来吃，所以还预备早早地回来，好杀鸡款客。

一早上，母女两人就提了一篮鸡蛋，向大寨走去。过桥，过竹林，过小小山坡，道旁露水还湿湿的，金铃子像敲钟一样，叮叮的从草里发出声音来，喜鹊喳喳地叫着从头上飞过去。母亲走在三三的后面，看到三三苗条如一根笋子，拿着棍儿一面走一面打道旁的草，记起从前总爷家管事先生问过她的话，不知道究竟是些什么意思。又想到几天以前，白帽子女人说及的话，就觉得这些从三三日益长大快要发生的事，不知还有许多。

她零零碎碎就记起一些属于别人的印象来了……一顶凤冠，用珠子穿好的，搁到谁的头上？二十抬贺礼，金锁金鱼，这是谁？……床上撒满了花，同百果、莲子、枣子，这是谁？

……这是谁……那三三是不是城里人？……

若不是滑了一下，向前一窜，这梦还不知如何放肆做下去。

因为听到妈妈口上连作呸呸，三三才回过头来，"娘，你怎么，想些什么，差点儿把鸡蛋篮子也摔了。你想些什么？"

"我想我老了，不能进城去看世界了。"

"你难道欢喜进城吗？"

"你将来一定是要到城里去的！"

"怎么一定？我偏不上城里去！"

"那自然好极了。"

两人又走着，三三忽然又说："娘，娘，为什么你说我要到城里去？你怎么想起这件事？"

母亲忙分辩说："你不去城里，我也不去城里。城里天生是为城里人预备的；我们有我们的碾坊，自然不会离开。"

不到一会儿，就望到大寨那门楼了，门前有许多大榆树和梧桐。两人进了寨门向南走，快要走到时，就望见榆树下面，有许多人站立，好像在看热闹，其中还有一些人，忙手忙脚地搬移一些东西，看情形一定是发生了什么事情，或者来了远客，或者还是别的原因。母女两人也不什么出奇，依然慢慢地走过去。三三一面走一面说："莫非是衙门的委员来了？娘，我在这里等你，你先过去看看吧。"妈妈随随便便答应着，心里觉得有点蹊跷，就把篮子放下要三三等着，自己赶上前去了。

这时恰巧有个妇人抱了自己孩子向北走，预备回家去，看到三三了，就问，"三三，怎么你这样早，有些什么事。"但同时却看到了三三篮里的鸡蛋了，"三三，你送谁的礼呢？"

三三说："随便带来的。"因为不想同这人说别的话，于是低下头去，用手盘弄那个盘云的葱绿围腰扣子。

那妇人又说："你妈呢？"

三三还是低着头用手向南方指着："过那边去了。"

那女人说："那边死了人。"

"是谁死了？"

"就是上个月从城中搬来养病的少爷，只说是病，前一些日子还常常出外面玩，谁知忽然就死了。"

三三听到这个，心里一跳，心想："难道是真话吗？"

这时节，母亲从那边也知道消息了，匆匆忙忙地跑回来，心门咚咚跳着，脸儿白白的，到了三三跟前，什么话也不说，拉着三三就走，好像是告三三，又像是自言自语地说，"就死了，就死了，真不像会死！"

但三三却立定了，问："娘，那白脸先生死了吗？"

"都说是死了的。"

"我们难道就回去吗？"

母亲想想，"真的，难道就回去？"

因此母女两人又商量了一下，还是过去看看，好知道究竟是些什么原因。三三且想见见那白帽子女人，找到白帽子女人，一切就明白了。但一走进大门边，望见许多人站在那里。两人又像怕人家知道她们是来送礼的，不敢进去。在那里就听许多人说到这个病人的一切，说到那个白帽子女人，称呼她为病人的媳妇，又说到别的。都显然证明这些人并不和这两个城里人有什么熟识。

三三脸白白地拉着妈妈的衣角，低声地说"娘，走。"两人于是就走了。

到了磨坊，因为有人挑了谷子来在等着碾米，母亲提着蛋篮子进去了。三三站立溪边，眼望一泓碧流，心里好像掉了什么东西，极力去记忆这失去的东西的名称，却数不出。

母亲想起三三了，在里面喊着三三的名字，三三说："娘，我在看虾米呢。"

"来把鸡蛋放到坛子里去，虾米在溪里可以成天看！"因为母亲那么说着，三三只好进去了。水闸门的闸板已提起，磨盘正开始在转动，母亲各处找寻油瓶，为碾盘轴木加油，三三知道那个油瓶挂在门背后，却不作声，尽母亲各处去找。三三望着那篮子，就蹲到地下去数着那篮里的鸡蛋，数了半天。后来碾米的人，问为什么那么早拿鸡蛋到别处去，送谁，三三好像不曾听到这个话，站起身来又跑出去了。

一个女人

她近来梦到的总是落雪。雪中她年纪似乎很轻，听到人说及做妇人的什么，就娓娓俞听一会。付，

　　在近亲中，三翠的名字是与贤惠美德放在一块的。人人这样不吝惜赞美她，因为她能做事，治家，同时不缺少一个逗人心宽的圆脸。

　　小的，白皙的，有着年轻的绯色的三翠的脸，成为周遭同处的人欢喜原因之一，识相的，就在这脸上加以估计，说将来是有福气的脸。似乎也仿佛很相信相法那样事的测断，三翠对于目下生活完全乐观。她成天做事，做完了——不，是做到应当睡觉的时候了——她就上到家中特为预备的床上，这床是板子上垫有草席，印花布的棉被，她除了热天，全是一钻进了棉被就睡死了。睡倒了，她就做梦，梦到在溪里捉鱼，到山上拾菌子，到田里捡禾线，到菜园里放风筝。那全是小时做女儿时的事的重现。日里她快乐，在梦中她也是快乐的。在梦中，她把推磨的事忘掉了，把其余许多在日里做来觉得很费神的事也忘掉了。有时也有为恶梦惊吓的时候，或者是见一匹牛发了疯，用角触人，或者是涨了水，满天下是水，她知道是梦，就用脚死劲抖，即刻就醒了。醒了时，她总是听到远处河边的水车声音，这声音是像同谁说话，成天絮絮叨叨的，就是在梦中，她也时常听到它那俨然老婆子唱歌神气的声音。虽然为梦所吓，把人闹醒，但是，看看天，窗边还是黑魆魆的不见东西，她就仍然把眼睛闭上，仍然又梦到溪里捉鱼去了。

她的房后是牛栏，小牛吃奶大牛嚼草的声音，帮助她甜睡。牛栏上有板子，板子上有一个年纪十八岁的人，名字是苗子，她喊他做哥哥，这哥哥是等候这比他小五岁的三翠到十五岁后，就要同她同床的。她也知道这回事了。她不怕，不羞，只在无别个人在他们身边，他说笑话说两年以后什么时，她才红脸地跑了。她有点知道两年以后的事情了。她才是十三岁的女孩子。她夜里醒时听到牛栏上的打鼾声音，知道他是睡得很好的。

白天，她做些什么事？凡是一个媳妇应做的事她全做了。间或有时也挨点骂，伤心了，就躲到灶房或者溪边去哭一会儿。稍过一阵又仍然快乐地做事了。她的生活是许多童养媳的生活，凡是从乡下生长的，从内地来的，都可以想象得到。就是她那天真，那勤快，也是容易想象得到的事。稍不同的是许多童养媳成天在打骂折辱中过日子，她却是间或被做家长的教训罢了。为什么这样幸福？因为上面只有一个爹爹。至于那个睡在牛栏上的人呢，那是"平衡"的人，还不如城市中知道男子权利的人，所以她笑的时候比其余的童养媳就多了。

　　鸡叫了，天亮了，光明的日头渐渐由山后爬起，把它的光明分给了地面，到烟囱上也镀了金黄的颜色时，她起床了。起了床就到路旁井边去提水，身后跟的是一只小狗。露水湿着脚，嗅着微带香气的空气，脸为湿湿的风吹着，她到了井边，把水一瓢一瓢地舀到桶中。水满了桶，歪着身，匆促地转到家中，狗先进门。即刻用纸煤把灶肚内松毛引燃了。即刻锅中有热水了。狗到门外叫过路人去了。她在用大竹帚打扫院子了。这时在牛栏上那个人起身了，爹爹起身了，蹲到院落里廊檐下吸烟，或者编草鞋耳子，望到三翠扫地。不到一会，三翠用浅边木盆把洗脸水舀来了，热气腾腾，放到廊下，父子又蹲着擦脸，用那为三翠所手作的牛肚布帕子，拧上一把，掩覆到脸上。盆边还有皂荚，捶得稀融，也为三翠所作。洗完脸，就问家长："煮苕还是煮饭？""随便。"或者在牛栏上睡觉那个人说"饭"，而爹爹又说"吃红薯"，那她折中，两者全备，回头吃的却是苕拌饭。吃的东西有时由三翠出主意，就是听到说"随便"以后，则三翠较麻烦，因为自己是爱好的人，且知道他们欢喜的东西。把早饭一吃，大家出门。上山的上山，下田的下田，人一出门，牛也出门，狗也出门了，家中剩三翠一人。捡拾碗筷，捡拾……她也出门了。她出门下溪洗衣，或到后园看笋子，摘菜花，预备吃中饭用。

　　到了午时把饭预备好，男子回家了。到时不回，就得站到门外高坎上去，锐声地喊爹喊苗哥。她叫那在牛栏上睡的人叫苗哥，是爹爹所教的。喊着，像喊鸡，于是人回来了。三翠欢喜了，忙了。三人吃中饭。小猫咪咪叫着，鸡在桌子脚下闹着，为了打发鸡，常常停了自己吃饭，先来抓饭和糠，用手拌搅着，到院中去。"翠丫头，菜冷了！"喊着。"来了，"答应着。真来了。但苗哥已吃完了，爹也吃完了，她于是收碗，到灶屋吃去。小猫翘起了尾，跟在身后到灶屋，跃到灶头上，竟吃碗中的饭，就抢到手上忙吃，对小猫做凶样子。"小黑，你抢我饭，我打你！"虽然这样说，到后却当真把饭泡汤给猫吃了，自己卷了袖子在热水锅里洗碗。

夜间，仍然打发人，打发狗，打发猫……春天同夏天生活不同，但在事务繁杂琐碎方面却完全一样。除了做饭，烧水，她还会绩麻，纺棉纱，纳鞋，缝袜子。天给她工作上的兴趣比工作上的疲劳还多，所以她在生活中看不出她的不幸。

她忙着做事，仍然也忙着同邻近的人玩。春碓的，推磨的，浆洗衣裳的，不拘什么事人要她帮忙时，她并不想到推辞。

见到这样子活泼，对三翠，许多人是这样说过了。"三翠妹子，天保佑你，菩萨保佑你，有好丈夫，有福气。"听到了，想起好笑。什么保佑不保佑！那睡在牛栏上打鼾的人，有福气，戴金穿绸，进城去坐轿子，坐在家中打点牌，看看戏，无事可做就吃水烟袋烤火，这是乡下人所说的福气了。要这些有什么好处？她想：这是你们的，"你们"指的是那夸奖过了她的年长伯妈婶婶。她自己是年轻人，年轻人并不需要享福。

她的门前是一条溪。水落了，有蚌壳之类在沙中放光，可以拾作宝贝玩。涨了水，则由坝上掷下大的水注，长到一尺的鱼有时也可以得到。这溪很长，一直上到五里以上十里以上的来源。她还有一件事同这溪有关系的，就是赶鸭子下水。每早上，有时还不到烧水那时，她就放鸡放鸭，鸡一出笼各处飞，鸭子则从屋前的高坎上把它们赶下溪边。从高下降，日子一多，鸭子已仿佛能飞了，她每早要这鸭子飞！天气热，见到鸭子下水时，欢欢喜喜地呷呷地叫，她就拾石子打鸭子，一面骂，"扁毛，打死你，你这样欢喜！"其实她在这样情形下，自己也莫名其妙地欢喜快乐了。她在这溪边，并且无时不快乐到如鸭子见水。

时间过去。

三翠十四岁了。

除了身个子长高，一切不变：所做的事，地方所有的习惯，溪中的水。鸡鸭每天下在笼中的卵，须由三翠用手去探取，回头又得到溪边洗手，这也不变。

是冬天。天冷，落了雪，人不出门，爹爹同苗哥在火堆边烤火取暖。在这房子里，可以看出这一家人今年的生活穷通。火的烟向上窜，仿佛挡了这烟的出路的，是无数带暗颜色的成块成方的腊肉。肉用绳穿孔悬挂在那上面钩上。还有鸡、鸭、野兔、鹿子，一切为过年而预备的肉，也挂在那里，等候排次排件来为三翠处置成下酒的东西。

爹爹同苗哥在烤火，在火边商量一件事。

"苗子，你愿意，就看日子。"

爹爹说着这样话时，三翠正走过房门外。她明白看日子的意义，如明白别的事一样，进到房中，手上拿的是一碗新蒸好的红薯，手就有点抖。她把红薯给爹爹，笑，稍稍露出忸怩的神气。

"爹。有锅巴了。这次顶好。"

爹取了，应当给苗哥，她不给，把碗放到桌上走出去。慢慢地走。她不知自己是怎么回事，同时想起是今早上听到有接亲的从屋前过去吹唢呐。

"丫头，来，我问你。"

听到爹喊，她回来了，站到火边烘手。

爹似乎想了一会，又不说话，就笑了。苗哥也笑。她又听着远处吹唢呐的声音了，且打铜锣，还放炮，炮仗声音虽听不到，但她想，必定有炮仗的。还有花轿，有拿缠红纸藁把的伴当，有穿马褂的媒人，新嫁娘则藏在轿里哭娘，她都能想得出。

见到两个人鬼鬼地笑，她就走到灶屋烧火处去了，用铁夹搅灶肚内的火，心里有刚才的事情存在。

她想得出，这时他们必定还在说那种事情，商量日子，商量请客，商量……

以后，爹爹来到灶房了，要她到隔邻院子王干爹家去借历书，她不作声，就走到王家去。王家先生是教书的秀才，先生娘是瘫子，终日坐到房中大木椅中，椅子像桶，这先生娘就在桶中过日子，得先生服侍，倒养得肥胖异常。三翠来了，先到先生娘身边去。

"干妈，过午了？"

"翠翠，谢你昨天的粑粑。"

"还要不要？那边屋里多咧多，会放坏。"

"你爹不出门？"

"通通不出门。"

"翠翠，你胖了，高了，像大姑娘了。"

她笑，想起别的事。

"年货全了没有？"

"爹爹进城买全了。有大红曲鱼，干妈，可以到我那里过年去。"

"这里也有大鱼，村里学生送的。"

"你苗哥？"

"他呀，他——"

"爹爹？"

"他要我来借历书。"

"做什么？是不是烧年纸？"

"我不知道。"

"这几天接媳妇的真多。（这瘫婆子又想了一会。）翠丫头，你今年多大了？"

"十四，七月间满的。干妈为我做到生日，又忘了！"

"进十五了，你像个大姑娘了。"

说到这话，三翠脸有点发烧。她不作声，因为谈到这些事上时照例小女子是无分的，就改口问："干妈，历书在不在？"

"你同干爹说去。"

她就到教书处厢下去，站到窗下，从窗子内望先生。

先生在教《诗经》说"关关雎鸠"，解释那些书上的字义。三翠不即进去，她站在廊下看坪中的雪，雪上有喜鹊足迹。喜鹊还在树上未飞去，不喳喳地叫，只咯咯的像老人咳嗽。喜鹊叫有喜。今天似乎是喜事了，她心中打量这事，然而看不出喜不喜来。

先生过一会，看出窗下的人影了，在里面问，"是谁呀？"

"我。三翠。"

"三，你来干吗？"

"问干爹借历书看日子。"

"看什么日子？"

"我不知道。"

"莫非是看你苗哥做喜事的日子。"

她有点发急了。"干爹，历书有没有？"

"你拿去。"

　　她这才进来，进到书房，接历书。一眼望去，一些小鬼圆眼睛都望到自己，接了历书走出门，她轻轻地呸了一口。把历书得到，她仍然到瘫子处去。

　　"干妈，外面好雪！"

　　"我从这里也看得到，早上开窗，全白哩。"

　　"可不是。一个天下全白了……"

　　远处又吹唢呐了。又是一个新娘子。她在这声音上出了神。唢呐的声音，瘫子也听到了，瘫子笑。

　　"干妈你笑什么？"

　　"你真像大人了，你爹怎么不——"

　　她不听。借故事忙，忙到连这一句话也听不完，匆匆地跑了。跑出门就跌在雪里。瘫子听到滑倒的声音，在房里问：

　　"翠翠，你跌了？忙什么？"

　　她站起掸身上的雪，不答应，走了。

　　过了十四天，距过年还有七天，那在牛栏上睡觉打呼的人，已经分派与三翠同床，从此在三翠身边打呼了。三翠作了人的妻，尽着妻的义务，初初像是多了一些事情，稍稍不习惯，到过年以后，一切也就完全习惯了。

　　她仍然在众人称赞中做着一个妇人应做的事。把日子过了一年。在十五岁上她就养了一个儿子，为爹爹添了一个孙，让丈夫得了父亲的名分。当母亲的事加在身上时，她仍然是这一家人的媳妇，成天做着各样事情的。人家称赞她各样能干，就是在生育儿子一事上也可敬服，她只有笑。她的良善并不是为谁奖励而生的。日子过去了，她并不会变。

但是，时代变了。

因为地方的变动，种田的不能安分的种田，爹爹一死，做丈夫的随了人出外县当兵去了。在家中依傍了瘫子干妈生活的三翠，把儿子养大到两岁，人还是同样的善良，有值得人欢喜的好处在。虽身世遭逢，在一个平常人看来已极其不幸，但她那圆圆的脸，一在孩子面前仍然是同小孩子一样发笑。生活的萧条不能使这人成为另一种人，她才十八岁！

又是冬天。教书的厢房已从十个学生减到四个了，秀才先生所讲的还是"关关雎鸠"一章。各处仍然是乘年底用花轿接新娘子，吹着唢呐打着铜锣来来去去。天是想落雪还不曾落雪的阴天。有水的地方已结了薄冰，无论如何快要落雪了。

三翠抱了孩子，从干妈房中出来，站在窗下听讲书。她望到屋后那曾有喜鹊作巢的脱枝大刺桐树上的枝干。时正有唢呐声音从门前过身，她就追出门去看花轿，逗小孩子玩，小孩见了花轿就嚷"嫁娘嫁娘"。她也顺到孩子口气喊。到后，回到院中，天上飞雪了，小孩又嚷雪。她也嚷雪。天是落雪了，到明天，雪落满了地，这院子便将同四年前一个样子了。

抱小孩抱进屋，到了干妈身边。

"干妈，落雪了，大得很。"

"已经落了吗？"

"落雪明天就暖和了，现在正落着。"

因为干妈想看雪，她就把孩子放到床上，去开窗子。开了窗，干妈不单是看到了落雪的情形，也听到唢呐了。

"这样天冷，还有人接媳妇。"

三翠不作答，她出了神。

干妈又说："翠翠，过十五年，你毛毛又可以接媳妇了。"翠翠就笑。十五年，并不快，然而似乎一晃也就可以到眼前，这妇人所以笑了。说这话的干妈，是也并不想到十五年以后自己还活在世界上没有的。因为雪落了，想开窗，又因为有风，瘫子怕风。

"你把窗户关了，风大。"

照干妈意思，她又去把窗子关上。小孩这时闹起来了，就忙过去把小孩抱起。

"孩子饿了？"

"不。喂过奶了。他要睡。"

"你让他睡睡。"

"他又不愿意睡。"

小孩子哭，大声了，似乎有冤屈在胸中。

"你哭什么？小毛，再哭，猫儿来了。"

做母亲的抱了孩子，解衣露出奶头来喂奶，孩子得了奶，吮奶声音如猫吃东西。

"干妈，落了雪，明天我们可做冻豆腐了。"

"我想明天好做点豆豉。"

"我会做。今年我们腊肉太淡了，前天煮那个不行。"前天煮腊肉，是上坟，所以又接着说道，"爹爹在时腊肉总爱咸。他欢喜盐重的，昨天那个他还吃不上口！"

"可惜他看不到毛毛了。"

三翠不答，稍过，又说道，"野鸡今年真多，我上日子打坟前过身，飞起来四只，咯咯咯叫，若是爹爹在，有野鸡肉吃了。"

"苗子也欢喜这些。"

"他只欢喜打毛兔。"

"你们那枪为什么不卖给团上？"

"我不卖它。放到那里，几时要几时可用。"

"恐怕将来查出要罚，他们说过不许收这东西。我听你干爹说过。"

"他们要就让他们拿去，那值什么钱。"

"听说值好几十！"

"哪里，那是说九子枪！我们的抓子，二十吊钱不值的。"

"我听人说机关枪值一千。一杆枪二十只牛还换不到手。军队中有这东西。"

"苗子在军队里总看见过。"

"苗子月里都没有信！"

"开差到××去了，信要四十天，前回说起过。"

这时，孩子已安静了，睡眠了，她们的说话声也轻了。

"过年了，怎么没有信来。苗子是做官了，应当……（门前有接亲人过身，放了一炮，孩子被惊醒，又哭了。）少爷，莫哭了。你爹带银子回来了。银子呀，金子呀，宝贝呀，莫哭，哭了老虎咬你！"

做母亲的也哄着。"乖，莫哭。看雪。落雪了。接嫁娘，吹唢呐，呜呜喇，呜呜喇。打铜锣；铛，团！铛，团！看喔，看喔，看我宝宝也要接一个小嫁娘喔！呜呜喇，呜呜喇。铛，团！铛，团！"

小孩仍然哭着，这时是吃奶也不行了。

"莫非吹了风，着凉了。"

听干妈说，就忙用手摸那孩子的头，吮那小手，且抱了孩子满房打圈，使小孩子如坐船。还是哭。就又抱到门边亮处去。

"喔，要看雪呀！喔，要吹风呀！婆婆说怕风吹坏你。吹不坏的。要出去吗？是，就出去！听，宝宝，呜呜喇，……"她于是又把孩子抱出院中去。下台阶，稍稍地闪了身子一下，她想起上前年在雪中跌了一跤的事情了。那时干妈在房中问的话她也记起来了。她如何跑也记起来了。她就站着让雪在头上落，孩子头上也有了雪。

再过两年。

出门的人没有消息。儿子四岁。干爹死了，剩了瘫子干妈。她还是依傍在这干妈身旁过日子。因了她的照料，这瘫妇人似乎还可以永远活下去的样子。这事在别人看来，是一件功果还是一件罪孽，那还不可知的。

天保佑她，仍然是康健快乐。仍然是年轻，有那逗人欢喜的和气的脸。仍然能做事，处理一切，井井有条。儿子长大了，不常须人照料了，她的期望，已从丈夫转到儿子方面了。儿子成了人才真是天保佑了这人。她在期望儿子长成的时间中，却并不想到一个儿子成人，母亲已如何上了年纪。

过去的是四年，时间似乎也并不很短促，人事方面所有的变动已足证明时间转移的可怕，然而她除了望日子飞快的过去，没有其他希望了。时间不留情不犹豫的过去，一些新的有力的打击，一些不可免的惶恐，一些天灾人祸，抵挡也不是容易事。然而因为一个属于别人幸福的估计，她无法自私，愿意自己变成无用而儿子却成伟大人物。

自从教书的干爹死了以后，瘫人一切皆需要三翠。她没有所谓"不忍之心"始不能与这一家唯一的人远离，她也没有要人鼓励才仍然来同这老弱疲惫妇人住在一起。她是一个在习惯下生存的人，在习惯下她已将一切人类美德与良心同化，只以为是这样才能生活了。她处处服从命运，凡是命运所加于她的一切不幸，她不想逃避也不知道应如何逃避。她知道她这种生活以外还有别种生活存在，但她却不知道人可以选择那机会不许可的事来做。

她除了生活在她所能生活的方式以内，只有做梦一件事稍稍与往日不同了。往日年幼，好玩，羡慕放浪不拘束与自然戏弄的生活，所以不是梦捉鱼就是梦爬山。一种小孩子的脾气与生活无关的梦，到近来已不做了。她近来梦到的总是落雪。雪中她年纪似乎很轻，听到人说及做妇人的什么时，就屡屡偷听一会。她又常常梦到教书先生，取皇历，讲"关关雎鸠"一章。她梦到牛栏上打鼾的那个人，还仍然是在牛栏上打鼾，大母牛在反刍的小小声音也仿佛是在耳边。还有，爹爹那和气的脸孔，爹爹的笑，完全是四年前。当有时梦到这些事情，而醒来又正听到远处那老水车唱歌的声音时，她想起过去，免不了也哭了。她若是懂得到天所给她的是些什么不幸的戏弄，这人将成天哭去了。

做梦有什么用处？可以温暖自己的童心，可以忘掉眼前，她正像他人一样，不但在过去甜蜜的好生活上做过梦，在未来，也不觉得是野心扩大，把梦境在眼前展开了。她梦到儿子成人，接了媳妇。她梦到那从前在牛栏上睡觉的人穿了新衣回家，做什长了。她还梦到家中仍然有一只母牛，一只小花黄牛，是那在牛栏上睡觉的人在外赚钱买得的。

日子是悠悠的过去，儿子长大了，居然能用鸟枪打飞起的野鸡了，瘫子更老怠不中用了，三翠在众人的口中的完美并不消失。

　　到了后来。一只牛，已从她两只勤快手上抓来了。一个儿媳已快进门了。她做梦，只梦到抱小孩子，这小孩子却不是睡在牛栏上那人生的。

　　她抱了周年的孙儿到雪地里看他人接新嫁娘花轿过身时，她年纪是三十岁。

龙

朱

这歌是用白耳族顶精粹的言语，自白耳族顶纯洁的一颗心中摇看，从白耳族一个顶甜蜜的口中喊出，成为白耳族顶热情的音调，这样一来所有一切声音仿佛全亚了。

第一　说这个人

白耳族苗人中出美男子，仿佛是那地方的父母全曾参与过雕塑阿波罗神的工作，因此把美的模型留给儿子了。族长儿子龙朱年十七岁，为美男子中之美男子。这个人，美丽强壮像狮子，温和谦驯如小羊。是人中模型、是权威、是力、是光。种种比喻全是为了他的美。其他的德行则与美一样，得天比平常人都多。

提到龙朱相貌时，就使人生一种卑视自己的心情。平时在各样事业得失上全引不出妒忌的神巫，因为有次望到龙朱的鼻子，也立时变成小气，甚至于想用钢刀去刺破龙朱的鼻子。这样与天作难的倔强野心却生之于神巫，到后又却因为这美，仍然把这神巫克服了。

白耳族，以及乌婆、猍猍、花帕、长脚各族，人人都说龙朱相貌长得好看，如日头光明，如花新鲜。正因为说这样话的人太多，无量的阿谀，反而烦恼了龙朱了。好的风仪用处不是得阿谀（龙朱的地位，已就应当得到各样人的尊敬歆羡了）。既不能在女人中煽动勇敢的悲欢，好的风仪全成为无意思之事。龙朱走到水边去，照过了自己，相信自己的好处，又时时用铜镜观察自己，觉得并不为人过誉。然而结果如何呢？因为龙朱不像是应当在每个女子理想中的丈夫那么平常，因此反而与妇女们离远了。

女人不敢把龙朱当成目标，做那荒唐艳丽的梦，并不是女人的错。在任何民族中，女子们，不能把神做对象，来热烈恋爱，来流泪流血，不是自然的事么？任何种族的妇人，原永远是一种胆小的兽类，要情人，也知道要什么样情人为合乎身份。纵其中并不乏勇敢不知世故的女子，也自然能从她的不合理希望上得到一种好教训，相貌堂堂是女子倾心的缘由，但一个过分美观的身材，却只做成了与女子相远的方便。谁不承认狮子是孤独？狮子永远是孤独，就只为了狮子全身的纹彩与众不同。

龙朱因为美，有那与美同来的骄傲不？凡是到过青石冈的苗人，全都能赌咒作证，否认这个事。人人总说总爷的儿子，从不用地位虐待过人畜，也从不闻对长年老辈妇人女子失过敬礼。在称赞龙朱的人口中，总还不忘同时提到龙朱的相貌。全寨中，年轻汉子们，有与老年人争吵事情时，老人词穷，就必定说，我老了，你青年人，干吗不学龙朱谦恭对待长辈？这青年汉子，若还有羞耻心存在，必立时遁去，不说话，或立即认错，作揖赔礼。一个妇人与人谈到自己儿子，总常说，儿子若能像龙朱，那就卖自己与江西布客，让儿子得钱花用，也愿意。所有未出嫁的女人，都想自己将来有个丈夫能与龙朱一样。所有同丈夫吵嘴的妇人，说到丈夫时，总说你不是龙朱，真不配管我磨我；你若是龙朱，我做牛做马也甘心情愿。

还有，一个女人同她的情人，在山峒里约会，男子不失约，女人第一句赞美的话总是"你真像龙朱。"其实这女人并不曾同龙朱有过交情，也未尝听到谁个女人同龙朱约会过。

一个长得太标致了的人，是这样常常容易为别人把名字放到口上咀嚼！

龙朱在本地方远远近近，得到的尊敬爱重，是如此。然而他是寂寞的。这人是兽中之狮，永远当独行无伴！

在龙朱面前，人人觉得是卑小，把男女之爱全抹杀，因此这族长的儿子，却永无从爱女人了。女人中，属于乌婆族，以出产多情多才貌女子著名，这地方的女人，也从无一个敢来在龙朱面前，闭上一只眼，荡着她上身，同龙朱调情。也从无一个女人，敢把她绣成的荷包，掷到龙朱身边来。也从无一个女人敢把自己姓名与龙朱姓名编成一首歌，来到跳舞时节唱。然而所有龙朱的亲随，所有龙朱的奴仆，又正因为美，正因为与龙朱接近，如何地在一种沉醉狂欢中享受这些年轻女人小嘴长臂的温柔！

“寂寞的王子，向神请求帮忙吧。”

使龙朱生长得如此壮美，是神的权力，也就是神所能帮助龙朱的唯一事。至于要女人倾心，是人为的事啊！

要自己，或他人，设法使女人来在面前唱歌，狂中裸身于草席上面献上贞洁的身，只要是可能，龙朱不拘牺牲自己所有何物，都愿意。然而不行。任怎样设法，也不行。七梁桥的洞口终于有合拢的一日，有人能说在这高大山洞合拢以前，龙朱能够得到女人的爱，是不可信的事。

民族中积习，折磨了天才与英雄，不是在事业上粉骨碎身，便是在爱情中退位落伍，这不是仅仅白耳族王子的寂寞，他一种族中人，总不缺少同样故事！不是怕受天责罚，也不是另有所畏，也不是预言者曾有明示，也不是族中法律限制，自自然然，所有女人都将她的爱情，给了一个男子，轮到龙朱却无份了。

在寂寞中龙朱是用骑马猎狐以及其他消遣把日子混过了。

日子过了四年，他二十一岁。

四年后的龙朱，没有与以前日子龙朱两样处，若说无论如何可以指出一点不同来，那就是说如今的龙朱，更像一个好情人了。年龄在这个神工打就的身体上，加上了些更表示“力”的东西，应长毛的地方生长了茂盛的毛，应长肉的地方增加了结实的肉。一颗心，则同样因为年龄所补充的，是更其能顽固地预备要爱了。

他越觉得寂寞。

虽说七梁洞并未有合拢，二十一岁的人年纪算轻，来日正长，前途大好，然而什么时候是那补偿填还时候呢？有人能作证，说天所给别的男子的，幸福与苦恼，也将同样给龙朱么？有人敢包，说到另一时，总有女子来爱龙朱么？

白耳族男女结合，在唱歌庆大年时，端午时，八月中秋时，以及跳年刺牛大祭时，男女成群唱，成群舞，女人们，各穿了峒锦衣裙，各戴花擦粉，供男子享受。平常时，在好天气下，或早或晚，在山中深洞，在水滨，唱着歌，把男女吸到一块来，即在太阳下或月亮下，成了熟人，做着只有顶熟的人可做的事。在此习惯下，一个男子不能唱歌，他是种羞辱，一个女子不能唱歌，她不会得到好的丈夫。抓出自己的心，放在爱人的面前，方法不是钱，不是貌，不是门阀也不是假装的一切，只有真实热情的歌。所唱的，不拘是健壮乐观，是忧郁，是怒，是恼，是眼泪，总之还是歌。一个多情的鸟绝不是哑鸟。一个人在爱情上无力勇敢自白，那在一切事业上也全是无希望可言，这样的人决不是好人！

那么龙朱必定是缺少这一项，所以不行了。

事实又并不如此。龙朱的歌全为人引作模范的歌，用歌发誓的男子妇人，全采用龙朱誓歌那一个韵。一个情人被对方的歌窘倒时，总说及胜利人拜过龙朱作歌师傅的话。凡是龙朱的声音，别人都知道。凡是龙朱唱的歌，无一个女人敢接声。各样的超凡入圣，把龙朱摒除于爱情之外，歌的太完全太好，也仿佛成为一种吃亏理由了。

有人拜龙朱作歌师傅的话，也是当真的。手下的佣人，或其他青年汉子，在求爱时腹中歌词为女人逼尽，或者爱情扼着了他的喉咙，歌不出心中的事时，来请教龙朱，龙朱总不辞。经过龙朱的指点，结果是多数把女子引到家，成了管家妇。或者到山峒中，互相把心愿了销。熟读龙朱的歌的男子，博得美貌善歌的女人倾心，也有过许多人。但是歌师傅永远是歌师傅，直接要龙朱教歌的，总全是男子，并无一个青年女人。

龙朱是狮子，只有说这个人是狮子，可以作我们对于他的寂寞得到一种解释！

当地年轻女人到什么地方去了呢？懂到唱歌要男人的，都给一些歌战胜，全引诱尽了。凡是女人都明白情欲上的固持是一种痴处，所以女人宁愿意减价卖出，无一个敢囤货在家。如今是只能让日子过去一个办法，因了日子的推迁，希望那新生的犊中也有那不怕狮子的犊在。

龙朱是常常这样自慰着度着每个新的日子的。我们也不要把话说尽，在七梁桥洞口合拢以前，也许龙朱仍然可以遇着与这个高贵的人身份相称的一种机运！

第二　说一件事

中秋大节的月下整夜歌舞，已成了过去的事了。大节的来临，反而更寂寞，也成了过去的事了。如今是九月。打完谷子了。打完桐子了。红薯早挖完全下地窖了。冬鸡已上孵，快要生小鸡了。连日晴明出太阳。天气冷暖宜人。年轻妇人全都负了柴耙同笼上坡耙草。各见坡上都有歌声。各处山峒里，都有情人在用干草铺就并撒有野花的临时床上并排坐或并头睡。这九月是比春天还好的九月。

龙朱在这样时候更多无聊。出去玩，打鸠本来非常相宜，然而一出门，就听到各处歌声，到许多地方又免不了要碰到那成双的人，于是大门也不敢出了。

无所事事的龙朱，每天只在家中磨刀。这预备在冬天来剥豹皮的刀，是宝物，是龙朱的朋友。无聊无赖的龙朱，是正用着那"一日数摩挲，剧于十五女"的心情来爱这宝刀的。刀用油在一方小石上磨了多日，光亮到暗中照得见人，锋利到把头发放到刀口，吹一口气发就成两截，然而还是每天把这刀来磨的。

某天，一个比平常日子似乎更像是有意帮助青年男女"野餐"的一天，黄黄的日头照满全村，龙朱仍然磨刀。

在这人脸上有种孤高鄙夷的表情，嘴角的笑纹也变成了一条对生存感到烦厌的线。他时时凝神听察堡外远处女人的尖细歌声，又时时望天空。黄日头照到他一身，使他身上有春天温暖。天是蓝天，在蓝天作底的景致中，常常有雁鹅排成八字或一字写在那虚空。龙朱望到这些也不笑。

什么事把龙朱变成这样阴郁的人呢？白耳族，乌婆族，猓猓，花帕，长脚……每一族的年轻女人都应负责，每一对年轻情人都应致歉。妇女们，在爱情选择中遗弃了这样完全人物，是菩萨神鬼不许可的一件事，是爱的耻辱，是民族灭亡的先兆。女人们对于恋爱不能发狂，不能超越一切利害去追求，不能选她顶欢喜的一个人，不论什么种族，这种族都近于无用。

龙朱正磨刀，一个矮矮的奴隶走到他身边来，伏在龙朱的脚边，用手攀他主人的脚。

龙朱瞥了一眼，仍然不作声，因为远处又有歌声飞过来了。

奴隶抚着龙朱的脚也不作声。

远处正有一片歌声飞来。过了一阵，龙朱发声了，声音像唱歌，在糅合了庄严和爱的调子中挟着一点愤懑，说："矮子你又不听我话，做这个样子！"

"主，我是你的奴仆。"

"难道你不想做朋友吗？"

"我的主，我的神，在你面前我永远卑小。谁人敢在你面前平排？谁人敢说他的尊严在美丽的龙朱面前还有存在必须？

谁人不愿意永远为龙朱作奴作婢？谁……"

龙朱用顿足制止了矮奴的奉承，然而矮奴仍然把最后一句"谁个女子敢想爱上龙朱？"恭维得不得体的话说毕，才站起来。

矮奴站起了，也仍然如平常人跪下一般高。矮人似乎真适宜于做奴隶的。

龙朱说："什么事使你这样可怜？"

"在主面前看出我的可怜，这一天我真值得生存了。"

"你太聪明了。"

"经过主的称赞，呆子也成了天才。"

"我问你，到底有什么事？"

"是主人的事，因为主在此事上又可见出神的恩惠。"

"你这个只会唱歌不会说话的人，真要我打你了。"

矮奴到这时，才把话说到身上。这个时他哭着脸，表示自己的苦恼失望，且学着龙朱生气时顿足的样子。这行为，若在别人猜来，也许以为矮子服了毒，或者肚脐被山蜂所螫，所以作这样子，表明自己痛苦，至于龙朱，则早已明白，猜得出这样的矮子，不出赌输钱或失欢女人两事了。

龙朱不作声，高贵地笑，于是矮子说：

"我的主，我的神，我的事瞒不了你的，在你面前的仆人，是又被一个女子欺侮了。"

"你是一只会唱谄媚曲子的鸟，被欺侮是不会有的事！"

"但是，主，爱情把仆人变蠢了。"

"只有人在爱情中变聪明的事。"

"是的，聪明了，仿佛比其他时节聪明了点，但在一个比自己更聪明的人面前，我看出我自己蠢得像猪。"

"你这土鹦哥平日的本事到什么地方去了？"

"平时哪里有什么本事呢，这只土鹦哥，嘴巴大，身体大，唱的歌全是学来的歌，不中用。"

"把你所学的全唱过，也就很可以打胜仗了。"

"唱过了，还是失败。"

龙朱就皱了一皱眉毛，心想这事怪。

然而一低头，望到矮奴这样矮；便了然于矮奴的失败是在身体，不是在咽喉了，龙朱失笑地说：

"矮东西，莫非是为你相貌把你事情弄坏了？"

"但是她并不曾看清楚我是谁。若说她知道我是在美丽无比的龙朱王子面前的矮奴，那她定为我引到老虎洞做新娘子了。"

"我不信你。一定是土气太重。"

"主，我赌咒。这个女人不是从声音上量得出我身体长短的人。但她在我歌声上，却把我心的长短量出了。"

龙朱还是摇头，因为自己是即或见到矮人在前，至于度量这矮奴心的长短，还不能够的。

"主，请你信我的话。这是一个美人，许多人唱枯了喉咙，还为她所唱败！"

"既然是好女人，你也就应把喉咙唱枯，为她吐血，才是爱。"

"我喉咙是枯了，才到主面前来求救。"

"不行不行，我刚才还听过你恭维了我一阵，一个真真为爱情绊倒了脚的人，他决不会又能爬起来说别的话！"

"主啊！"矮奴摇着他的大的头颅，悲声地说道，"一个死人在主面前，也总有话赞扬主的完全的美，何况奴仆呢。奴仆是已为爱情绊倒了脚，但一同主人接近，仿佛又勇气勃勃了。主给人的勇气比何首乌补药还强十倍。我仍然要去了。让人家战败了我也不说是主的奴仆，不然别人会笑主用着这样的蠢人，丢了白耳族的光荣！"

矮奴就走了。但最后说的几句话，激起了龙朱的愤怒，把矮子叫着，问，到底女人是怎样的女人。

矮奴把女人的脸，身，以及歌声，形容了一次。矮奴的言语，正如他自己所称，是用一枝秃笔与残余颜色，涂在一块破布上的。在女人的歌声上，他就把所有白耳族青石冈地方有名的出产比喻净尽。说到像甜酒，说到像枇杷，说到像三羊溪的鲫鱼，说到像狗肉，仿佛全是可吃的东西。矮奴用口作画的本领并不蹩脚。

在龙朱眼中，是看得出矮奴饿了，在龙朱心中，则所引起的，似乎也同甜酒狗肉引起的欲望相近。他因了好奇，不相信，就为矮奴设法，说同到矮奴一起去看。

正想设法使龙朱快乐的矮奴，见到主人要出去，当然欢喜极了，就着忙催主人快出寨门往山中去。

不一会，这白耳族的王子就到山中了。

藏在一积草后面的龙朱，要矮奴大声唱出去，照他所教的唱。先不闻回声。矮奴又高声唱，在对山，在毛竹林里，却答出歌来了。音调是花帕族中女子的音调。

龙朱把每一个声音都放到心上去，歌只唱三句，就止了。有一句留着待唱歌人解释。龙朱便告给矮奴答复这一句歌。又教矮奴也唱三句出去，等那边解释，歌的意思是：凡是好酒就归那善于唱歌的人喝，凡是好肉也应归善于唱歌的人吃，只是你姣好美丽的女人应当归谁？

女人就答一句，意思是：好的女人只有好男子才配。她且即刻又唱出三句歌来，就说出什么样男子是好男子。说好男子时，提到龙朱的名，又提到别的个人的名，那另外两个名字却是历史上的美男子名字，只有龙朱是活人，女人的意思是：你不是龙朱，又不是××××，你与我对歌的人究竟算什么人？你糊涂，你不用妄想。

"主，她提到你的名！她骂我！我就唱出你是我的主人，说她只配同主人的奴隶相交。"

龙朱说，"不行，不要唱了。"

"她胡说，应当要让她知道是只够得上为主人搓脚的女子!"

　　然而矮奴见到龙朱不作声，也不敢回唱出去了。龙朱的心是深深沉到刚才几句歌中去了，他料不到有女人敢这样大胆。虽然许多女子骂男人时，都总说，"你不是龙朱。"这事却又当别论了。因为这时谈到的正是谁才配爱她的问题，女人能提出龙朱名字来，女人骄傲也就可知了。龙朱想既然是这样，就让她先知道矮奴是自己的佣人，再看情形是如何。

　　于是矮奴依照龙朱所教的，又唱了四句。歌的意思是：吃酒糟的人何必说自己量大，没有根柢的人也休想同王子要好，若认为掺了水的酒总比酒精还行，那与龙朱的佣人恋爱也就可以写意了。

　　谁知女子答得更妙，她用歌表明她的身份，说，只有乌婆族的女人才同龙朱佣人相好，花帕族女人只有外族的王子可以论交，至于花帕苗中的自己，是预备在白耳族与男子唱歌三年，再来同龙朱对歌的。

　　矮子说："我的主，她尊视了你，却小看了你的仆人，我要解释我这无用的人并不是你的仆人，免得她耻笑!"

　　龙朱对矮奴微笑，说："为什么你不说'你对山的女子，胆量大就从今天起来同我龙朱主人对歌'呢？你不是先才说到要她知道我在此，好羞辱她吗？"

　　矮奴听到龙朱说的话，还不很相信得过，以为这只是主人的笑话。他哪里会想到主人因此就会爱上这个狂妄大胆的女人。他以为女人不知对山有龙朱在，唐突了主人，主人纵不生气，自己也应当生气。告女人龙朱在此，则女人虽觉得羞辱了，可是自己的事情也完了。

龙朱见矮奴迟疑，不敢接声，就打一声吆喝，让对山人明白，表示还有接歌的气概，尽女人起头。龙朱的行为使矮奴发急，矮奴说："主，你在这儿我是没有歌了。"

"你照我意思唱下去，问她胆子既然这样大，就拢来，看看这个如虹如日的龙朱。"

"我当真要她来？"

"当真！要来我看是什么女人，敢轻视我们白耳族说不配同花帕族女子相好！"

矮奴又望了望龙朱，见主人情形并不是在取笑他的佣人，就全答应下来了。他们于是等待着女子的歌声。稍稍过了些时间，女子果然又唱起来了。歌的意思是：对山的雀你不必叫了，对山的人你也不必唱了，还是想法子到你龙朱王子的奴仆前学三年歌，再来开口。

矮奴说："主，这话怎么回答？她要我跟龙朱的佣人学三年歌，再开口，她还是不相信我是你最亲信的奴仆，还是在骂我白耳族的全体！"

龙朱告矮奴一首非常有力的歌，唱过去，那边好久好久不回。矮奴又提高喉咙唱。回声来了，大骂矮子，说矮奴偷龙朱的歌，不知羞，至于龙朱这个人，却是值得在走过的路上撒花的。矮子烂了脸，不知所答。年轻的龙朱，再也不能忍下去了，小小心心，压着了喉咙，平平地唱了四句。声音的低平仅仅使对山一处可以明白，龙朱是正怕自己的歌使其他男女听到，因此哑喉半天的。龙朱的歌意思就是说：唱歌的高贵女人，你常常提到白耳族一个平凡的名字使我惭愧，因为我在我族中是最无用的人，所以我族中男子在任何地方都有情人，独名字在你口中出入的龙朱却仍然是独身。

不久，那一边像思索了一阵，也幽幽地唱和起来了，歌的是：你自称为白耳族王子的人我知道你不是，因为这王子有银钟的声音，本来拿所有花帕苗年轻的女子供龙朱做垫还不配，但爱情是超过一切的事情，所以你也不要笑我。所歌的意思，极其委婉谦和，音节又极其整齐，是龙朱从不闻过的好歌。因为对山的女人不相信与她对歌的是龙朱，所以龙朱不由得不放声唱了。

这歌是用白耳族顶精粹的言语，自白耳族顶纯洁的一颗心中摇着，从白耳族一个顶甜蜜的口中喊出，成为白耳族顶热情的音调，这样一来所有一切声音仿佛全哑了。一切鸟声与一切远处歌声，全成了这王子歌时和拍的一种碎声，对山的女人，从此沉默了。

龙朱的歌一出口，矮奴就断定了对山再不会有回答。这时等了一阵，还无回声，矮奴说："主，一个在奴仆当来是劲敌的女人，不在王的第二句歌已压倒了。这女人不久前还说大话，要与白耳族王子对歌，她学三十年还不配！"

矮奴不问龙朱意见，许可不许可，就又用他不高明的中音唱道：

你花帕族中说大话的女子，

大话是以后不用再说了，

若你欢喜做白耳族王子仆人的新妇，

他愿意你过来见他的主同你的夫。

仍然不闻有回声。矮奴说，这个女人莫非害羞上吊了。矮奴说的原只是笑话，然而龙朱却说出过对山看看的话了。龙朱说后就走，向谷里下去。跟到后面追着，两手拿了一大把野黄菊同山红果的，是想做新郎的矮奴。

矮奴常说，在龙朱王子面前，跛脚的人也能跃过阔涧。这话是真的。如今的矮奴，若不是跟了主人，这身长不过四尺的人，就决不会像腾云驾雾一般地飞！

第三　唱歌过后一天

"狮子我说过你，永远是孤独的！"白耳族为一个无名勇士立碑，曾有过这样句子。

龙朱昨天并没有寻到那唱歌人。到女人所在处的毛竹林中时，不见人。人走去不久，只遗了无数野花。跟到各处追。还是不遇。各处找遍了，见到不少好女子，女人见到龙朱来，识与不识都立起来怯怯的，如为龙朱的美所征服。见到的女子，问矮奴是不是那一个人，矮奴总摇头。

到后龙朱又重复回到女人唱歌地方。望到这个野花的龙朱，如同嗅到血腥气的小豹，虽按捺自己咆哮，仍不免要憎恼矮奴走得太慢。其实则走在前面的是龙朱，矮奴则两只脚像贴了神行符，全不自主，只仿佛像飞。不过女人比鸟儿，这称呼得实在太久了，不怕白耳族王子主仆走得怎样飞快，鸟儿毕竟是先已飞到远处去了！

天气渐渐夜下来，各处有雀叫，各处有炊烟，龙朱废然归家了。那想作新郎的矮奴，跟在主人的后面，把所有的花丢了，两只长手垂到膝下，还只说见到了她非抱她不可，万料不到自己是拿这女人在主人面前开了多少该死的玩笑。天气当时原是夜下来了。矮奴是跟在龙朱王子的后面，望不到主人的颜色。一个聪明的仆人，即或怎样聪明，总也不会闭了眼睛知道主人的心中事！

龙朱过的烦恼日子以昨夜为最坏。半夜睡不着，起来怀了宝刀，披上一件豹皮褂，走到堡墙上去外望。无所闻，无所见，入目的只是远山上的野烧明灭。各处村庄全睡尽了。大地也睡了。寒月凉露，助人悲思，于是白耳族的王子，仰天叹息，悲叹自己。且远处山下，听到有孩子哭，好像半夜醒来吃奶时情形，龙朱更难自遣。

龙朱想，这时节，各地各处，那洁白如羔羊温和如鸽子的女人，岂不是全都正在新棉絮中做那好梦？那白耳族的青年，在日里唱歌疲倦了的心，做工疲倦了的身体，岂不是在这时也全得到休息了么？只是那扰乱了白耳族王子的心的女人，这时究竟在什么地方呢？她不应当如同其他女人，在新棉絮中做梦。她不应当有睡眠。她应当这时来思索她所歆慕的白耳族王子的歌声。她应当野心扩张，希望我凭空而下。她应当为思我而流泪，如悲悼她情人的死去。但是，这究竟是什么人的女儿？

烦恼中的龙朱，拔出刀来，向天作誓，说："你大神，你老祖宗，神明在左在右：我龙朱不能得到这女人作妻，我永远不与女人同睡，承宗接祖的事我不负责！若是爱要用血来换时，我愿在神面前立约，斫下一只手也不悔！"

立过誓的龙朱，回到自己的屋中，和衣睡了。睡了不久，就梦到女人缓缓唱歌而来，穿白衣白裙，头发披在身后，模样如救苦救难观世音。女人的神奇，使白耳族王子屈膝，倾身膜拜。但是女人却不理，越去越远了。白耳族王子就赶过去，拉着女人的衣裙，女人回过头就笑。女人一笑龙朱就勇敢了，这王子猛如豹子擒羊，把女人连衣抱起飞向一个最近的山洞中去。龙朱做了男子。龙朱把最武勇的力，最纯洁的血，最神圣的爱，全献给这梦中女子了。

白耳族的大神是能护佑于青年情人的，龙朱所要的，也已由神帮助得到了。

今日里的龙朱，已明白昨天一个好梦所交换的是些什么了，精神反而更充足了一点，坐到那大凳上晒太阳，在太阳下深思人世苦乐的分界。

矮奴走进院中来，仍复来到龙朱脚边伏下，龙朱轻轻用脚一踢，矮奴就乘势一个筋斗，翻然立起。

"我的主，我的神，若不是因为你有时高兴，用你尊贵的脚踢我，奴仆的筋斗绝不至于如此纯熟！"

"你该打十个嘴巴。"

"那大约是因为口牙太钝，本来是在白耳族王子跟前的人，无论如何也应比奴仆聪明十倍！"

"唉，矮陀螺，你是又在做戏了。我告了你不知道有多少回，不许这样，难道全都忘记了么？你大约似乎把我当做情人，来练习一精粹谄媚技能罢。"

"主，惶恐，奴仆是当真有一种野心，在主面前来练习一种技能，便将来把主的神奇编成历史的。"

"你是近来赌博又输了，总是又缺少钱扳本。一个天才在穷时越显得是天才，所以这时的你到我面前时话就特别多。"

"主啊，是的。是输了。损失不少。但这个不是金钱，是爱情！"

"你肚子这样大，爱情总是不会用尽！"

"用肚子大小比爱情贫富，主的想象是历史上大诗人的想象。不过……"

矮奴从龙朱脸上看出龙朱今天情形不同往日，所以不说了。这据说爱情上赌输了的矮奴，看得出主人有出去的样子，就改口说：

"主，今天这样好的天气，是日神特意为主出游而预备的天气，不出去像不大对得起神的一番好意！"

龙朱说："日神为我预备的天气我倒好意思接受，你为我预备的恭维我可不要了。"

"本来主并不是人中的皇帝，要倚靠恭维而生存。主是天上的虹，同日头与雨一块儿长在世界上的，赞美形容自然是多余。"

"那你为什么还是这样唠唠叨叨？"

"在美的月光下野兔也会跳舞，在主的光明照耀下我当然比野兔聪明一点儿。"

"够了！随我到昨天唱歌女人那地方去，或许今天可以见到那个人。"

"主呵，我就是来报告这件事。我已经探听明白了。女人是黄牛寨寨主的姑娘。据说这寨主除会酿好酒以外就是会养女儿。据说姑娘有三个，这是第三个，还有大姑娘二姑娘不常出来。不常出来的据说生长得更美。这全是有福气的人享受的！我的主，当我听到女人是这家人的姑娘时，我才知道我是癞蛤蟆。这样人家的姑娘，为白耳族王子擦背擦脚，勉勉强强。主若是要，我们就差人抢来。"

龙朱稍稍生了气，说："滚了罢，白耳族的王子是抢别人家的女儿的吗？说这个话不知羞么？"

矮奴当真就把身卷成一个球，滚到院的一角去。是这样，算是知羞了。然而听过矮奴的话以后的龙朱，怎么样呢？三个女人就在离此不到三里路的寨上，自己却一无所知，白耳族的王子真是怎样愚蠢！到第三的小鸟也能到外面来唱歌，那大姐二姐是已成了熟透的桃子多日了。让好的女人守在家中，等候那命运中远方大风吹来的美男子作配，这是神的意思。但是神这意见又是多么自私！白耳族的王子，如今既明白了，也不要风，也不要雨，自己马上就应当走去！

龙朱不再理会矮奴就跑出去了。矮奴这时正在用手代足走路，做戏法娱龙朱，见龙朱一走，知道主人脾气，也忙站起身追出去。

"我的主，慢一点，让奴仆随在一旁！在笼中蓄养的雀儿是始终飞不远的，主你忙有什么用？"

龙朱虽听到后面矮奴的声音，却仍不理会，如飞跑向黄牛寨去。

快要到寨边，白耳族的王子是已全身略觉发热了，这王子，一面想起许多事还是要矮奴才行，于是就蹲到一株大榆树下的青石墩上歇憩。这个地方再有两箭远近就是那黄牛寨用石砌成的寨门了。树边大路下，是一口大井。溢出井外的水成一小溪活活流着，溪水清明如玻璃。井边有人低头洗菜，龙朱望到这人的背影是一个女子，心就一动。望到一个极美的背影还望到一个大大的髻，髻上簪了一朵小黄花，龙朱就目不转睛地注意这背影转移，以为总可有机会见到她的脸。在那边，大路上，矮奴却像一只海豹匍匐气喘走来了。矮奴不知道路下井边有人，只望到龙朱，深恐怕龙朱冒冒失失走进寨去却一无所得，就大声嚷："我的主，我的神，你不能冒昧进去，里面的狗像豹子！虽说白耳族的王子原是山中的狮子，无怕狗道理，但是为什么让笑话留给这花帕族，说狮子曾被家养的狗吠过呢？"

龙朱也来不及喝止矮奴，矮奴的话却全为洗菜女人听到了。听到这话的女人，就嗤地笑。且知道有人在背后了，才抬起头回转身来，望了望路边人是什么样子。

这一望情形全了然了。不必道名通姓，也不必再看第二眼，女人就知道路上的男子便是白耳族的王子，是昨天唱过了歌今天追跟到此的王子，白耳族王子也同样明白了这洗菜的女人是谁。平时气概轩昂的龙朱看日头不眩眼睛，看老虎也不动心，只略把目光与女人清冷的目光相遇，却忽然觉得全身缩小到可笑的情形中了。女人的头发能击大象，女人的声音能制怒狮，白耳族王子屈服到这寨主女儿面前，也是平平常常的一件事啊！

矮奴走到了龙朱身边，见到龙朱失神失志的情形，又望到井边女人的背影，情形明白了五分。他知道这个女人就是那昨天唱歌被主人收服的女人，且知道这时候无论如何女人也明白蹲在路旁石墩上的男子是龙朱，他不知所措对龙朱作呆样子，又用一手掩自己的口，一手指女人。

龙朱轻轻附到他耳边说，"聪明的扁嘴公鸭，这时节，是你做戏的时节！"

矮奴于是咳了一声嗽。女人明知道了头却不回。矮奴于是把音调弄得极其柔和，像唱歌一样的说道："白耳族王子的仆人昨天做了错事，今天特意来当到他主人在姑娘面前赔礼。不可恕的过失是永远不可恕，因为我如今把姑娘想对歌的人引导前来了。"

女人头不回却轻轻说道："跟到凤凰飞的乌鸦也比锦鸡还好。"

"这乌鸦若无凤凰在身边，就有人要拔它的毛……"说出这样话的矮奴，毛虽不被拔，耳朵却被龙朱拉长了。小子知道了自己猪八戒性质未脱，忙赔礼作揖。听到这话的女人，笑着回过头来，见到矮奴情形，更好笑了。

矮奴望到女人回了头，就又说道：

"我的世界上唯一良善的主人，你做错事了。"

"为什么？"龙朱很奇怪矮奴有这种话，所以问。

"你的富有与慷慨，是各苗族全知道的，所以用不着在一个尊贵的女人面前赏我的金银，那不要紧的。你的良善宣传远近，所以你故意这样教训你的奴仆，别人也相信你不是会发怒的人。但是你为什么不差遣你的奴仆，为那花帕族的尊贵姑娘把菜篮提回，表示你应当同她说说话呢?"

白耳族的王子与黄牛寨主的女儿，听到这话全笑了。

矮奴话还说不完，才责了主人又来自责。他说:"不过白耳族王子的仆人，照理他应当不必主人使唤就把事情做好，是这样也才配说是好仆人。"

于是，不听龙朱发言，也不待那女人把菜洗好，走到井边去，把菜篮拿来挂到屈着的肘上，向龙朱眏了一下眼睛，却回头走了。

矮奴与菜篮，全像懂得事，避开了，剩下的是白耳族王子同寨主女儿。

龙朱迟了许久才走到井边去。

十天后，龙朱用三十只牛三十坛酒下聘，做了黄牛寨寨主的女婿。

媚金·豹子与那羊

一个美丽的完人，总应当有一些缺点，所以菩萨就给他一点说谎的本能。我不愿在说谎人前面受欺，如今我是完了了。

　　不知道麻梨场麻梨的甜味的人，告他白脸苗的女人唱的歌是如何好听也是空话。听到摇橹的声音觉得很美是有人。听到雨声风声觉得美的也有人。听到小孩子半夜哭喊，以及芦苇在小风中说梦话那样细细地响，以为美，也总不缺少那呆子。这些是诗。但更其是诗，更其容易把情绪引到醉里梦里的，就是白脸族苗女人的歌。听到这歌的男子，把流血成为自然的事，这是历史上相传下来的魔力了。一个熟习苗中掌故的人，他可以告你五十个有名美男子被丑女人的好歌声缠倒的故事，他又可以另外告你五十个美男子被白脸苗女人的歌声唱失魂的故事。若是说了这些故事的人，还有故事不说，那必定是他还忘了把媚金的事情相告。

　　媚金的事是这样。她是一个白脸苗中顶美的女人，同到凤凰族相貌极美又顶有一切美德的一个男子，因唱歌成了一对。两方在唱歌中把热情交流了。于是女人就约他夜间往一个洞中相会。男子答应了。这男子名叫豹子。豹子答应了女人夜里到洞中去，因为是初次，他预备牵一匹小山羊去送女人，用白羊换媚金贞女的红血，所做的纵是罪恶，似乎神也许可了。谁知到夜豹子把事情忘了，等了一夜的媚金，因无男子的温暖，就冷死在洞中。豹子在家中睡到天明才记起，赶即去，则女人已死了，豹子就用自己身边的刀自杀在女人身旁。尚有一说则豹子的死，为此后仍然常听到媚金的歌，因寻不到唱歌人，所以自杀。

但是传闻全为人所撰拟，事情并不那样。看看那遗传下来据说是豹子临死前用树枝画在洞里地面沙上最后的一首诗，那意思，却是媚金有怨豹子爽约的语气。媚金是等候豹子不来，以为自己被欺，终于自杀了。豹子是因了那一只羊的缘故，爽了约，到时则媚金已死，所以豹子就从媚金胸上拔出那把刀来，陷到自己胸里去，也倒在洞中。至于羊此后的消息，以及为什么平时极有信用的豹子，却在这约会上成了无信的男子，是应当问那一只羊了。都因为那一只羊，一件喜事变成了一件悲剧，无怪乎白脸族苗人如今有不吃羊肉的理由。

但是问羊又到什么地方去问？每一个情人送他情妇的全是一只小小白山羊，而且为了表示自己的忠诚，与这恋爱的坚固，男人总说这一只羊是当年豹子送媚金姑娘那一只羊的血族。其实说到当年那一只羊，究竟是公山羊或母山羊，谁也还不能够分明。

让我把我所知道的写来罢。我的故事的来源是得自大盗吴柔。吴柔是当年承受豹子与媚金遗下那一只羊的后人，他的祖先又是豹子的拳棍师傅，所传下来的事实，可靠的自然较多。后面是那故事。

媚金站在山南，豹子站在山北，从早唱到晚。山就是现在还名为唱歌山的山。当年名字是野菊，因为菊花多，到秋来满山一片黄。如今还是一样黄花满山，名字是因为媚金的事而改了。唱到后来的媚金，承认是输了，是应当把自己交把与豹子，尽豹子如何处置了，就唱道：

红叶过冈是任那九秋八月的风，
把我成为妇人的只有你。

豹子听到这歌，欢喜得踊跃。他明白他胜利了。他明白这个白脸族中最美丽风流的女人，心归了自己所有，就答道：

白脸族一切全属第一的女人，
请你到黄村的宝石洞里去。
天上大星子能互相望到时，
那时我看见你你也能看见我。

媚金又唱：

我的风，我就照到你的意见行事。
我但愿你的心如太阳光明不欺，
我但愿你的热如太阳把我融化。
莫让人笑凤凰族美男子无信，
你要我做的事自己也莫忘记。

豹子又唱：

放心，我心中的最大的神。
豹子的美丽你眼睛曾为证明。
豹子的信实有一切人作证。
纵天空中到时落的雨是刀，
我也将不避一切来到你身边与你亲吻。

天是渐渐夜了。野猪山包围在紫雾中如今日黄昏景致一
样。天上剩一些起花的红云，送太阳回地下，太阳告别了。到
这时打柴人都应归家，看牛羊人应当送牛羊归栏，一天已完
了。过着平静日子的人，在生命上翻过一页，也不必问第二页
上面所载的是些什么，他们这时应当从山上，或从水边，或从

田坝，回到家中吃饭时候了。

豹子打了一声呼哨，与媚金告别，匆匆赶回家，预备吃过饭时找一只新生的小羊到宝石洞里去与媚金相会。媚金也回了家。

回到家中的媚金，吃过了晚饭，换过了内衣，身上擦了香油，脸上擦了宫粉，对了青铜镜把头发挽成一个大髻，缠上一匹长一丈六尺的绉绸首帕，一切已停当，就带了一个装满了酒的长颈葫芦，以及一个装满了钱的绣花荷包，一把锋利的小刀，走到宝石洞去了。

宝石洞当年，并不与今天两样。洞中是干燥，铺满了白色细沙，有用石头做成的床同板凳，有烧火地方，有天生凿空的窟窿，可以望星子，所不同，不过是当年的洞供媚金豹子两人做新房，如今变成圣地罢了。时代是过去了。好的风俗是如好的女人一样，都要渐渐老去的。一个不怕伤风，不怕中暑，完完全全天生为少年情人预备的好地方，如今却供奉了菩萨，虽说菩萨就是当年殉爱的两人，但媚金豹子若有灵，都会以为把这地方盘踞为不应当吧。这样好地方，既然是两个情人死去的地方，为了纪念这一对情人，除了把这地方来加以人工，好好布置，专为那些唱歌互相爱悦的少男少女聚会方便外，真没有再适当的用处。不过我说过，地方的好习惯是消灭了，民族的热情是下降了，女人也慢慢地把爱情移到牛羊金银虚名虚事上来了，爱情的地位显然是已经堕落，美的歌声与美的身体同样被其他物质战胜成为无用东西了，就是有这样好地方供年轻人许多方便，恐怕媚金同豹子，也见不惯这些假装的热情与虚伪的恋爱，倒不如还是当成圣地，省得来为现代的爱情脏污好！

如今且说媚金到宝石洞的情形。

她是早先来等候豹子的。她到了洞中，就坐到那大青石做成的床边。这是她行将做新妇的床。石的床，铺满了干麦杆草，又有大草把做成的枕头，干爽的穹形洞顶仿佛是帐子，似乎比起许多床来还合用。她把酒葫芦挂到洞壁钉上，把绣花荷包放到枕边（这两样东西是她为豹子而预备的），就在黑暗中等候那年轻壮美的情人。洞口微微的光照到外面，她就坐着望到洞口有光处，期待那黑的巨影显现。

她轻轻地唱着一切歌，娱悦到自己。她用歌去称赞山中豹子的武勇与人中豹子的美丽，又用歌形容到自己此时的心情与豹子的心情。她用手揣自己身上各处，又用鼻子闻嗅自己各处，揣到的地方全是丰腴滑腻如油如脂，嗅到的气味全是一种甜香气味。她又把头上的首巾除去，把髻拆松，比黑夜还黑的头发一散就拖地。媚金原是白脸族极美的女人，男子中也只有豹子，才配在这样女人身上做一切撒野的事。

这女人，全身发育到成圆形，各处的线全是弧线，整个的身材却又极其苗条相称。有小小的嘴与圆圆的脸，有一个长长的鼻子。有一个尖尖的下巴。还有一对长长的眉毛。样子似乎是这人的母亲，照到何仙姑捏塑成的，人间决不应当有这样完全的精致模型。请想想，再过一点钟，两点钟，就应当把所有衣衫脱去，做一个男子的新妇，这样的女人，在这种地方，略为害着羞，容纳了一个莽撞男子的热与力，是怎样动人的事！

生长于二十世纪，一九二八年，在中国上海地方，善于在朋友中刺探消息，各处造谣，天生一张好嘴，得人怜爱的文学家，聪明伶俐为世所惊服，但请他来想想媚金是如何美丽的一个女人，仍然是很难的一件事。

白脸族苗女人的秀气清气，是随到媚金灭了多日了。这事是谁也能相信的。如今所见到的女人，只不过是下品中的下品，还足使无数男子倾心，使有身份的汉人低头，媚金的美貌也就可以仿佛得知了。

爱情的字眼，是已经早被无数肮脏的虚伪的情欲所玷污，再不能还到另一时代的纯洁了。为了说明当时媚金的心情，我们是不愿再引用时行的话语来装饰，除了说媚金心跳着在等候那男子来压她以外，她并不如一般天才所想象的叹气或独白！

她只望豹子快来，明知是豹子要咬人她也愿意被吃被咬。

那一只人中豹子呢？

豹子家中无羊，到一个老地保家买羊去了。他拿了四吊青钱，预备买一只白毛的小母山羊，进了地保的门就说要羊。

地保见到豹子来问羊，就明白是有好事了，向豹子说："年轻的标致的人，今夜是预备做什么人家的新郎？"

豹子说："在伯伯眼中，看得出豹子的新妇所在。"

"是山茶花的女神，才配为豹子屋里人。是大鬼洞的女妖，才配与豹子相爱。人中究竟是谁，我还不明白。"

"伯伯，人人都说凤凰族的豹子相貌堂堂，但是比起新妇来，简直不配为她做垫脚蒲团！"

"年轻人，不要太自谦卑。一个人投降在女人面前时，是看起自己来本就一钱不值的。"

"伯伯说的话正是！我是不能在我那个人面前说到自己的。得罪伯伯，我今夜里就要去做丈夫了。对于我那人，我的心，要怎样来诉说呢？我来此是为伯伯匀一只小羊，拿去献给那给我血的神。"

地保是老年人，是预言家，是相面家，听豹子在喜事上说到血，就一惊。这老年人似乎就有一种预兆在心上明白了，他说："年轻人，你神气不对。"

"伯伯呵！今夜你的儿子是自然应当与往日两样的。"

"你把脸到灯下来我看。"

豹子就如这老年人的命令，把脸对那大青油灯。地保看过后，把头点点，不作声。

豹子说："明于见事的伯伯，可不可以告我这事的吉凶？"

"年轻人，知识只是老年人的一种消遣，于你们是无用的东西！你要羊，到栏里去拣选，中意的就拿去吧。不要给我钱。不要致谢。我愿意在明天见到你同你新妇的……"

地保不说了，就引导豹子到屋后羊栏里去。豹子在羊群中找取所要的羔羊，地保为掌灯相照。羊栏中，羊数近五十，小羊占一半，但看去看来却无一只小羊中豹子的意。毛色纯白的又嫌稍大，较小的又多脏污。大的羊不适用那是自然的事，毛色不纯的羊又似乎不配送给媚金。

"随随便便罢，年轻人，你自己选。"

"选过了。"

"羊是完全不合用么？"

"伯伯，我不愿意用一只驳杂毛色的羊与我那新妇洁白贞操相比。"

"不过我愿意你随随便便选一只，赶紧去看你那新妇。"

"我不能空手，也不能用伯伯这里的羊，还是要到别处去找！"

"我是愿意你随便点。"

"道谢伯伯，今天是豹子第一次与女人取信的事，我不好把一只平常的羊充数。"

"但是我劝你不要羊也成。使新妇久候不是好事。新妇所要的并不是羊。"

"我不能照伯伯的忠告行事，因为我答应了我的新妇。"

豹子谢了地保，到别一人家去看羊。送出大门的地保，望到这转瞬即消失在黑暗中的豹子，叹了一口气，大数所在这预言者也无可奈何，只有关门在家等消息了。他走了五家，全无合意的羊，不是太大就是毛色不纯。好的羊在这地方原是如好的女人一样，使豹子中意全是偶然的事！

当豹子出了第五家养羊人家的大门时，星子已满天，是夜静时候了。他想，第一次答应了女人做的事，就做不到，此后尚能取信于女人么？空手地走去，去与女人说羊是找遍了全个村子还无中意的羊，所以空手来，这谎话不是显然了么？他于是下了决心，非找遍全村不可。

凡是他所知道的地方他都去拍门，把门拍开时就低声柔气说出要羊的话。豹子是用着他的壮丽在平时就使全村人皆认识了的，听到说要羊，送女人，所以人人无有不答应。像地保那样热心耐烦地引他到羊栏去看羊，是村中人的事。羊全看过了，很可怪的事是无一只合适的小羊。

在洞中等候的媚金着急情形，不是豹子所忘记的事。见了星子就要来的临行嘱托，也还在豹子耳边停顿。但是，答应了女人为抱一只小羔羊来，如今是羊还不曾得到，所以豹子这时着急的，倒只是这羊的寻找，把时间忘了。

想在本村里找寻一只净白小羊是办不到的事，若是一定要，那就只有到离此三里远近的另一个村里询问了。他看看天空，以为时间尚早。豹子为了守信，就决心一气跑到另一村里去买羊。

到别一村去道路在豹子走来是极其熟悉的，离了自己的村庄，不到半里，大路上，他听到路旁草里有羊叫的声音。声音极低极弱，这汉子一听就明白这是小羊的声音。他停了。又详细地侧耳探听，那羊又低低地叫了一声。他明白是有一只羊掉在路旁深坑里了，羊是独自留在坑中有了一天，失了娘，念着家，故在黑暗中叫着哭着。

豹子借到星光拨开了野草，见到了一个地口。羊听到草动，就又叫，那柔弱的声音从地口出来。豹子欢喜极了。豹子知道近来天气晴明，坑中无水，就溜下去。坑只齐豹子的腰，坑底的土已干硬了，豹子下到坑中以后稍过一阵，就见到那羊了。羊知道来了人便叫得更可怜，也不走拢到豹子身边来，原来羊是初生不到十天的小羔，看羊人不小心，把羊群赶走，尽它掉下了坑，把前面一只脚跌断了。

豹子见羊已受了伤，就把羊抱起，爬出坑来，以为这羊无论如何是用得着了，就走向媚金约会的宝石洞路上去。在路上，羊却仍然低低地喊叫。豹子悟出羊的痛苦来了，心想只有抱它到地保家去，请地保为敷上一点药，再带去。他就又反向地保家走去。

到了地保家，拍门时，正因为豹子事无从安睡的老人，还以为是豹子的凶信来了。老人隔门问是谁。

"伯伯，是你的侄儿。羊是得到了，因为可怜的小东西受了伤，跌坏了脚，所以到伯伯处求治。"

"年轻人，你还不去你新妇那里吗？这时已半夜了，快把羊放到这里，不要再耽搁一分一秒罢。"

"伯伯，这一只羊我断定是我那新妇所欢喜的。我还不能看清楚它的毛色，但我抱了这东西时，就猜得这是一只纯白的羊！它的温柔与我的新妇一样，它的……"

那地保真急了，见到这汉子对于无意中拾来一只受伤的羊，像对这羊在作诗，就把门闩抽去砰地把门打开。一线灯光照到豹子怀中的小羊身上，豹子看出了小羊的毛色。

羊的一身白得像大理的积雪。豹子忙把羊抱起来亲嘴。

"年轻人，你这是做什么？你忘了你是应当在今夜做新郎了。"

"伯伯，我并不忘记！我的羊是天赐的。我请你赶紧设法为它的脚搽一点药水，我就应当抱它去见我的新人了。"

地保只摇头，把羊接过手来在灯下检视，这小羊见了灯光再也不喊了，只闭了眼睛，鼻孔里咻咻地出气。

过了不久豹子已在向宝石洞的一条路上走着了。小羊在他怀中得了安眠。豹子满心希望到宝石洞时见到了媚金，同到媚金说到天赐这羊的事。他把脚步放宽，一点不停，一直上了山，过了无数高崖，过了无数水洞，走到宝石洞。

到得洞外时东方的天已经快明了。这时天上满是星，星光照到洞门，内中冷冷清清不见人。他轻轻地喊："媚金，媚金，媚金！"

他再走近一点儿，则一股气味从洞中奔出，全无回声，多经验的豹子一嗅便知道这是血腥气。豹子愕然了。稍稍发痴，即刻把那小羊向地下一摔，奔进洞中去。

到了洞中以后，向床边走去，为时稍久，豹子就从天空星子的微光返照下望到媚金倒在床上的情形了。血腥气也就从那边而来。豹子扑拢去，摸到媚金的额，摸到脸，摸到口；口鼻只剩了微热。

"媚金！媚金！"

喊了两声以后，媚金微微地嘤地应了一声。

"你做什么了呢？"

先是听嘘嘘地放气，这气似乎并不是从口鼻出，又似乎只是在肚中响，到后媚金转动了，想爬起不能，就幽幽地继续地说道："喊我的是日里唱歌的人不？"

"是的，我的人！他日里常常是忧郁地唱歌，夜里则常是孤独地睡觉；他今天这时却是预备来做新郎的……为什么你是这个样子了呢？"

"为什么？"

"是！是谁害了你？"

"是那不守信实的凤凰族年轻男子，他说了谎。一个美丽的完人，总应当有一些缺点，所以菩萨就给他一点说谎的本能。我不愿在说谎人前面受欺，如今我是完了。"

"并不是！你错了！全因为凤凰族男子不愿意第一次对一个女人就失信，所以他找了一整夜才无意中把那所答应的羊找到，如今是得了羊倒把人失了。天啊，告我应当在什么事情上面守着那信用。"

临死的媚金听到这语，知道豹子迟来的理由是为了那羊，知道并不是失约了，对于自己在失望中把刀陷进胸膛里的事是觉得做错了。她就要豹子扶她起来，把头靠到豹子的胸前，让豹子的嘴放到她额上。

女人说："我是要死了……我因为等你不来，看看天已快亮，心想自己是被欺了……所以把刀放进胸膛里了……你要我的血我如今是给你血了。我不恨你……你为我把刀拔去，让我死……你也趁天未大明就逃到别处去，因为你并无罪。"

豹子听着女人断断续续地说到死因，流着泪，不作声。他想了一阵，轻轻地去摸媚金的胸，摸着了全染了血的媚金的奶，奶与奶之间则一把刀柄浴着血。豹子心中发冷，打了一个颤。

女人说："豹子，为什么不照到我的话行事呢？你说是一切为我所有，那么就听我命令，把刀拔去了，省得我受苦。"

豹子还是不作声。

女人过了一阵，又说："豹子，我明白你了，你不要难过。你把你得来的羊拿来我看。"

豹子就好好把媚金放下，到洞外去捉那只羊。可怜的羊是无意中被豹子掼得半死，也卧在地下喘气了。

豹子望一望天，天是完全发白了。远远的有鸡在叫了。他听到远处的水车响声，像平常做梦日子。

他把羊抱进洞去给媚金，放到媚金的胸前。

"豹子，扶我起来，让我同你拿来的羊亲嘴。"

豹子把她抱起，又把她的手代为抬起，放到羊身上。"可怜这只羊也受伤了，你带它去了吧……为我把刀拔了，我的人。不要哭……我知道你是爱我，我并不怨恨。你带羊逃到别处去好了……呆子，你预备做什么？"

豹子是把自己的胸也坦出来了，他去拔刀。陷进去很深的刀是用了大的力才拔出的。刀一拔出血就涌出来了，豹子全身浴着血。豹子把全是血的刀子扎进自己的胸脯，媚金还能见到就含着笑死了。

天亮了，天亮了以后，地保带了人寻到宝石洞，见到的是两具死尸，与那曾经自己手为敷过药此时也已半死的羊，以及似乎是豹子临死以前用树枝在沙上写着的一首歌。地保于是乎把歌读熟，把羊抱回。

白脸苗的女人，如今是再无这种热情的种子了。她们也仍然是能原谅男子，也仍然常常为男子牺牲，也仍然能用口唱出动人灵魂的歌，但都不能做媚金的行为了！

月下小景

龙应当藏在云里，你应当藏在心里。

初八的月亮圆了一半，很早就悬到天空中。傍了××省边境由南而来的横断山脉长岭脚下，有一些为人类所疏忽历史所遗忘的残余种族聚集的山寨。他们用另一种言语，用另一种习惯，用另一种梦，生活到这个世界一隅，已经有了许多年。当这松杉挺茂嘉树四合的山寨，以及寨前大地平原，整个为黄昏占领了以后，从山头那个青石碉堡向下望去，月光淡淡地洒满了各处，如一首富于光色和谐雅丽的诗歌。山寨中，树林角上，平田的一隅，各处有新收的稻草积，以及白木做成的谷仓。各处有火光，飘扬着快乐的火焰，且隐隐地听得着人语声，望得着火光附近有人影走动。官道上有马项铃清亮细碎的声音，有牛项下铜铎沉静庄严的声音。从田中回去的种田人，从乡场上回家的小商人，家中莫不有一个温和的脸儿，等候在大门外，厨房中莫不预备有热腾腾的饭菜，与用瓦罐炖热的家酿烧酒。

薄暮的空气极其温柔，微风摇荡，大气中有稻草香味，有烂熟了山果香味，有甲虫类气味，有泥土气味。一切在成熟，在开始结束一个夏天阳光雨露所及长养生成的一切。一切光景具有一种节日的欢乐情调。

柔软的白白月光，给位置在山岨上石头碉堡，画出一个明明朗朗的轮廓，碉堡影子横卧在斜坡间，如同一个巨人的影子。碉堡缺口处，迎月光的一面，倚着本乡寨主独生儿子傩佑；傩神所保佑的儿子，身体靠定石墙，眺望那半规新月，微笑着思索人生苦乐。

"人实在值得活下去，因为一切那么有意思，人与人的战争，心与心的战争，到结果皆那么有意思，无怪乎本族人有英雄追赶日月的故事。因为日月若可以请求，要它停顿在那儿时，它便停顿，那就更有意思了。"

这故事是这样的：第一个××人，用了他武力同智慧得到人世一切幸福时，他还觉得不足，贪婪的心同天赋的力，使他勇往直前去追赶日头，找寻月亮，想征服主管这些东西的神，勒迫它们在有爱情和幸福的人方面，把日子去得慢一点，在失去了爱心子为忧愁失望所啮蚀的人方面，把日子又去得快一点。结果这贪婪的人虽追上了日头，却被日头的热所烤炙，在西方大泽中就渴死了。至于日月呢，虽知道了这是人类的欲望，却只是万物中之一的欲望，故不理会。因为神是正直的，不阿其所私的，人在世界上并不是唯一的主人，日月不单为人类而有。日头为了给一切生物的热和力，月亮为了给一切虫类唱歌，用这种歌声与银白光色安息劳碌的大地。日月虽仍然若无其事地照耀着整个世界，看着人类的忧乐，看着美丽的变成丑恶，又看着丑恶的称为美丽，但人类太进步了一点，比一切生物智慧较高，也比一切生物更不道德。既不能用严寒酷热来困苦人类，又不能不将日月照及人类，故同另一主宰人类心之创造的神，想出了一个办法，就是使此后快乐的人越觉得日子太短，使此后忧愁的人越觉得日子过长，人类既然凭感觉来生活，就在感觉上加给人类一种处罚。

这故事有作为月神与恶魔商量结果的传说，就因为恶魔是在夜间出世的。人皆相信这是月亮做成的事，与日头毫无关系。凡一切人讨论光阴去得太快，或太慢时，却常常那么诅咒："日子，滚你的去吧。"痛恨日头而不憎恶月亮，土人的解释，则为人类性格中，慢慢地已经神性渐少，恶性渐多。另外就是月光较温柔，和平，给人以智慧的冷静的光，却不给人以坦白直率的热，因此普遍生物皆欢喜月光，人类中却常常诅咒日头。约会恋人的，走夜路的，做夜工的，皆觉得月光比日光较好。在人类中讨厌月光的只是盗贼，本地方土人中却无盗贼，也缺少这个名词。

这时节，这一个年纪还刚只满二十一岁的寨主独生子，由于本身的健康，以及从另一方面所获得的幸福，对头上的月光正满意地会心微笑，似乎月光也正对了他微笑。傍近他身边，有一堆白色东西。这是一个女孩子，把她那长发散乱的美丽头颅，靠在这年轻人的大腿上，把它当作枕头安静无声地睡着。女孩子一张小小的尖尖的白脸，似乎被月光漂过的大理石，又似乎月光本身。一头黑发，如同用冬天的黑夜作为材料，由盘踞在山洞中的女妖亲手纺成的细纱。眼睛，鼻子，耳朵，同那一张产生幸福的泉源的小口，以及颊边微妙圆形的小涡，如本地人所说的接吻之巢窝，无一处不见得是神所着意成就的工作。一微笑，一眯眼，一转侧，都有一种神性存乎其间。神同魔鬼合作创造了这样一个女人，也得用侍候神同对付魔鬼的两种方法来侍候她，才不委屈这个生物。

女人正安安静静地躺在他的身边，一堆白色衣裙遮盖到那个修长丰满柔软溢香的身体，这身体在年轻人记忆中，只仿佛是用白玉，奶酥，果子同香花，调和削筑成就的东西。两人白日里来此，女孩子在日光下唱歌，在黄昏里与落日一同休息，现在又快要同新月一样苏醒了。

一派清光洒在两人身上，温柔地抚摩着睡眠者全身。山坡下是一部草虫清音繁复的合奏。天上那半规新月，似乎在空中停顿着，长久还不移动。

幸福使这个孩子轻轻地叹息了。

他把头低下去，轻轻地吻了一下那用黑夜搓成的头发，接近那魔鬼手段所成就的东西。

远处有吹芦管的声音。有唱歌声音。身近旁有班背萤，带了小小火把，沿了碉堡巡行，如同引导得有小仙人来参观这古堡的神气。

当地年轻人中唱歌圣手的傩佑，唯恐惊了女人，惊了萤火，轻轻地轻轻地唱：

龙应当藏在云里，
你应当藏在心里。
……

女孩子在迷糊梦里，把头略略转动了一下，在梦里回答着：

我灵魂如一面旗帜，
你好听歌声如温柔的风。

他以为女孩子已醒了，但听下去，女人把头偏向月光又睡去了。于是又接着轻轻地唱道：

人人说我歌声有毒，
一首歌也不过如一升酒使人沉醉一天，
你那敷了蜂蜜的言语，
一个字也可以在我心上甜香一年。

女孩子仍然闭了眼睛在梦中答着：

不要冬天的风，不要海上的风，
这旗帜受不住狂暴大风。
请轻轻地吹，轻轻地吹；
（吹春天的风，温柔的风）
把花吹开，不要把花吹落。

小寨主明白了自己的歌声可作为女孩子灵魂安宁的摇篮，
故又接着轻轻地唱道：

有翅膀鸟虽然可以飞上天空，
没有翅膀的我却可以飞入你的心里。
我不必问什么地方是天堂，
我也已坐在天堂门边。

女孩又唱：

身体要用极强健的臂膀搂抱，
灵魂要用极温柔的歌声搂抱。

寨主的独生子傩佑，想了一想，在脑中搜索话语，如同宝石商人在口袋中搜索宝石。口袋中充满了放光眩目的珠玉奇宝，却因为数量太多了一点，反而选不出那自以为极好的一粒，因此似乎受了一点儿窘。他觉得神只创造美和爱，却由人来创造赞誉这神工的言语。向美说一句话，为爱下一个注解，要适当合宜，不走失感觉所及的式样，不是一个平常人的能力所能企及。

"这女孩子值得用龙朱的爱情装饰她的身体，用龙朱的诗歌装饰她的人格。"他想到这里时，觉得有点惭愧了，口吃了，不敢再唱下去了。

歌声作了女孩子睡眠的摇篮，所以这女孩子才在半醒后重复入梦。歌声停止后，她也就惊醒了。

他见到女孩子醒来时，就装作自己还在睡眠，闭了眼睛。女孩从日头落下时睡到现在，精神已完全恢复过来，看男子还依靠石墙睡着，担心石头太冷，把白披肩搭到男子身上去后，傍了男子靠着。记起睡时满天的红霞，望到头上的新月，便轻轻地唱着，如母亲唱给小宝宝听催眠歌。

睡时用明霞作被，
醒来用月儿点灯。

寨主独生子哧地笑了。

四只放光的眼睛互相瞅着，各安置一个微笑在嘴角上，微笑里却写着白日中两个人的一切行为，两人似乎皆略略为先前一时那点回忆所羞了，就各自向身旁那一个紧紧地挤了一下，重新交换了一个微笑，两人发现了对方脸上的月光那么苍白，于是齐向天上所悬的半规新月望去。

远远的有一派角声与锣鼓声，为田户巫师禳土酬神所在处，两人追寻这快乐声音的方向，于是向山下远处望去。远处有一条河。

"没有船舶不能过那条河，没有爱情如何过这一生？"

"我不会在那条小河里沉溺，我只会在你这小口上沉溺。"

两人意思仍然写在一种微笑里，用得是那么暧昧神秘的符号，却使对面一个从这微笑里明明白白，毫不含糊。远处那条长河，在月光下蜿蜒如一条带子，白白的水光，薄薄的雾，增加了两人心上的温暖。

女孩子说到她梦里所听的歌声，以及自己所唱的歌，还以为他们两人皆在梦里。经小寨主把刚才的情形说明白时，两人笑了许久。

女孩子天真如春风，快乐如小猫，长长的睡眠把白日的疲倦完全恢复过来，因此在月光下，显得如一尾鱼在急流清溪里。

只想说话，全是说那些远无边际的，与梦无异的，年轻情人在狂热中所能说的糊涂话蠢话皆完全说到了。

小寨主说："不要说话，让我好在所有的言语里，找寻赞美你眉毛头发美丽处的言语！"

"说话呢，是不是就妨碍了你的诙谐？一个有天分的人，就是诙谐也显得不缺少天分！"

"神是不说话的。你不说话时像……"

"还是做人好！你的歌中也提到做人的好处！我们来活活泼泼地做人，这才有意思！"

"我以为你不说话就像何仙姑的亲姊妹了。我希望你比你那两个姐姐还稍呆笨一点。因为得呆笨一点，我的言语字汇里，才有可以形容你高贵处的文字。"

"可是，你曾同我说过，你也希望你那只猎狗敏捷一点。"

"我希望它灵活敏捷一点，为的是在山上找寻你比较方便，为我带信给你时也比较妥当一点。"

"希望我笨一点，是不是也如同你希望羚羊稍笨一样，好让你嗾使那只猎狗咬我时，不至于使我逃脱？"

"好的音乐常常是复音，你不妨再说一句。"

"我记得到你也希望羚羊稍笨过。"

"羚羊稍笨一点，我的猎狗才可以赶上它，把它捉回来送你。你稍笨一点，我才有相当的话颂扬你！"

"你口中体面话够多了，你说说你那些感觉给我听听，说谎若比真实更美丽，我愿意听你那些美丽的谎话。"

"你占领我心上的空间，如同黑夜占领地面一样。"

"月亮起来时，黑暗不是就只占领地面空间很小很小一部分了吗？"

"月亮照不到人心上的。"

"那我给你的应当也是黑暗了。"

"你给我的是光明，但是一种眩目的光明，如日头似的逼人熠耀。你使我糊涂。你使我卑陋。"

"其实你是透明的，从你选择诮诹时，证明你的心现在还是透明的。"

"清水里不能养鱼，透明的心也一定不能积存辞藻。"

"江中的水永远流不完，心中的话永远说不完：不要说了。一张口不完全是说话用的！"

两人为嘴唇找寻了另外一种用处，沉默了一会。两颗心同一地跳跃，望着做梦一般月下的长岭，大河，寨堡，田坪。芦管声音似乎为月光所湿，音调更低郁沉重了一点。寨中的角楼，第二次摇了转更鼓，女孩子听到时，忽然记起了一件事。把小寨主那颗年轻聪慧的头颅捧到手上，眼眉口鼻吻了好些次数，向小寨主摇摇头，无可奈何低低地叹了一声气，把两只手举起，跪在小寨主面前来梳理头上散乱了的发辫，意思想站起来，预备要走了。

小寨主明白那意思了，就抱了女孩子，不许她站起身来。

"多少萤火虫还知道打了小小火炬游玩，你忙些什么？走到什么地方去！"

"一颗流星自有它来去的方向，我有我的去处。"

"宝贝应当收藏在宝库里，你应当收藏在爱你的那个人家里。"

"美的都用不着家：流星，落花，萤火，最会鸣叫的蓝头红嘴绿翅膀的王母鸟，也都没有家的。谁见过人蓄养凤凰呢？谁能束缚着月光呢？"

"狮子应当有它的配偶，把你安顿到我家中去，神也十分同意!"

"神同意的人常常不同意。"

"我爸爸会答应我这件事，因为他爱我。"

"因为我爸爸也爱我，若知道了这件事，会把我照××人规矩来处置。若我被绳子缚了沉到地眼里去时，那地方接连四十八根箩筐绳子还不能到底，死了做鬼也找不出路来看你，活着做梦也不能辨别方向。"

女孩子是不会说谎的，××族人的习气，女人同第一个男子恋爱，却只许同第二个男子结婚。若违反了这种规矩，常常把女子用石磨捆到背上，或者沉入潭里，或者抛到地窟窿里。习俗的来源极古，过去一个时节，应当同别的种族一样，有认处女为一种有邪气的东西，地方酋长既较开明，巫师又因为多在节欲生活中生活，故执行初夜权的义务，就转为第一个男子的恋爱。第一个男子因此可以得到女人的贞洁，但因此就不能够永远得到她的爱情。若第一个男子娶了这女人，似乎对于男子也十分不幸。迷信在历史中渐次失去了本来的意义，习俗却把古代规矩保持了下来，由于××守法的天性，故年轻男女在第一个恋人身上，也从不做那长远的梦。"好花不能长在，明月不能长圆，星子也不能永远放光"，××人歌唱恋爱，因此也多忧郁感伤气氛。常常有人在分手时感到"芝兰不易再开，欢乐不易再来"，两人悄悄逃走的。也有两人携了手，沉默无语一同跳到那些在地面张着大嘴、死去了万年的火山孔穴里去的。再不然，冒险地结了婚，到后被查出来时，就应当把女的向地狱里抛去那个办法了。

当地女孩子因为这方面的习俗无法除去，故一到成年，家庭即不大加以拘束，外乡人来到本地若喜悦了什么女子，使女子献身总十分容易。女孩子明理懂事一点的，一到了成年时，总把自己最初的贞操，稍加选择就付给了一个人，到后来再同第二个钟情的男子结婚。男子中明理懂事的，也已爱上某个女子，若知道她还是处女，也将尽这女子先去找寻一个尽义务的爱人，再来同女子结婚。

但这些魔鬼习俗不是神所同意的。年轻男女所做的事，常常与自然的神意合一，容易违反风俗习惯。女孩子总愿意把自己整个交付给一个所倾心的男孩子，男子到爱了某个女孩时，也总愿意把整个的自己换回整个的女子。风俗习惯下虽附加了一种严酷的法律，在这法律下牺牲的仍常常有人。

女孩子遇到了这乡长独生子，自从春天山坡上黄色棣棠花开放时，即被这男子温柔缠绵的歌声与超人壮丽华美的四肢所征服，一直延长到秋天，还极其纯洁地在一种节制的友谊中恋爱着。为了狂热的爱，且在这种有节制的爱情中，两人皆似乎不需要结婚，两人中谁也不想到照习惯先把贞操给一个人蹂躏后再来结婚。

但到了秋天，一切皆在成熟，悬在树上的果子落了地，谷米上了仓，秋鸡伏了卵，大自然为点缀了这大地一年来的忙碌，还在天空中涂抹华丽的色泽，使溪涧澄清，空气温暖而香甜，且装饰了遍地的黄花，以及在草木枝叶间附上与云霞同样的眩目颜色。一切皆布置妥当以后，便应轮到人的事情了。

秋成熟了一切，也成熟了两个年轻人的爱情。

两人同往常任何一天相似，在约定的中午以后，在这古碉堡上见面了。两人共同采了无数野花铺到所坐的大青石板上，并肩坐在那里，山坡上开遍了各样草花，各处是小小蝴蝶，似乎对每一朵花皆悄悄嘱咐了一句话。向山坡下望去，入目远近皆异常恬静美丽。长岭上有割草人的歌声，村寨中有为新生小犊作栅栏的斧斤声，平田中有拾穗打禾人快乐的吵骂声。天空中白云缓缓地移，从从容容地流动，透蓝的天底，一阵候鸟在高空排成一线飞过去了，接着又是一阵。

两个年轻人用山果山泉充了口腹的饥渴，用言语微笑喂着灵魂的饥渴。对日光所及的一切唱了上千首的歌，说了上万句的话。

日头向西掷去，两人对于生命感觉到一点点说不分明的缺处。黄昏将近以前，山坡下小牛的鸣声，使两人的心皆发了抖。

神的意思不能同习惯相合，在这时节已不许可人再为任何魔鬼做成的习俗加以行为的限制。理智即或是聪明的，理智也毫无用处。两人皆在忘我行为中，失去了一切节制约束行为的能力，各在新的形式下，得到了对方的力，得到了对方的爱，得到了把另一个灵魂互相交换移入自己心中深处的满足。到后来，于是两个人皆在战栗中昏迷了，暗哑了，沉默了，幸福把两个年轻人在同一行为上皆弄得十分疲倦，终于两人皆睡去了。

男子醒来稍早一点，在回忆幸福里浮沉，却忘了打算未来。女孩子则因为自身是女子，本能地不会忘却××人对于女子违反这习俗的赏罚，故醒来时，也并未打算到这寨主的独生子会要她同回家去。两人的年龄还皆只适宜于生活在夏娃亚当所住的乐园里，不应当到这"必需思索明天"的世界中安顿。

但两人业已到了向所生长的一个地方一个种族的习惯负责时节了。

"爱难道是同世界离开的事吗?"新的思索使小寨主在月下沉默如石头。

女孩子见男子不说话了，知道这件事正在苦恼到他，就装成快乐的声音，轻轻地喊他，恳切地求他，在应当快乐时就快乐一点。

××人唱歌的圣手，
请你用歌声把天上那一片白云拨开。

月亮到应落时就让它落去，

现在还得悬在我们头上。

天上的确有一片薄云把月亮拦住了，一切皆朦胧了。两人的心皆比先前暗淡了一些。寨主独生子说：

我不要日头，可不能没有你。

我不愿作帝称王，却愿为你作奴当差。

女孩子说："这世界只许结婚不许恋爱。"

"应当还有一个世界让我们去生存，我们远远的走，向日头出处远远的走。"

"你不要牛，不要马，不要果园，不要田土，不要狐皮褥子同虎皮坐褥吗？"

"有了你我什么也不要了。你是一切，是光，是热，是泉水，是果子，是宇宙的万有。为了和你接近，我应当同这个世界离开。"

两人就所知道的四方各处想了许久，想不出一个可以容纳两人的地方。南方有汉人的大国，汉人见了他们就当生番杀戮，他不敢向南方走。向西是通过长岭无尽的荒山，虎豹所据的地面，他不敢向西方走。向北是本族人的地面，每一个村落皆保持同一魔鬼所颁的法律，对逃亡人可以随意处置。只有东边是日月所出的地方，日头既那么公正无私，照理说来日头所在处也一定和平正直了。

但一个故事在小寨主的记忆中活起来了，日头曾炙死了第一个××人，自从有这故事以后，××人谁也不敢向东追求习惯以外的生活，××人有一首历史极久的歌，那首歌把求生的人所不可少的欲望，真的生命意义却结束在死亡里，都以为若贪婪这"生"只有"死"才能得到。战胜命运只有死亡，克服一切唯死亡可以办到。最公平的世界不在地面，却在空中与地底：天堂地位有限，地下宽阔无边。地下宽阔公平的理由，在××人看来是可靠的，就因为从不听说死人愿意重生，且从不闻死人充满了地下。××人永生的观念，在每一个人心中皆坚实地存在。孤单地死，或因为恐怖不容易找寻他的爱人，有所疑惑，同时去死皆是很平常的事情。

寨主的独生子想到另外一个世界，快乐地微笑了。

他问女孩子，是不是愿意向那个只能走去不再回来的地方旅行。

女孩子想了一下，把头仰望那个新从云里出现的月亮。

水是各处可流的，

火是各处可烧的，

月亮是各处可照的，

爱情是各处可到的。

　　说了，就躺到小寨主的怀里，闭了眼睛，等候男子决定了死的接吻。寨主的独生子，把身上所佩的小刀取出，在镶了宝石的空心刀靶上，从那小穴里取出如梧桐子大小的毒药，含放到口里去，让药融化了，就度送了一半到女孩子嘴里去。两人快乐地咽下了那点同命的药，微笑着，睡在业已枯萎了的野花铺就的石床上，等候药力发作。

　　月儿隐在云里去了。

阿黑小史

他上山，就是上山在西风中吹笛子给人听！把笛子一吹，一匹鹿就跑来了。笛子还是继续吹，鹿就待在小子身边睡下，听笛子声音醉人。

油坊

若把江南地方当全国中心，有人不惮远，不怕荒僻，不嫌雨水瘴雾特别多，向南走，向西走，走三千里，可以到一个地方，是我在本文上所说的地方。这地方有一个油坊，以及一群我将提到的人物。

先说油坊。油坊是比人还古雅的，虽然这里的人也还学不到扯谎的事。

油坊在一个坡上，坡是泥土坡，像馒头，名字叫圆坳。同圆坳对立成为本村东西两险隘的是大坳。大坳也不过一土坡而已。大坳上有古时碉楼，用四方石头筑成，碉楼上生草生树，表明这世界用不着军事烽火已多年了。在坳碉上，善于打岩的人，一岩打过去，便可以打到圆坳油坊的旁边。原来这乡村，并不大。圆坳的油坊，从大坳方面望来，望这油坊屋顶与屋边，仿佛这东西是比碉楼还更古。其实油坊是新生后辈。碉楼是百年古物，油坊年纪不过一半而已。

虽说这地方平静，人人各安其生业，无匪患无兵灾，革命也不到这个地方来，然而五年前，曾经为另一个大县分上散兵骚扰过一次，给了地方人教训，因此若说村落是城池，这油坊，已似乎关隘模样的东西了。油坊是本村关隘，这话不错的。地方不忘记散兵的好处，增加了小心谨慎，练起保卫团是五年了。油坊的墙原本也是石头筑成，墙上打了眼，可以打枪，预备风声不好时，保卫团就来此放枪放炮。实际上，地方不当冲，不会有匪，地方不富，兵不来。这时正三月，是油坊打油当忙的时候。山桃花已红满了村落，打桃花油时候已到，工人换班打油，还是忙，油坊日夜不停工，热闹极了。

虽然油坊忙，忙到不开交，从各处送来的桐子，还是源源不绝，桐子堆在油坊外面空坪简直是小山。

来送桐子的照例可以见到油坊主人，见到这个身上穿了满是油污邋遢衣衫的汉子，同他的帮手，忙到过斛上簿子，忙到吸烟，忙到说话，又忙到对年轻女人亲热，谈养猪养鸡的事情，看来真是担心到他一到晚就会生病发烧。如果如此忙下去，这汉子每日吃饭睡觉有没有时间，也仿佛成了问题。然而成天这汉子还是忙。大概天生一个地方一个时间，有些人的精力就特别惊人，正如另一地方另一种人的懒惰一样。所以关心这主人的村中人，看到主人忙，也不过笑笑，随即就离了主人身边，到油坊中去了。

初到油坊才会觉得这是一个怪地方！单是那圆顶的屋，从屋顶透进的光，就使陌生人见了惊讶。这团光帮我们认识了油坊的内部一切，增加了它的神奇。

先从四围看，可以看到成千成万的油枯。油枯这东西，像饼子，像大钱，架空堆码高到油坊顶，绕屋全都是。其次是那屋正中一件东西；一个用石头在地面砌成的圆碾池，直径至少是三丈，占了全屋四分之一空间，三条黄牛绕大圈子打转，拖着那个薄薄的青砗石碾盘，碾盘是两个，一大一小碾池里面是晒干了的桐子，桐子在碾池里，经碾盘来回地碾，便在一种轧轧声音下碎裂了。

把碾碎了的桐子末来处置，是两个年轻人的事。他们是同在这屋里许多做硬功夫的人一样，上衣不穿，赤露了双膊。

他们把一双强健有力的手，在空气中摆动，这样那样非常灵便地把桐子末用一大块方布包裹好，双手举起放到一个锅里去，这个锅，这时则正沸腾着一锅热水。锅的水面有凸起的铁网，桐末便在锅中上蒸，上面还有大的木盖。桐末在锅中，不久便蒸透了，蒸熟了。两个年轻人，看到了火色，便赶快用大铁钳将那一大包桐子末取出，用铲铲取这原料到预先扎好的草兜里，分量在习惯下已不会相差很远，大小则有铁箍在。包好了，用脚踹，用大的木槌敲打，把这东西捶扁了，于是抬到榨上去受罪。

油榨在屋的一角，在较微暗的情形中，凭了一部分屋顶光同灶火光，大的粗的木柱纵横的罗列，铁的皮与铁的钉，发着青色的滑的反光，使人想起古代故事中说的处罚罪人的"人榨"的威严。当一些包以草束以铁业已成饼的东西，按一种秩序放到架上以后，打油人，赤着膊，腰边围了小豹之类的兽皮，挽着小小的发髻，把大小不等的木楔依次嵌进榨的空处去，便手扶了那根长长的悬空的槌，匐的撒了手，尽油槌打了过去。

反复着，继续着，油槌声音随着悠长歌声荡漾到远处去。

一面是屋正中的石碾盘，在三条黄牯牛的缓步下转动，一面是熊熊的发着哮吼的火与沸腾的蒸汽弥漫的水，一面便是这长约三丈的一段圆而且直的木在空中摇荡；于是那从各处远近村庄人家送来的小粒的桐子，便在这样行为下，变成稠黏的，黄色的，半透明的黄流，流进地下的油槽了。

这油坊，正如一个生物，嚣杂纷乱与伟大的谐调，使人认识这个整个的责任是如何重要。人物是从主人到赶牛小子，一共数目在二十以上。这二十余人在一个屋中，各因职务不同做着各样事情，在各不相同的工作上各人运用着各不相同的体力，又交换着谈话，表示心情的暇裕，这是一群还是一个，也仿佛不是用简单文字所能解释清楚。

但是，若我们离开这油坊，一里两里，我们所能知道这油坊是活的，是有着人一样的生命，而继续反复制作一种有用的事物的，将从什么地方来认识？一离远，我们就不能看到那如山堆的桐子仁，也看不到那形势奇怪的房子了。我们也不知道那怪屋里是不是有三条牯牛拖了那大石磨盘打转。

也不知灶中的火还发吼没有。也不知那里是空洞死静的还是一切全有生气的。是这样，我们只有一个办法，就是听那打油人唱歌，听那跟随歌声起落仿佛为歌声作拍的洪壮的声音。

从这歌声，与油槌的打击的闷重声音上，我们就俨然看出油坊中一切来了。这歌声与打油声，有时二三里以外还可以听到，是山中庄严的音乐，庄严到比佛钟还使人感动，能给人气力，能给人静穆与和平。从这声音可以使人明白严冬的过去，一个新的年份的开始，因为打油是从二月开始。且可以知道这地方的平安无警，人人安居乐业，因为地方有了警戒是不能再打油的。

油坊是简单约略介绍过了。与这油坊有关系的，还有几个人。

要说的人，并不是怎样了不得的大人物，我们已经在每日报纸上，把一切历史上有意义的阔人要人脸貌、生活、思想、行为看厌了。对于这类人永远感生兴趣的，他不妨去做小官，设法同这些人接近。我说的人只是那些不逗人欢喜，生活平凡，行为简朴，思想单纯的乡下人。然而这类人，在许多人生活中，同学问这东西一样疏远的。

领略了油坊，就再来领略一个打油人生活，也不为无意义——我就告你们一个打油的一切吧。

这些打油人，成天守着那一段悬空的长木，执行着类乎剑子手的职务，手干摇动着，脚步转换着，腰儿勾着扶了那油槌走来走去，他们可不知那一天所做的事，出了油出了汗以外还出了什么。每天到了换班时节，就回家。人一离开了打油槌，歌也便离开口边了。一天的疲劳，使他觉得非喝一杯极浓的高粱酒不可，他于是乎就走快一点。到了家，把脚一洗，把酒一喝，或者在灶边编编草鞋，或者到别家打一点小牌。有家庭的就同妻女坐到院坝小木板凳上谈谈天，到了八点听到岩上起了更就睡。睡，是一直到第二天五更才作兴醒的。醒来了，天还不大亮，就又到上工时候了。

一个打油匠生活，不过如此如此罢了。不过照例这职业是一种专门职业，所以工作所得，较之小乡村中其他事业也独多，四季中有一季工作便可以对付一年生活，因此这类人在本乡中地位也等于绅士，似乎比考秀才教书还合算。

可是这类人，在本地方真是如何稀少的人物啊！

天黑了，在高空中打团的鹰之类也渐渐地归林了，各处人家的炊烟已由白色变成紫色了，什么地方有妇人尖锐声音拖着悠长的调子喊着阿牛阿狗的孩子小名回家吃饭了，这时圆坳的油坊停工了，从油坊中走出了一个人。这个人，行步匆匆像逃难，原来后面还有一个小子在追赶。这被追赶的人跟跟跄跄地滑着跑着在极其熟悉的下坡路上走着，那追赶他的小子赶不上，就在后面喊他。

"四伯，四伯，慢走一点，你不同我爹喝一杯，他老人家要生气了。"

他回转头望那追赶他的人黑的轮廓，随走随大声地说："不，道谢了。明天来。五明，告诉你爹，我明天来。"

"那不成，今天炖得有狗肉！"

"你多吃一块好了。五明小子你可以多吃一块，再不然帮我留一点明早我来吃。"

"那他要生气！"

"不会的。告你爹，我有点小事，要到西村张裁缝家去。"

说着这样话的这个四伯，人已走下圆坳了，再回头望声音所来处的五明，所望到的是轮廓模糊的一团，天是真黑了。

他不管五明同五明爹，放弃了狗肉同高粱酒，一定要急于回家，是因为念着家中的女儿。这中年汉子，唯一的女儿阿黑，正有病发烧，躺在床不能起来，等他回家安慰的。他的家，去油坊上半里路，已属于另外一个村庄了，所以走到家时已经是五筒丝烟的时候了。快到了家，望到家中却不见灯光，这汉子心就有点紧。老老远，他就大声喊女儿的名字。

他心想，或者女儿连起床点灯的气力也没有了。不听到么，这汉子就更加心急。假若是，一进门，所看到的是一个死人，那这汉子也不必活了。他急剧又忧愁地走到了自己家门前，用手去开那栅栏门。关在院中的小猪，见有人来，以为是喂料的阿黑来了，就群集到那边来。

他暂时就不开门，因为听到屋的左边有人走动的声音。

"阿黑，阿黑，是你吗？"

"爹，不是我。"

故意说不是她的阿黑，却跑过来到她爹的身边了，手上拿的是一些仿佛竹管子一样的东西。爹见了阿黑是又欢喜又有点埋怨的。

"怎么灯也不点，我喊你又不应？"

"饭已早煮好了。灯我忘记了。我没听见你喊我，我到后面园里去了。"

做父亲的用手摸过额角以后，阿黑把门一开，先就跑进屋里去了，不久这小瓦屋中有了灯光。

又不久，在一盏小小的清油灯下，这中年父亲同女儿坐在一张小方桌边吃晚饭了。

吃着饭，望到女儿脸还发红，病显然没好，父亲把饭吃过一碗也不再添。阿黑是十七八岁的人了，知道父亲发痴的理由，就说："一点儿病已全好了，这时人并不吃亏。"

"我要你规规矩矩睡睡，又不听我说。"

"我睡了半天，因为到夜了天气真好，天上有霞，所以起来看，就便到后园去砍竹子，砍来好让五明做箫。"

"我担心你不好，所以才赶忙回来。不然今天五明留我吃狗肉，我哪里就来。"

"爹你想吃狗肉我们明天自己炖一腿。"

"你哪里会炖狗肉？"

"怎么不会？我可以问五明去。弄狗肉吃就是脏一点，费事一点。爹你买来拿到油坊去，要烧火人帮烙好刮好，我必定会办到好吃。"

"等你病好了再说吧。"

"我好了，实在好了。"

"发烧要不得！"

"发烧吃一点狗肉，以火攻火，会好得快一点。"

乖巧的阿黑，并不想狗肉吃，但见到父亲对于狗肉的倾心，所以说自己来炖。但不久，不必亲自动手，五明从油坊送了一大碗狗肉来了。被他爹说了一阵怪他不把四伯留下，五明退思补过，所以赶忙送了一大青花海碗红焖狗肉来。虽说是来送狗肉，其实还是为另外一样东西，比四伯对狗肉似乎还感到可爱。五明为什么送狗肉一定要亲自来，如同做大事一样，不管天晴落雨，不管早夜，这理由只有阿黑心中明白！

"五明，你坐。"阿黑让他坐，推了一个小板凳过去。

"我站站也成。"

"坐，这孩子，总是不听话。"

"阿黑姐，我听你的话，不要生气！"

于是五明坐下了。他坐到阿黑身边驯服到像一只猫。坐在一张白木板凳上的五明，看灯光下的阿黑吃饭，看四伯喝酒夹狗肉吃。若说四伯的鼻子是为酒糟红，使人见了仿佛要醉，那么阿黑的小小的鼻子，可不知是为什么如此逗人爱了。

"五明，再喝一杯，陪四伯喝。"

"我爹不准我喝酒。"

"好个孝子，可以上传。"

"我只听人说过孝女上传的故事，姐，你是传上的。"

"我是说你假，你以为你真是孝子吗？你爹不许你做许多事，似乎都背了爹做过了，陪四伯吃杯酒就怕爹骂，装得真像！"

"冤枉死我了，我装了些什么？"

四伯见五明被女儿逼急了，发着笑，动着那大的酒糟鼻，说阿黑应当让五明。

"爹，你不知道他，人虽小，顶会扯谎。"

大约是五明这小子的确在阿黑面前扯过不少的谎，证据被阿黑拿到手上了，所以五明虽一面嚷着冤枉了人，一面却对阿黑瞪眼，意思是告饶。

"五明，你对我瞪眼睛做什么鬼？我不明白。"说了就纵声笑。五明直急了，大声嚷："是，阿黑姐，你这时不明白，到后我要你明白呀！"

"五明你不要听阿黑的话，她是顶爱窘人的，不理她好了。"

"阿黑，"这汉子又对女儿说，"够了。"

"好，我不说了，不然有一个人眼中会又有猫儿尿。"

五明气突突地说："是的，猫儿尿，有一个人有时也欢喜吃人家的猫儿尿！"

"那是情形太可怜了。"

"那这时就是可笑"——说着，碗也不要，五明抽身走了。

阿黑追出去，喊小子。

"五明，五明，拿碗去！要哭就在灯下哭，也好让人看见！"

走去的五明不作声，也不跑，却慢慢走去。

阿黑心中过意不去，就跟到后面走。

"五明，回来，我不说了。回来坐坐，我有竹子，你帮我做箫。"

五明心有点动，就更慢走了点。

"你不回来，那以后就……什么也完了。"

五明听到这话，不得不停了脚步。他停顿在大路边，等候赶他的阿黑。阿黑到了身边，牵着这小子的手，往回走。这小子泪眼婆娑，仍然进到了阿黑的堂屋，站在那里对着四伯勉强作苦笑。

"坐，当真就要哭了，真不害羞。"

五明咬牙齿，不作声。四伯看了过意不去，帮五明的忙，说阿黑："阿黑，你就忘记你被毛朱伯笑你的情形了。让五明点吧，女人家不可太逞强。"

"爹你祖护他。"

"怎么袒护他？你大点，应当让他一点才对。"

"爹以为他真像是老实人，非让他不可。爹你不知道，有时候他才真不老实！"

"什么时候？"做父亲的似乎不相信。

"什么时候么？多咧多！"阿黑说到这话，想起五明平素不老实的故事来，就笑了。

阿黑说五明不是老实人，这也不是十分冤枉的。但当真若是不老实人，阿黑这时也无资格打趣五明了。说五明不老实者，是五明这小子，人虽小，却懂得许多事，学了不少乖，一得便，就想在阿黑身上撒野，那种时节五明决不能说是老实人的，即或是不缺少流猫儿尿的机会。然而到底不中用，所以不规矩到最后，还是被恐吓收兵回营，仍然是一个在长者面前的老实人。这真可以说，既然想不老实，又始终做不到，那就只有尽阿黑调谑一个办法了。

五明心中想的是报仇方法，却想到明天的机会去了。其实他不知不觉用了他的可怜模样已报仇了。因为模样可怜，使这打油人有与东家做亲家的意思，因了他的无用，阿黑对这被虐待者也心中十分如意了。

五明不作声，看到阿黑把碗中狗肉倒到土钵中去，看到阿黑洗碗，看到阿黑……到后是把碗交到五明手上，另外塞了一把干栗子在五明手中，五明这小子才笑。

借口说怕院坝中猪包围，五明要阿黑送出大门，出了大门却握了阿黑的手不放，意思还要在黑暗中亲一个嘴，算抵消适间被窘的账。把阿黑手扯定，五明也觉得阿黑是在发烧了。

"姐，干吗，手这么热？"

"我有病，发烧。"

"怎不吃药？"

"一点儿小病"

"一点儿，你说的！你的全是一点儿，打趣人家也是，自己的事也是。病了不吃药那怎么行。"

"今天早睡点，吃点姜，发发汗明早就好了。"

"你真使人担心！"

"鬼，我不要你假装关切，我自己会比你明白点。"

"你明白，是呀，什么事你都明白，什么事你都能干，我说的就是假关切，我又是鬼……"五明小子又借此撒起赖来，他又要哭了。

听到呜咽，阿黑心软了，抱了五明用嘴烫五明的嘴，仿佛喂五明一片糖。

五明挣脱身，一气跑过一条田塍去了。

秋

到了七月间，田中禾苗的穗已垂了头，成黄色，各处忙打谷子了。

这时油坊歇息了，代替了油坊打油声音的是各处田中打禾的声音。用一二百铜钱，同到老酸菜与臭牛肉雇来的每个打禾人，一天亮起来到了田中，腰边的镰刀像小锯子，下田后，把腰一勾，齐人高的禾苗，在风快的行动中，全只剩下一小桩，禾的束全卧在田中了。

在割禾人后面，推着大的四方木桶的打禾人，拿了卧在地上的禾把在手，高高的举起快快的打下，把禾在桶的边沿上痛击，于是已成熟的谷粒，完全落到桶中了。

打禾的日子是热闹的日子，庄稼人心中有丰收上仓的欢喜，一面有一年到头的耕作快到了休息时候的舒畅，所有人，全是笑脸！

慢慢的，各个山坡各个村落各个人家门前的大树下，把稻草堆成高到怕人的巨堆，显见的是谷子已上仓了。这稻草的堆积，各处可见到，浅黄的颜色，伏在叶已落去了的各种大树下，远看便像一个庞大兽物。有些人家还将这草堆做屋，就在草堆上起居，以便照料那些山谷中晚熟的黍类薯类。地方没有盗贼，他们怕的是野猪，野猪到秋天就多起来了。

这个时候五明家油坊既停了工，五明无可玩，五明不能再成天守到碾子看牛推磨了，牛也不需要放出去吃草了，就是常上山去捡柴。捡柴不一定是家中要靠到这个卖钱，也不是烧火乏柴，五明的家中剩余的油松柴，就不知有几千几万。

五明捡柴，一天捡回来的只是一捆小枯枝，一捆花，一捆山上野红果。这小子，出大门，佩了镰刀，佩了烟管，还佩了一支短笛，这三样东西只有笛子合用。他上山，就是上山在西风中吹笛子给人听！

把笛子一吹，一匹鹿就跑来了。笛子还是继续吹，鹿就待在小子身边睡下，听笛子声音醉人。来的这匹鹿有一双小小的脚，一个长长的腰，一张黑黑的脸同一个红红的嘴。来的是阿黑。

阿黑的爹这时不打油，用那起着厚的胼胝的扶油槌的手在乡约家抹纸牌去了。阿黑成天背了竹笼上山去，名义也是上山捡柴扒草，不拘在什么地方，远虽远，她听得出五明笛子的声音。把笛子一吹，阿黑就像一匹小花鹿跑到猎人这边来了。照例是来了就骂，骂五明坏鬼，也不容易明白这"坏"意义究竟是什么。大约就因为五明吹着笛，唱着歌，唱到有些地方，阿黑虽然心欢喜，正因为欢喜，就骂起"五明坏鬼"来了。阿黑身上并不黑，黑的只是脸，五明唱歌唱到——

娇妹生得白又白，情哥生得黑又黑。

黑墨写在白纸上，你看合色不合色？

阿黑就骂人。使阿黑骂人，也只怪得是五明有嘴。野猪有一张大的嘴巴，可以不用劲就把田中大红薯从土里掘出，吃薯充饥。五明嘴不大，却乖劣不过，唱歌以外不单是时时刻刻须用嘴吮阿黑的脸，还时时刻刻想用嘴吮阿黑的一身。且嗜好不良，怪脾气顶多，还有许多说不出的铺排，全似乎要口包办，都有使阿黑骂他的理由。一面骂是骂，一面要做的还是积习不改，无怪乎阿黑一见面就先骂"五明坏鬼"了。

五明又怪又坏，心肝肉圆子的把阿黑哄着引到幽僻一点稻草堆下去，且别出心裁，把草堆中部的草拖出，挖空成小屋，就在这小屋中，陪阿黑谈天说地，显得又谄媚又温柔。有时话说得不大得体，使一个人生了气想走路，五明因为要挽留阿黑，就设法把阿黑一件什么东西藏到稻草堆的顶去，非到阿黑真有生气样子时不退。

阿黑人虽年纪比五明大，知道许多事情，知道秋天来了，天气冷，"着凉"也是应当小心注意；可是就因为五明是"坏鬼"，脾气坏，心坏，嗜好的养成虽日子不多也是无可救药。纵有时阿黑一面说着"不行""不行"的话，到头仍然还是投降，已经也有过极多例子了。

天气是当真一天一天冷下来了。中秋快到，纵成天是大太阳挂到天空，早晚是仍然有寒气侵人，非衣夹袄不可了。在这样的天气下，阿黑还一听到五明笛子就赶过去，这要说是五明罪过也似乎说不过去！

八月初四是本地山神的生日，人家在这一天都应当用鸡用肉用高粱酒为神做生。五明的干爹，那个头缠红帕子作长毛装扮的老师傅，被本地当事人请来帮山神献寿谢神祝福，一来就住到亲家油坊里。来到油坊的老师傅，同油坊老板挨着烟管吃烟，坐到那碾子的横轴上谈话，问老板的一切财运，打油匠阿黑的爹也来了。

打油匠是听到油坊中一个长工说是老师傅已来，所以放下了纸牌跑来看老师傅的。见了面，话是这样谈下去："油匠，您好!"

"托福。师傅，到秋天来，你财运好!"

"我财运也好，别的运气也好，妈个东西，上前天，到黄寨上做法事，半夜里主人说夜太长，请师傅打牌玩，就架场动手。到后作师傅的又作了宝官庄家，一连几轮庄，撒十遇天罡，足足六十吊，散了饷。事情真做不得，法事不但是空做，还倒贴。钱输够了天也不亮，主人倒先睡着了。"

"亲家，老庚，你那个事是外行，小心是上了当。"油坊老板说，喊老师傅做亲家又喊老庚，因为他们又是同年。

师傅说："当可不上。运气坏是无办法。这一年运气象都不大好。"

师傅说到运气不好，就用力吸烟，若果烟气能像运气一样，用口可以吸进放出，那这位老师傅一准赢到不亦乐乎了。

他吸着烟，仰望着油坊窗顶，那窗顶上有一只蝙蝠倒挂在一条橡皮上。

"亲家，这东西会作怪，上了年纪就成精。"

"什么东西?"老板因为同样抬头，却见到两条烟尘的带子。

"我说檐老鼠，你瞧，真像个妖精。"

"成了妖就请亲家捉它。"

"成了妖我恐怕也捉不到，我的法子倒似乎只能同神讲生意，不能同妖论本事！"

"我不信这东西成妖精。"

"不信呀，那不成。"师傅说，记起了一个他也并不曾亲眼见到的故事，信口开河说："真有妖。老虎峒的第二层，上面有斗篷大的檐老鼠，能做人说话，又能呼风唤雨，是得了天书成形的东西。幸好是它修炼它自己，不惹人，人也不惹它，不然可了不得。"

为证明妖精存在起见，老师傅不惜在两个朋友面前说出丢脸的话，他说他有时还得为妖精作揖，因为妖精成了道也像招安了的土匪一样，不把他当成副爷款待可不行。他又说怎么就可以知道妖精是有根基的东西，又说怎么同妖精讲和的方法。总之这老东西在亲家面前只是一个喝酒的同志，穿上法衣才是另外一个老师傅！其实，他做着捉鬼降妖的事已有二三十年，却没有遇到一次鬼。他遇到的倒是在人中不缺少鬼的本领的，同他赌博，把他打筋斗唱神歌得来的几个钱全数掏去。他同生人说打鬼的法力如何大，同亲家老朋友又说妖是如何凶，可是两面说的全是鬼话，连他自己也不明白自己法力究竟比赌术精明多少。

这个人，实在可以说是好人，缺少城中法师势利习气，唱神歌跳舞磕头全非常认真，又不贪财，又不虐待他的徒弟。可是若当真有鬼有妖，花了钱的他就得去替人降伏。他的道法，究竟与他的赌术哪样高明一点，真是难说的事！

谈到鬼，谈到妖，老师傅记起上几月为阿黑姑娘捉鬼的事，就问打油匠女儿近来身体怎样。

打油匠说："近来人全好了，或者是天气交了秋，还发了点胖。"

关于肥瘦，渊博多闻的老师傅，又举出若干例子，来说明鬼打去以后病人发胖的理由，且同时不嫌矛盾，又说是有些人被鬼缠身反而发胖，颜色充实。

那老板听到这两种不同的话，就打老师傅的趣，说："亲家，那莫非这时阿黑丫头还是有鬼缠到身上！"

老师傅似乎不得不承认这话，点着头笑，老师傅笑着，接过打油匠递来的烟管，吸着烟，五明同阿黑来了。阿黑站到门外边，不进来，五明就走到老师傅面前去喊干爷，又回头喊四伯。

打油人说，"五明，你有什么得意处，这样笑。"

"四伯，人笑不好么？"

"我记到你小时爱哭。"

"我才不哭！"

"如今不会哭了，只淘气。"做父亲的说了这样话，五明就想走。

"走哪儿去？又跑？"

"爹，阿黑大姐在外面等我，她不肯进来。"

"阿黑丫头，来哎！"老板一面喊一面走出去找阿黑，五明也跟着跑了出去。

五明的爹站到门外四望，望不到阿黑。一个大的稻草堆把阿黑隐藏了。五明清白，就走到草堆后面去。

"姐，你躲到这里做什么？我干爹同四伯他们在谈话，要你进去！"

"我不去。"

"听我爹喊你。"

的确那老板是在喊着的，因为见到另一个背竹笼的女人下坡去，以为那走去的是阿黑了，他就大声喊。

五明说："姐，你去吧。"

"不。"

"你听，还在喊！"

"我不耐烦去见那包红帕子老鬼。"

为什么阿黑不愿意见包红帕子老鬼？不消说，是听到五明说过那人要为五明做媒的缘故了。阿黑怕一见那老东西，又说起这事，所以不敢这时进油坊。五明是非要阿黑去油坊玩玩不可，见阿黑坚持，就走出草堆，向他父亲大声喊，告他阿黑在草堆后面。

阿黑不得不出来见五明的爹了。五明的爹要她进去，说她爹也在里面，她不好意思不进油坊去。同时进油坊，阿黑对五明鼓眼睛，做生气神气，这小子这时只装不看见。

见到阿黑几乎不认识的是那老法师。他见到阿黑身后是五明，就明白阿黑其所以肥与五明其所以跳跃活泼的理由了。老东西对五明独做着会心的微笑。老法师的模样给阿黑见到，使阿黑脸上发烧。

"爹，我以为你到萧家打牌去了。"

"打牌又输了我一吊二，我听到师傅到了，就放手。可是正要起身，被团总扯着不许走，再来一牌，却来了一个回笼子青花翻三层台，里外里还赢了一吊七百几。"

"爹你看买不买那王家的蹄脚猪？"

"你看有病不有。"

"病是不会，脚是有一只蹄了，我不知好不好。"

"我看不要它，下一场要油坊中人去新场买一对花猪好。"

"花猪不行，要黑的，配成一个样子。"

"那就是。"

阿黑无话可说了，放下了背笼，从背笼中取出许多带球野栗子同甜萝卜来，又取出野红果来，分散给众人，用着女人的媚笑说请老师傅尝尝。五明正爬上油榨，想验看油槽里有无蝙蝠屎，见到阿黑在分东西，跳下地，就不客气地抢。

老师傅冷冷地看着阿黑的言语态度，觉得干儿子的媳妇再也找不出第二个了。又望望这两个作父亲的人，也似乎正是一对亲家，他在心中就想起做媒的第一句话来了。他先问五明，说："五明小子，过来我问你。"

五明就走过干爹这边来。

老师傅附了五明的耳说："记不记到我以前说的那话。"

五明说："记不到。"

"记不到，老子告你，你要不要那个人做媳妇？说实话。"

五明不答，用手掩两耳，又对阿黑做鬼样子，使阿黑注意这一边人说话情景。

"不说我就告你爹，说你坏得很。"

"干爹你冤枉人。"

"我冤枉你什么？我老人家，鬼的事都知道许多，岂有不明白人事的道理。告我实在话，若欢喜要干爹帮忙，就同我说，不然打油匠总有一天会用油槌打碎你的狗头。"

"我不做什么哪个敢打我？"

"我就要打你。"老师傅这时可高声了，他说，"亲家，我以前同你说那事怎样了？"

"怎么样？干爹这样担心干吗。"

"不担心吗？你这作爹的可不对。我告你小孩子是已经会拜堂了的人，再不设法将来会捣乱。"

五明的爹望五明笑，五明就向阿黑使眼色，要她同到出去，省得被窘。

阿黑对她爹说:"爹,我去了。今天回不回家吃饭?"

五明的爹就说:"不回去吃了,在这里陪师傅。"

"爹不回去我不煮饭了,早上剩得有现饭。"阿黑一面说,一面把背笼放到肩上,又向五明的爹与老师傅说,"伯伯,师傅,请坐。我走了。无事回头到家里吃茶。"

五明望到阿黑走,不好意思追出去。阿黑走后干爹才对打油人说道:"四哥,你阿黑丫头越发长得好看了。"

"你说哪里话,这丫头真不懂事。一天只想玩,只想上天去。我预备把她嫁到一远乡里去,有阿婆阿公,有妯娌弟妹,才管教得成人,不然就只好嫁当兵人去。"

五明听阿黑的爹的话心中就一跳。老师傅可为五明代问出打油人的意见了,那老师傅说:"哥,你当真舍得嫁黑丫头到远乡去吗?"

打油人不答,就哈哈笑。人打哈哈笑,显然是自己所说的话是一句笑话,阿黑不能远嫁也分明从话中得到证明了。进一步的问话是阿黑究竟有了人家没有,那打油人说还没有。他又说,媒人是上过门有好几次了,因为只这一个女儿,不能太马虎,一面问阿黑,阿黑也不愿,所以事情还谈不到。

五明的爹说:"人是不小了,也不要太马虎,总之这是命,命好的先不好到后会好。命坏的好也会变坏。"

"哥,你说得是,我是做一半儿主,一半让丫头自己;她欢喜我总不反对。我不想家私,只要儿郎子弟好,过些年我老

了，骨头松了，再不能做什么时，可以搭他们吃一口闲饭，有
酒送我喝，有牌送我打，就算享福了。"

"哥，把事情包送我办好了，我为你找女婿。——亲家，
你也不必理五明小子的事，给我这做干爹的一手包办。——你
们就打一个亲家好不好？"

五明的爹笑，阿黑的爹也笑。两人显然是都承认这提议有
可以商量继续下去的必要，所以一时无话可说了。

听到这话的五明，本来不愿意再听，但想知道这结果，所
以装不明白神气坐到灶边用砖头砸栗球吃。他一面剥栗子壳一
面心听三人的谈话，旋即又听到干爹说道："亲家，我这话
是很对的。若是你也像四哥意思，让这没有母亲的孩子自己做
一半主，选择自己意中人，我断定他不会反对他干爹的意见。"

"师傅，黑丫头年纪大，恐怕不甚相称吧。"

"四哥，你不要客气，你试问问五明，看他要大的妻还是
要小的妻。"

打油人不问五明，老师傅就又帮打油人来问。他说："喂，
不要害羞，我同你爹说的话你总已经听到了。我问你，愿不愿
意把阿黑当作床头人喊四伯做丈人？"

五明装不懂。

"小东西，你装痴，我问你的是要不要妻，要就赶快给干
爹磕头，干爹好为你正式做媒。"

"我不要。"

"你不要那就算了，以后再见你同阿黑在一起，就教你爹打断你的腿。"

五明不怕吓，干爹的话说不倒五明，那是必然的。虽然愿意阿黑有一天会变成自己的妻，可是口上说要什么人帮忙，还得磕头，那是不行的。一面是不承认，一面是逼到要说，于是乎五明只有走出油坊一个办法了。

五明走出了油坊，就赶快跑到阿黑家中去。这一边，三个中年汉子，亲家做不做倒不甚要紧，只是还无法事可做的老师傅，手上闲着发鸡爪风，得找寻一种消遣的办法，所以不久三人就邀到团总家去打丁字福纸牌去了。

且说五明，钻进阿黑的房里去时是怎样情景。

阿黑正怀想着古怪样子的老师傅，她知道这个人在念经翻筋斗以外总还有许多精神谈闲话，闲话的范围一推广，则不免就会说到自己身上来，所以心正怔忡着。事情果不出意料以外，不但谈到了阿黑，且谈到一件事情，谈到五明与阿黑有同意的必然的话了，因为报告这话来到阿黑处的五明，一见阿黑的面就痴笑。

"什么事，鬼?"

"什么事呀! 有人说你要嫁了!"

"放屁!"

"放屁放一个，不放多。我听到你爹说预备把你嫁到黄罗寨去，或者嫁到麻阳吃稀饭去。"

"我爹是讲笑话。"

"我知道。可是我干爹说要帮你做媒，我可不明白这老东西说的是谁。"

"当真不明白吗？"

"当真不，他说是什么姓周的。说是读书人，可以做议员的，脸儿很白，身个儿很高，穿外国人的衣服，是这种人。"

"我不愿嫁人，除了你。"

"他又帮我做媒，说有个女人……"

"怎样说？"阿黑有点急了。

"他说女人长得像观音菩萨，脸上黑黑的，眉毛长长的，名字是阿黑。"

"鬼，我知道你是在说鬼话。"

"岂有此理！我明白说吧，他当到我爹同你爹说你应当嫁我了，话真只有这个人说得出口！"

阿黑欢喜得脸上变色了。她忙问两个长辈怎么说。

"他们不说。他们笑。"

"你呢？"

"他问我，我不好意思说我愿不愿，就走来了。"

阿黑歪头望五明，这表示要五明亲嘴了，五明就走过来抱阿黑。他又说："阿黑，你如今是我的妻了。"

"是你的，你也是我的夫！"

"我是你的丈夫，要你做什么你就应当做。"

"我信你的话。"

"信我的话,这时解你的那根带子,我要同那个亲嘴。"

"放屁,说呆话我要打人。"

"你打我我就去告干爹,说你欺侮我小,磨折我。"

阿黑气不过,当真就是一个耳光。被打痛了的五明,用手擦抚着脸颊,一面低声下气认错,要阿黑陪他出去看落坡的太阳以及天上的霞。

站在门边望天,天上是淡紫与深黄相间。放眼又望各处,各处村庄的稻草堆,在薄暮的斜阳中镀了金色。各个人家炊烟升起以后又降落,拖成一片白幕到坡边。远处割过禾的空田坪,禾的根株作白色,如用一张纸画上无数点儿。一切景象全仿佛是诗,说不出的和谐,说不尽的美。

在这光景中的五明与阿黑,倚在门前银杏树下听晚蝉,不知此外世界上还有眼泪与别的什么东西。

病

包红帕子的人来了,来到阿黑家,为阿黑打鬼治病,阿黑的病更来得不儿戏了,一个月来发烧,脸庞儿红得像山茶花,终日只想喝凉水。天气渐热,井水又怕有毒,害得老头子成天走三里路到万亩田去买杨梅。病是杨梅便能止渴。但杨梅对于阿黑的病也无大帮助。人发烧,一到午时就胡言乱语,什么神也许愿了，什么药也吃过了，如今是轮到请老巫师的最后一招了。巫师从十里外的高坡塘赶来，是下午烧夜火的时候。来到门前的包红帕子的人，带了一个徒弟，所有追魂捉鬼用具全在徒弟背上扎着。老师傅站在阿黑家院坝中，把牛角搁在嘴边，吹出了长长的悲哀而又高昂的声音，惊动了全村，也惊动了坐在油坊石碾横木的五明。他先知道了阿黑家今天有师傅来，如今听出牛角声音，料到师傅进屋了，赶忙喝了一声，把牛喝住，跑下了横木，迈过碾槽，跑出了油坊，奔到阿黑这边山来了。

五明到了阿黑家时老师傅已坐在坐屋中喝蜜水了，五明就走过去问师傅安。他喊这老师傅作干爹，因为三年前就拜给这人作干儿子了。他蹲到门限上去玩弄老师傅的牛角。这是老师傅的法宝，用水牛角做成，颜色淡黄，全体溜光，用金漆描有花纹同鬼脸，用白银做哨，用银链悬挂，五明欢喜这东西，如欢喜阿黑一样。这时不能同阿黑亲嘴，所以就同牛角亲嘴了。

"五明孩子，你口洗没洗，你爱吃狗肉牛肉，有大蒜臭，是沾不得法宝的！"

"哪里呢？干爹你嗅。"

那干爹就嗅五明的嘴，亲五明的颊，不消说，纵是刚才吃过大蒜，经这年高有德的人一亲，也把肮脏洗净了。

喝了蜜水的老师傅吃吸烟，五明就献小殷勤为吹灰。

那师傅，不同主人说阿黑的病好了不曾，却同阿黑的爹说："四哥，五明这孩子将来真是一个好女婿。"

"当真呢，不知谁家女儿有福气。"

"是呀！你瞧他！年纪小虽小，多乖巧。我每次到油坊那边见到他爹，总问我这干儿子有屋里人了没有，这作父亲的总摇头，像我是同他在讲桐子生意，故意抬高价。哥，你……"阿黑的爹见到老师傅把事情说到阿黑事情上来了，望一望蹲在一旁玩牛角的五明，抿抿嘴，不作声。

老师傅说："五明，听到我说的话了么？下次对我好一点，我帮你找媳妇。"

"我不懂。"

"你不懂？说的倒真像。我看你样子是懂得比干爹还多！"

五明于是红脸了，分辩说，"干爹冤枉人。"

"我听说你会唱一百多首歌，全是野的，跟谁学来？"

"也是冤枉。"

"我听萧金告我，你做了不少大胆的事。"

"萧金呀，这人才坏！他同巴古大姐鬼混，人人都知道，谁也不瞒，有资格说别个么？"

"但是你到底做过坏事不？"

五明说："听不懂你的话。"

说了这话的五明，红着脸，望了望四伯，放下了牛角，站起身来走到院坝中撵鸡去了。

老师傅对这小子笑，又对阿黑的爹笑。阿黑的爹有点知道五明同阿黑的关系了。然而心中却不像城里作父亲的偏狭，他只忧愁的微笑。

小孩子，爱玩，天气好，就到坡上去玩玩，只要不受凉，原不是什么顶坏的事。两个人在一块，打打闹闹并不算大不了事体。人既在一块长大，懂了事，互相欢喜中意，非变成一个不行，作父亲的似乎也无反对理由。

使人顽固是假的礼教与空虚的教育，这两者都不曾在阿黑的爹脑中有影响，所以这时逐鸡的五明，听到阿黑嚷口渴，不怕笑话，即刻又从干爹身边跑过，走到阿黑房中去了。

阿黑的房是旧瓦房，一栋三开间，以堂屋作中心，则阿黑住的是右边一间。旧的房屋一切全旧了，壁板与地板，颜色全失了原有黄色，转成浅灰色，窗用铁条做一格，又用白纸糊木条做一格，又有木板护窗：平时把护窗打开，放光进来。怕风则将糊纸的一格放下。到夜照例是关门。如今阿黑正发烧，按理应避风避光，然而阿黑脾气坏，非把窗敞开不行，所以作父亲的也难于反对，还是照办了。

这房中开了窗子，地当西，放进来的是一缕带绿色的阳光。窗外的竹园，竹子被微风吹动，竹叶潇潇作响。真仿佛与病人阿黑形成极其调和的一幅画。带了绿色的一线阳光，这时正在地板上映出一串灰尘返着晶光跳舞，阿黑却伏在床上，把头转侧着。

用大竹筒插了菖蒲与月季的花瓶，本来是五明送来摆在床边的，这时却见到这竹筒里多了一种蓝野菊。房中粗粗疏疏几件木器，以及一些小钵小罐，床下一双花鞋。伏在床上的露着红色臂膀的阿黑，一头黑发散在床沿，五明不知怎样感动得厉害，却想哭了。

昏昏迷迷的阿黑，似乎听出有人走进房了，也不把头抬起，只嚷渴。

"送我水，送我水……"

"姐，这壶里还有水！"

似乎仍然听得懂是五明的话，就抱了壶喝。

"不够。"

五明于是又为把墙壁上挂的大葫芦取下，倒出半壶水来，这水是五明小子尽的力，在两三里路上一个洞里流出的洞中泉，只一天，如今摇摇已快喝到一半了。

第二次得了水又喝，喝过一阵，人稍稍清醒了，待到五明用手掌贴到她额上时，阿黑瞪了眼睛望到床边的五明。

"姐，你好点了吧？"

"嗯。"

"你认识我么？"

阿黑不即答，仿佛来注意这床边人。但并不是昏到认人不清，她是在五明脸上找变处。

"五明，怎么瘦许多了？"

"哪里，我肥多了，四伯还才说！"

"你瘦了。拿你手来我看。"

五明就如命，交手把阿黑，阿黑拿来放在嘴边。她又问五明，是不是烧得厉害。

"姐，你太吃亏了，我心中真难过。"

"鬼，谁要你难过？自己这几天玩些什么？告我刚才做了些什么？告我。"

"我正坐到牛车上，赶牛推磨，听到村中有牛角叫，知道老师傅来了，所以赶忙来。"

"老师傅来了吗？难怪我似乎听到人说话，我烧得人糊涂极了。"

五明望这房中床架上，各庙各庵黄纸符咒贴了不少，心想纵老师傅来帮忙，也恐怕不行，所以默然不语了。他想这发烧缘由，或者倒是什么时候不小心的缘故，责任多半还是在自己，所以心中总非常不安，又不敢把这意思告阿黑的爹。

他怕阿黑是身上有了小人。他的知识，只许可他对于睡觉养小孩子事模糊恍惚，他怕是那小的人在肚中作怪，所以他觉得老师傅也是空来。然而他还不曾做过做丈夫应做的事，纵做了也不算认真。

五明待在阿黑面前许久，才说话。

"阿黑姐，你心里难过不难过？"

"你呢？"

这反问，是在另一时节另一情形另一地方的趣话。那时五明正躺在阿黑身边，问阿黑，阿黑也如此这般反问他。同样的是怜惜，在彼却加了调谑，在此则成了幽怨，五明眼红了。

"干吗呢？"

五明见到阿黑注了意，又怕伤阿黑的心，所以忙回笑，说眼中有刺。

"小鬼，你少流一点猫儿尿好了，不要当到我假慈悲。"

"姐，你是病人，不要太强了，使我难过！"

"我使你难过！你是完全使我快活么？你说，什么时候使我快活？"

"我不能使你快活，我知道。我……"话被阿黑打断了，阿黑见五明真有了气，拉他倒在床上了。五明摸阿黑全身，像是一炉炭，一切气全消了，想起了阿黑这时是在病中了，再不能在阿黑前说什么了。

五明不久就跪到阿黑床边，帮阿黑拿镜子让阿黑整理头发，因老师傅在外面重吹起牛角，在招天兵天将了。

因为牛角，五明想起吹牛角的那干爹说的话来了，他告与阿黑。他告她"干爹说我是好女婿，但愿我作这一家人的女婿。谁知道女婿是早作过了。"

"爹怎么说？"

"四伯笑。"

"你好歹防备他，有一天一油槌打死你这坏东西，若是他老人家知道了你的坏处。"

"我为什么坏？我又不偷东西。"

"你不偷东西，你却偷了……"

"说什么？"

"说你这鬼该打。"

于是阿黑当真就顺手打了五明一耳光，轻轻地打，使五明感到打的舒服。

五明轮着眼，也不生气，感着了新的饥饿，又要咬阿黑的舌子了。他忘了阿黑这时是病人，且忘了是在阿黑的家中了，外面的牛角吹得呜呜喇喇，五明却在里面同阿黑亲嘴半天不放。

到了天黑，老师傅把红缎子法衣穿好，拿了宝刀和鸡子，吹着牛角，口中又时时刻刻念咒，满屋各处搜鬼，五明就跟到这干爹各处走。因为五明是小孩子，眼睛清，可以看出鬼物所在。到一个地方，老师傅回头向五明，要五明随便指一个方向，五明用手一指，老师傅样子一凶，眼一瞪，脚一顿，把鸡蛋对五明所指处掷去，于是俨然鬼就被打倒了，捉着了。

鸡蛋一共打了九个，五明只觉得好玩。

五明到后问干爹，到底鬼打了没有，那老骗子却非常正经说已打尽了鬼。

法事做完后，五明才回去，那干爹师傅因为打油人家中不便留宿，所以到亲家油坊去睡，同五明一路。五明在前打火把，老师傅在中，背法宝的徒弟在后，他们这样走到油坊去。

在路上，这干爹又问五明，在本村里中意了谁家姑娘，五明不答应。老师傅就说回头将同五明的爹做媒，打油匠家阿黑姑娘真美。

大约有道法的老师傅，赶走打倒的鬼是另外一个，却用牛角拈来了另一个他意料不到的鬼，就是五明。所以到晚上，阿黑的烧有增无减。若要阿黑好，把阿黑心中的五明歪缠赶去，发发汗，真是容易事！可惜的是打油人只会看油的成色，除此以外全无所知，捉鬼的又反请鬼指示另一种鬼的方向，糟蹋了鸡蛋，阿黑的病就只好继续三十天了。

阿黑到后怎样病就有了起色呢？却是五明要到桐木寨看舅舅接亲吃酒，一去有十天。十天不见五明，阿黑不心跳，不疲倦，因此到作成了老师傅的夸口本事，鬼当真走了，病才慢慢退去，人也慢慢地复原了。

回到圆坳，吃酒去的五明，还穿了新衣，就匆匆忙忙跑来看阿黑。时间是天已快黑，天上全是霞。屋后已有纺织娘纺车，阿黑包了花帕子，坐到院坝中石碌碡上，为小猪搔痒。

阿黑身上也是穿得新浆洗的花布衣，样子十分美。五明一见几乎不认识，以为阿黑是作过新嫁娘的人。

"姐，你好了！"

阿黑抬头望五明，见五明穿新衣，戴帽子，白袜青鞋，知道他是才从桐木寨吃酒回来，就笑说："五明，你是作新郎来了。"

这话说错了，五明听的倒是"来此作新郎"不是"作过新郎来"，他忙跑过去，站到阿黑身边。他想到阿黑的话要笑，忘了问阿黑是什么时候病好的。

在紫金色薄暮光景中，五明并排坐到阿黑身边了。他觉阿黑这时可以喊作阿白，因为人病了一个月，把脸病白了，他看阿黑的脸，清瘦得很，不知应当如何怜爱这个人。他用手去摸阿黑下巴，阿黑就用口唲五明的手指，不作声。

在平时，五明常说阿黑是观音，只不过是想赞美阿黑，找不出好句子，借用来表示自己低首投降甘心情愿而已。此时五明才真觉得阿黑是观音！那么慈悲，那么清雅，那么温柔，想象观音为人决不会比这个人更高尚又更近人情。加以久病新瘥，加以十天远隔，五明觉得为人幸福像做皇帝了。

婚前

五明一个嫁到边远地方的姑妈，是个有了五十岁的老太太，因为听到五明侄儿讨媳妇，带了不少的礼物，远远地赶来了。

这寡妇，年纪有一把，让她那个儿子独自住到城中享福，自己却守着一些山坡田过日子。逢年过节时，就来油坊看一次，来时总用背笼送上一背笼吃的东西给五明父子，回头就背三块油枯回去，用油枯洗衣。

　　姑妈来时五明父子就欢喜极了。因为姑妈是可以作母亲的一切事，会补衣裳，会做鞋，会制造干菜，会说会笑，这一家，原是需要这样一个女人的！脾气奇怪的毛伯，是常常因为这老姊妹的续弦劝告，因而无话可说，只说是请姑妈为五明的婚事留心的。如今可不待姑妈来帮忙，五明小子自己倒先把妻拣定了。

　　来此吃酒的姑妈，是吃酒以外还有做媒的名分的。不单是做媒，她又是五明家的主人。她又是阿黑的干妈。她又是送亲人。因此这老太太，先一个多月就来到五明油坊了。她是虽在一个月以前来此，也是成天忙，还仿佛是来迟了一点的。

　　因为阿黑家无女人做主，这干妈就又移住到阿黑家来，帮同阿黑预备嫁妆。成天看到这干女儿，又成天看到五明，这老太太时常欢得到流泪。见到阿黑的情形，这老太太却忘了自己是五十岁的人，常常把自己作嫁娘时的蠢事情想起好笑。

　　她还生怕阿黑无人指教，到时手足无措，就用着长辈的口吻，指点了阿黑许多事，又背了阿黑告给五明许多事。这好人，她哪里明白近来的小男女，这事情也要人告才会，那真是怪事了。

　　当到姑妈时，这小子是规矩到使老人可怜的。姑妈总说，五明儿子，你是像大人了，我担心你有许多地方不是一个大人。这话若是另一个知道这秘密的人说来，五明将红脸。因为这话说到"不是大人"，那不外乎指点到五明不懂事，但"不懂事"这话，是不够还是多余？天真到不知天晴落雨，要时就要，饿了非吃不行，吃够了又分手，这真不算是大人！一个大人他是应当在节制以及悭吝上注意的，即或是阿黑的身，阿黑的笑和泪，也不能随便自己一要就拿，不要又放手。

姑妈在一对小人中，看阿黑是比五明老成得多的。这个人在干妈面前，不说蠢话，不乱批评别人，不懒，不对老辈缺少恭敬。一个乖巧的女人，是常常能把自己某一种美德显示给某种人，而又能把某一种好处显示给另外一种人，处置得当，各处都得到好评的。譬如她，这老姑妈以为是娴静，中了意，五明却又正因为她有些地方不很本分，所以爱得像观音菩萨了。

日子快到了，差八天。这几天中的五明，倒不觉得欢喜。

虽说从此以后阿黑是自己家里的人，要顽皮一点时，再不能借故了，再不能推托了，可是谁见到有人把妻带到山上去胡闹过的事呢？天气好，趣味好，纵说适宜于在山上玩一切所要玩的事情，阿黑却不行，这也是五明看得出的。结了婚，阿黑名分上归了五明，一切好处却失去了。在名分与事实上方便的选择，五明是并不看重这结婚的。在未做喜事以前的一月以来，五明已失去了许多方便，感到无聊；距做喜事的日子一天接近一天，五明也一天惶恐一天了。

今天在阿黑的家里，他碰到了阿黑，同时有姑妈在身边。

姑妈见五明来，仿佛以为不应当。她说："五明孩子你怎么不害羞？"

"姑妈，我是来接你老人家过油坊的，今天家里杀鸡。"

"你爹为什么不把鸡煮好了送到这边来?"

"另外有的，接伯伯也过去，只她（指阿黑）在家中吃。"

"那你就陪到阿黑在一块吃饭，这是你老婆，横顺过十天半月总仍然要在一起!"

姑妈说这话，意思是五明未必答应，故意用话把小子窘倒，试小子胆量如何。其实巴不得，五明意思就但愿如此。他这几日来，心上痒，脚痒，手痒，只是无机会得独自同阿黑在一处。今天天赐其便，正是好机会。他实在愿意偷偷悄悄趁便在做新郎以前再做几回情人，然而姑妈提出这问题时，他看得出姑妈意思，他说："那怎么行?"

姑妈说："为什么不行?"

小子无话答，是这样，则显然人是顶腼腆的人，甚至于非姑妈在此保镖，连过阿黑的门也不敢了。

阿黑对这些话不加一点意见，姑妈的忠厚把这个小子仿佛窘到了。五明装痴，一切俨然，只使阿黑在心上好笑。

姑妈谁知还有话说，她又问阿黑："怎么样，要不要一个人陪?"阿黑低头笑。笑在姑妈看来也似乎是不好意思，其实阿黑笑五明着急，生怕阿黑不许姑妈去，那真是磕头也无办法的一件事。

可不，姑妈说了。她说不去，因为无人陪阿黑。

五明看了阿黑一会，又悄悄向阿黑努嘴，用指头作揖。阿黑装不见到，也不说姑妈去，也不说莫去。阿黑是在做鞋，低头用口咬鞋帮上的线，抬头望五明，做笑样子。

"姑妈，你就去吧，不然……是要生气的。"

"什么人会生我的气？"

"总有人吧。"说到这里的五明，被阿黑用眼睛吓住了。其实这句话若由阿黑说来，效用也一样。

阿黑却说："干妈，你去，省得他们等。"

"去自然是去，我要五明这小子陪你，他不好意思。不好意思我就不去。"

"你老人家不去，或者一定把他留到这里，他会哭。"阿黑说这话，头也不抬，不抬头正表明打趣五明。"你老人家就同他去好了，有些人，脾气生来是这样，劝他吃东西就摆头，说不饿，其实，他……"五明不愿意听下去了，大声嘶嚷，说非去不行，且拖了姑妈手就走。

姑妈自然起身了，但还要洗手，换围裙。

"五明你忙什么？有什么事情在你心上，不愿在此多待一会？"

"等你吃！还要打牌，等你上桌子！"

"姑妈这几天把钱已经输完了，你借吧。"

"我借。我要账房去拿。"

"五明，你近来真慷慨了，若不是新娘子已到手，我还疑心你是要姑妈做媒，才这样殷勤讨好！"

"做媒以外自然也要姑妈。"阿黑说了仍不抬头。五明装不听见。

姑妈说："要我做什么？ 姑妈是老了，只能够抱小孩子，别的事可不中用。"姑妈人是好人，话也是好话，只是听的人也要会听。

阿黑这时轮到装成不听见的时候了，用手拍那新鞋，做大声，五明则笑。

过了不久剩阿黑一个人在家中，还是在纳鞋想一点蠢事，想到好笑时又笑。一个人，忽然像一匹狗跳进房中来，吓了她一跳。

这个人是谁，不必说也知道。正如阿黑所说，"劝他吃摇头，无人时又悄悄来偷吃"的。她的一惊不是别的，倒是这贼来得太快。

头仍然不抬，只顾到鞋，开言道："鬼，为什么就跑来了?"

"为什么，你不明白么?"

"鬼肚子里的事我哪里明白许多。"

"我要你明白的。"

五明的办法，是扳阿黑的头，对准了自己；眼睛对眼睛，鼻子对鼻子，口对口。他做了点呆事，用牙齿咬阿黑的唇，被咬过的阿黑，眼睛斜了，望五明的手。手是那只右手，照例又有撒野的意思了，经一望到，缩了转去，摩到自己的耳朵。

这小子的神气是名家画不出的。他的行为，他的心，都不是文字这东西写得出。说到这个人好坏，或者美丑，文字这东西已就不大容易处置了，何况这超乎好坏以上的情形。又

不要喊，又不要恐吓，凡事见机，看到风色，是每一个在真实的恋爱中的男子长处。这长处不是教育得来，把这长处用到恋爱以外也是不行的，譬如说，要五明这时来作诗，自然不能够。但他把一个诗人呕尽心血写不成的一段诗景，表演来却恰恰合适，使人惊讶。

"五明，你回去好了，不然他们不见到你，会笑。"

"因为怕他们笑，我就离开了你？"

"你不怕，为什么姑妈要你留到这里，又装无用，不敢接应？"

"我为什么这样蠢，让她到爹面前把我取笑。"

"这时他们哪里会想不到你是到这里？"

"想！我就让他们想去笑去，我不管！"

到此，五明把阿黑手中的鞋抢了，丢到麻篮内去，他要人搂他的腰，不许阿黑手上有东西妨碍他。把鞋抢去，阿黑是并不争的，因为明知争也无益。"春官进门无打发是不走路的。米也好，钱也好，多少要一点。"而且例是从前所开，沿例又是这小子最记性好的一种，所以凡是五明要的，在推托或慷慨两种情形下，总之是无有不得。如今是不消说如了五明的意，阿黑的手上工作换了样子，她在施舍一种五明所要的施舍了。

五明说："我来这里你是懂了。我这身上要人抱。"

"那就走到场上去请抱斗卖米的经纪抱你一天好了。为什么定要到这里来？"

"我这腰是为你这一双手生的。"

阿黑笑，用了点力。五明的话是敷得有蜜，要通不通，听来简直有点讨嫌，所谓说话的冤家。他觉到阿黑用了力，又说道："姐，过一阵，你就不会这样有气力了，我断定你。"

阿黑又用点力。她说："鬼，你说为什么我没有力？"

"自然，一定，你……"他说了，因为两只手在阿黑的肩上，就把手从阿黑身后回过来摸阿黑的肚子。"这是姑妈告我的。她说是怎么怎么，不要怕，你就变妇人了。——她不会知道你已经懂了许多的。她又不疑我。她告我时是生怕有人听的。——她说只要三回或四回（五明屈指），你这里就会有东西长起来，一天比一天大，那时你自然就没有力气了。"

说到了这里，两人想起那在梦里鼓里的姑妈，笑做一团。

也亏这好人，能够将这许多许多的好知识，来在这个行将做新郎的面前说告！也亏她活了五十岁，懂得到这样多！但是，记得到阿黑同五明这半年来日子的消磨方法的，就可明白这是怎么一种笑话了。阿黑是要五明做新郎来把她变成妇人吗？

五明是要姑妈指点，才会处置阿黑吗？

"鬼，你真短命！我是听不完一句就打了岔的。"

"你打岔她也只疑是你不好意思听。"

"鬼！你这鬼仅仅是使我牙齿痒，想在你脸上咬一口的！"

五明不问阿黑是说的什么话，总而言之脸是即刻凑上了，既然说咬，那就请便，他一点不怕。姑妈的担心，其实真是可怜了这老人，事情早是在各种天气上，各种新地方，训练得像采笋子胡葱一样习惯了。五明哪里会怕，阿黑又哪里会怕。

背了家中人，一人悄悄赶回来缠阿黑，五明除了抱，还有些什么要做，那是很容易明白的。他的坏想头在行为上有了变动时，就向阿黑用着姑妈的腔调说，"这你不要怕。"这天才，处处是诗。

这可不行啊！天气不是让人胡闹的春天夏天，如今是真到了只合宜那规矩夫妇并头齐脚在被中的天气！纵不怕，也不行。不行不是无理由，阿黑有话。

"小鬼，只有十天了！"

"是呀！就只十天了！"

阿黑的意思是只要十天，人就是五明的人了，既然是五明的人，任什么事也可以随意不拘，何必忙。五明则觉得过了这十天，人住在一块，在一处吃，一处做事，一处睡，热闹倒真热闹，只是永远也就无大白天来放肆的机会了。

他们争持了一会。不规矩的比平常更不规矩，不投降的也比平常更坚持得久，决不投降。阿黑有更好的不投降理由，一则是在家中，一则是天冷。姑妈在另一意义上告给阿黑的话，阿黑却记下来了。在家中不是可以放肆的地方，有菩萨，有神，有鬼，不怕处罚，倒像是怕笑。瞒了活人不瞒了鬼神，许多女人是常常因了这念头把自己变成更贞节了的。

"阿黑，你是要我生气，还是要我磕头呢？"

"随你的意，欢喜怎么样就怎么样，生气也好，磕头也好。"

"你是好人，我不能生你的气！"

"我不是好人，你就生气吧。"

"你'不要怕'，姑妈说的，你是怕……""放狗屁。小鬼你要这样，回头姑妈回来时，我就要说，说你专会谎老人家，背了长辈做了不少坏事情。"

五明讪讪的不怕，总而言之不怕，还是歪缠。说要告，他就说："要告，就请。但是她问到同谁胡闹，怎样闹法，我要你也说给她听。你不说，我能不打自招，就告她'三回或者四回，就有东西长起来'，你为什么又没有？我还要问她！"

五明挨打了，今天嘴是特别多。双双引证姑妈的话拿来当笑话说，究竟阿黑在正式做新娘以前，会不会有东西慢慢长起来，阿黑不告他，他也不知道。虽说有些事，是并不像姑妈说的俨然大事了。然而要问五明，懂到为什么就有孩子，他并不比他人更清楚一点的。他只晓得那据说有些人怕的事，是有趣味、好玩，比爬树、泅水、摸鱼、偷枇杷吃还来得有趣味。春天的花鸟太阳，当然不是为住在大都会中的诗人所有，像他这样的人，才算不虚度过一个春天。好的春天是过去了，如今是冬了，不知天时是应当打一两下哩。

被打的五明，生成贱骨头，在阿黑面前是被打也才更快活的。不能让他胡闹，非打他两下不行。要他闹，也得打。又不是被打吓怕，因此就老实了，他是因为被打，就俨然可以代替那另一件事的。他多数时节还愿意阿黑咬他，咬得清痛，他就欢喜。他不能怎样把阿黑虐待。至于阿黑，则多数是先把五明虐待一番。为了最后的胜利，为了把这小子的心搅热，都得打他骂他。

在嘴上的厉害已经得到以后，他用手，把手从虚处攻击。一面口上是议和的话，一面并不把已得的权利放弃，凡是人做的事他都去做。

姑妈来了一月，这一月来，天气又已从深秋转到冬，一切的不方便怪谁也不能！天冷了才作兴接亲的，姑妈的来又原是帮忙，五明在天时人事下是应当欢喜还是应当抱怨？真无话可说！

类乎磕头的事五明是做过了，做了无效，他只得采用生气一个方法。生气到流泪，则非使他生气的人来哄他不行。但哄是哄，哄的方法也有多种，阿黑今天所采用来对付五明眼泪的也只是那次一种。见到五明眼睛红了，她只放了一个关隘，许可一只手，到某一处。

过一阵。五明不够，觉得这样不行。

阿黑又宽松了一点。

过了一阵。仍不够。

"我的天，你这怎么办?"

"天是要做'天'的本分，在上头。"

"你要闹我就要走了，让你一个人在此。"

像是看透了阿黑，话是不须乎作答，虽说要走，然而还要闹。他到了这里来就存心不给阿黑安静的。且断定走也不能完事。使五明安静的办法，只是尽他顶不安静一阵。知道这办法又不做，只能怪阿黑的年纪稍长了。懂得节制的情人，也就是极懂得爱情的情人。然而决不是懂得五明的情人! 今天的事在五明说来，阿黑可说是不"了解"五明的。五明不是"作家"，所以在此情形中并无多话可说，虽然懊恼，很少发挥。他到后无话可说了，咬自己下唇，表示不欢。

幸好这下唇是被自己所咬，这当儿，油坊来了人，喊有事。找五明的人会一直到这地方来，在油坊的长辈目中，五明的鬼是空的也显然的事。

来人说有事，要他回去。

平常极其听话的五明，这时可不然了，他向来人说："告家中，不回来，等一会儿。"

没有别的，只好把来人出气，赶走了这来人以后的五明，坐到阿黑身边只独自发笑，像灶王菩萨儿子"造孽"怪可怜。

阿黑望到这个人好笑，她说："照一照镜，看你那可怜样儿!"

"你看到我可怜就够了,我何必自己还要来看到我可怜样子呢?"

她当真就看,看了半天,看出可怜来了,她到后取陪嫁的新枕头给五明看。

今天的天气并不很冷。

雨

全说不明白,雨就落了这样久。乡村里打过锣了,放过炮了,还是落。落到满田满坝全是水,大路上更是水活活流着像溪,高崖处全挂了瀑布,雨都不休息。

因为雨,各处涨了水,各处场上的生意也做不成了,毛伯成天坐在家中捶草编打草鞋过日子。在家中,看到颠子五明的出出进进,像捉鸡的猫,虽戴了草笠,全身湿得如落水鸡公,一时唱,一时哭,一时又对天大笑,心中难过之至。

老人说:"颠子,你坐到歇歇吧,莫这样了!"

"你以为我不会唱吗?"说了就放声唱:"娇家门前一重坡,别人走少郎走多,铁打草鞋穿烂了,不是为你为哪个?"唱了又问他爹,"爹,你说我为哪一个?说呀!我为哪一个?喔,草鞋穿烂了,换一双吧。"于是就走到放草鞋的房中去,从墙上取下一双新草鞋来,试了又试,也不问脚是如何肮脏,套上一双新草鞋，又即刻走出去了。

老人停了木槌，望到这人后影就叹气，且摇头。头是在摇摆中，已白了一半了。

他为颠子想，为自己想，全想不出办法。事情又难于处置，与落雨一样，尽此下去谁知道将成什么样子呢？这老人，为了颠子的事，已是很苦了。颠子还在颠下去，不知道什么时候才会好。不好也罢，不好就死掉，那老人虽更寂寞更觉孤苦伶仃，但在颠子一方面，大致是不会有什么难过了。然而什么时候是颠子死的时候？说不定自己还先死，此后颠子就无人照料，到各村各家讨东西吃，还为人指手说这是报应。

老人并不是做坏事的人，这眼前报应，就已给老人难堪了，哪里受得下那更苛刻的命运！

望到五明出去的毛伯，叹叹气，摇摇头，用劲打一下脚边的草把，眼泪挂在脸上了。像是雨落到自己头上，心中已全是冷冰冰的。他其实胸中已储满眼泪了，他这时要制止它外溢也不能了。

颠子五明这时到什么地方去了呢？他到了油坊，走到油坊的里面去，坐到那冷湿的废灶上发痴。谁也不知道这颠子一颗心是为什么跳，谁也不知颠子从这荒凉了的屋宇器物中要找些什么，又已经得到了什么。

这地方，如此的颓败，如此的冷落，若非当年见到这一切热闹兴旺的人，到此来决不会相信这里是曾经有人住过且不缺少一切的大地方，可是如今真已不成地方了。如今只合让蛇住，让蝙蝠住，让野狗野猫衔小孩子死尸来聚食，让鬼在此开会。地方坏到连讨饭的也不敢来住，所以地上已十分霉湿，且生了白毛，像《聊斋》中说的有鬼的荒庙了，阴气逼人的情形，除了颠子恐怕谁也挡不住，可是颠子全不在乎。

颠子五明坐到灶头上，望四方，望椽皮和地下，望那屋角阴暗中蠢然独立如阎王殿杀人架的油榨，望那些当年装油的破坛，望了又望仿佛感到极大兴味。他心中涌着的是先前的繁华光荣，为了这个回忆，他把目下的情形都忘了。

他大声地喊："朋友，伙计，用劲！"这是对打油人说的。

他又大声地喊：向另一处，如像那拖了大的薄的石碾，在那屋的中心打大的圆圈的牛说话。他称呼那牛为懂事规矩的畜生，又说不准多吃干麦秆草，因为多吃了发喘。他因记起了那规矩的畜生有时的不规矩情形，非得用小鞭子打打不可，所以旋即跳下地来，如赶牛那么绕着屋子中心打转，且咄咄的吆喝牛，且扬手说打。

他又自言自语，同那烧火人叙旧，问那烧火人可不可以出外去看看溪边鱼。

"奇，鱼多呀！我看到他扳上了罾。我看到的是鲫鱼。我看得分明，敢打赌。我们河里今年不准毒鱼，这真是好事。那乡约，愿菩萨保佑他，他的命令保全了我的运气。我看你还是去捉它来吧。我们晚上喝酒，我出钱。你去吧，我可以帮你看火。你这差事我办得下的，你放心吧……咄，弟兄，你怕他干什么，你说是我要你去，我老子也不会骂你。得了鱼，你就顺手破了，挖去那肠肚，这几天鱼上了子，吃不得。弟兄，信我话，快去。你不去，我就生气了!"

说着话的颠子五明，为证明他可以代替烧火人做事，就走到灶边去，捡拾着地上的砖头碎瓦，丢到灶眼内去。虽然灶内是湿的冷的，但东西一丢进去，在颠子看来，就觉得灶中因增加了燃料，骤然又生着煜煜光焰了，似乎同时因为加火，热度也增了，故又忙于退后一点，站远一点。

他高高兴兴在那里看火，口头吹着哨子。在往时，在灶边吹哨子，则火可以得风，必发哮。这时在颠子眼中，的确火是在发哮发吼了。灶中火既生了脾气，他乐得直跳。

他不止见到火哮，还见到油槌的摆动，见到黄牛在屋中打圈，见到高如城墙的油枯饼，见到许多人全穿生皮制造的衣裤在屋中各处走动!

他喊出许多人的名字，在仿佛得到回答的情形下，他还俏皮地做着小孩子的眉眼，对付一切工人，算是小主人的礼貌。

天上的雨越落越大，颠子五明却全不受影响。

可怜的人，玩了大半天，一双新草鞋在油坊中印出若干新的泥迹，到自己发觉草鞋已不是新的时候，又想起所做的事情来了。

他放声地哭，外面是雨声和着。他哭着走到油榨边去，把手去探油槽，油槽中只是一窝黄色像马尿的积水。

为什么一切事变得如此快？为什么凡是一个人就都得有两种不相同的命运？为什么昨天的油坊成了今天的油坊？颠子人虽糊涂，这疑问还是放到心上。

他记起油坊，已经好久好久不是当年的油坊的情形来了，他记起油坊为什么就衰落的原因，他记起同油坊一时衰败的还有谁。

他大声地哭，坐到一个破坛子上面，用手去试探坛中。本来贮油的坛子，也是贮了半满的一坛脏水，所以哭得更伤心了。这雨去年五月落时，颠子五明同阿黑正在王家坡石洞内避雨。为避雨而来，还是为避别的，到后倒为雨留着，那不容易从五明的思想上分出了。那时，雨也有这么大，只是初落，还可以在天的另一方见到青天，山下的远处也还看得出太阳影子。雨落着，是行雨，不能够久留，如同他两人不能够久留到石洞里一样。

被五明缠够了的阿黑姑娘，两条臂膊伸向上，做出打哈欠的样子。五明怪脾气，却从她臂膀的那一端望到她胁下。那生长在不向阳地方的、转弯地方的，是细细的黄色小草一样的东西。

五明不怕唐突，对这东西出了神，到阿黑把手垂下，还是痴痴地回想撒野的趣味，被阿黑就打了一掌。

"你为什么打我？"

"因为你痴，我看得出，必定是想到裴家三巧去了。"

"你冤死了人了。"

"你赌咒你不是这样。"

"我敢赌！跑到天王面前也行，人家是正……"

"是什么，你说。"

"若不是正想到你，我明天就为雷打死。"

"雷不打在情人面前撒小谎的人。"

"你气死我了。你这人真……"五明仿佛要哭了，因为被冤，又说不过阿黑，流眼泪是这小子的本领之一种。

"这也流猫儿尿！小鬼！你一哭，我就走了。"

"谁哭呢，你冤了人，还不准人分辩，还笑人。"

"只有那心虚的人才爱洗刷，一个人心里正经是不怕冤的。"

"我咬你的舌子，看你还会说话不。"

五明说到的事是必得做的，做到不做到，自然还是权在阿黑。但这时阿黑，为了安慰这被委屈快要哭的五明小子，就放松了点防范，把舌子让五明咬了。

他又咬她的唇，咬她的耳，咬她的鼻尖，几乎凡是突出的可着口的他都得轻轻咬一下。表示这小子有可以生吃得下阿黑的勇敢。

"五明，我说你真是狗，又贪，又馋，又可怜，又讨厌。"

"我是狗！"五明把眼睛轮着，做呆子像。又撂撂舌头，咽咽口水，接着说，"姐，你上次骂我是狗，到后就真做了狗了，这次可——""打你的嘴！"阿黑就伸手打，一点不客气，这是阿黑的特权。

打是当真被打了，但是涎脸的五明，还是涎脸不改其度。

一个男人被女人的手掌揾脸，这痛苦是另外一种趣味，不能引为被教书先生的打为同类的。这时被打的五明，且把那一只充板子的手掌当饼了，他用舌子舔那手，似乎手有糖。

五明这小子，在阿黑一只手板上，觉得真有些枇杷一样的味道，因此诚诚实实地说道："姐，你是枇杷，又香又甜，味道真好！"

"你讲怪话我又要打。"

"为什么就这样凶？别人是诚心说的话。"

"我听过你说一百次了。"

"我说一百次都不觉得多，你听就听厌了吗！"

"你的话像吃茶莓，第二次吃来就无味。"

"但是枇杷我吃一辈子也有味。"

"鬼，口放干净点。"

"这难道脏了你什么？我说吃，谁叫你生来比糖还甜呢？"

阿黑知道驳嘴的事是没有结果的，纵把五明说倒，这小子还会哭，做女人来屈服人，所以就不同他争论了。她笑着，望到五明笑，觉得五明一对眼睛真是也可以算为吃东西的器具。五明是饿了，是从一些小吃上，提到大的欲望，要在这洞里摆桌子请客了，她装成不理会到的样子，扎自己的花环玩。

五明见到阿黑无话说，自己也就不再唠叨了，他望阿黑。

望阿黑，不只望阿黑的脸，其余如像肩，腰，胸脯，肚脐，腿，都望到。五明的为人，真是不规矩，他想到的是阿黑一丝不挂在他身边，他好来放肆。但是人到底是年轻人，在随时都用着大人身份的阿黑行动上，他怕是冒犯了阿黑，两人绝交，所以心虽横蛮，行为却驯善得很，在阿黑许可以前，他总不会大胆说要。

他似乎如今是站在一碗好菜面前，明知可口，却不敢伸手蘸它放到口边。对着好菜发痴是小孩通常的现象，于是五明沉默了。

两人不作声，就听雨。雨在这时已过了。响的声音只是岩上的点滴。这已成残雨，若五明是读书人，就会把雨的话当雅谑。

过一阵，把花环做好，当成大手镯套到腕上的阿黑，忽然向五明问道："鬼！裴家三巧长得好！"

五明把话答错了，却答应说"好"。

阿黑说："是的啰，这女人腿子长，腰小，许多人都欢喜。"

"我可不欢喜，"虽这样答应，还是无心机，前一会儿的事这小子已忘记了。

"你不欢喜为什么说她好？"

"难道说好就是欢喜她吗？"

"可是这时你一定又在想她。"这话是阿黑故意难五明的。

"又在，为什么说又？方才冤人，这时又来，你才是'又'！"

阿黑何尝不知道是冤了五明。但方法如此用，则在耳边可以又听出五明若干好话了。听好话受用，女人一百中有九十九个愿意听，只要这话男子方面出于诚心。从一些阿谀中，她可以看出俘虏的忠心，他可以抓定自己的灵魂。阿黑虽然是乡下人，这事恐怕乡下人也懂，是本能的了。逼到问他说是在想谁，明知是答话不离两人以外，且因此，就可以"坐席"是阿黑意思。阿黑这一月以来，她需要五明，实在比五明需要她还多了。但在另一方面，为了顾到五明身体，所以不敢十分放纵。

她见到五明急了，就说那算她错，赔个礼。

说赔礼，是把五明抱了，把舌放到五明口中去。

五明笑了。小子在失败胜利两方面，全都能得到这类赏号的，吃亏倒是两人有说有笑时候。小子不久就得意忘形了，睡倒在阿黑身上，不肯站起，阿黑也无法。坏脾气实在是阿黑养成的。

阿黑这时是坐在干稻草做就的垫子上，半月中阿黑把草当床已经有五次六次了。这柔软床上，还撒得有各样的野花，装饰得比许多洞房还适用，五明这小子若是诗人，不知要写几辈子诗。他把头放到阿黑腿上，阿黑坐着，他却翻天睡。做皇帝的人，若把每天坐朝的事算在一起，幸福这东西又还是可以用秤称量得出，试称量一下，那未必有这时节的五明幸福！

五明斜了眼去看阿黑，且闭了一只右眼。顽皮的孩子，更顽皮的地方是手顶不讲规矩。

"鬼，你还不够吗？"这话是对五明一只手说的，这手正旅行到阿黑姑娘的胸前，徘徊流连不动身。

"这怎能说够？永久是，一辈子是梦里睡里还不够。"说了这只手就用了力按了按。

"你真缠死人了。"

"我又不是妖精。别人都说你们女人是妖精，缠人人就生病！"

"鬼，那么你怎不生病？"

"你才说我缠死你，我是鬼，鬼也生病吗！"

阿黑咬着自己的嘴唇不笑，用手极力掐五明的耳尖，五明就做鬼叫。然而五明望到这一列白牙齿，像一排小小的玉色宝贝，把舌子伸出，做鬼样子起来了。

"菩萨呀，救我的命。"

阿黑装不懂。

"你不救我我要疯了。"

"那我们乡里人成天可以逗疯子开心！"

"不管疯不疯，我要……"

"你忘记吃伤了要肚子痛的事了。"

"这时也肚子痛!"说了他便呻吟,装得俨然。其实这治疗的方法在阿黑方面看来,也认为必需,只是五明这小子,太不懂事了,只顾到自己,要时嚷着要,够了就放下筷子,未免可恶,所以阿黑仍不理。

"救救人,做好事啰!"

"我不知道什么叫做好事。"

"你不知道?你要我死我也愿意。"

"你死了与我什么相干?"

"你欢喜呀,你才说我疯了乡里人就可以成天逗疯子开心!"

"你这鬼,会当真有一天变疯子吗?"

"你看吧,别个把你从我手中抢去时,我非疯不可。"

"嗨,鬼,说假话。"

"赌咒!若是假,当天……"

"别呆吧……我只说你现在决不会疯。"

五明想到自己说的话,算是说错了。因为既然说阿黑被人抢去才疯,那这时人既在身边,可见疯也疯不成了。既不疯,就急了阿黑,先说的话显然是孩子们的呆话了。

但他知道阿黑脾气,要做什么,总得苦苦哀求才行。本来一个男子对付女子,下蛮得来的功效是比请求为方便,可是五明气力小,打也打不赢阿黑,除了哀告还是无法。在恳求中有时知道用手帮忙,则阿黑较为容易投降。这个,有时五明记得，有时又忘记，所以五明总觉得摸阿黑脾气比摸阿黑身上别的有形有迹的东西为难。

记不到用手，也并不是完全记不到，只是有个时候阿黑颜容来得严重些，五明的手就不大敢撒野了。

五明见阿黑不高兴，心就想，想到缠人的话，唱了一支歌。他轻轻唱给阿黑听，歌是原有的往年人唱的歌。

> 天上起云云起花，
> 包谷林里种豆荚；
> 豆荚缠坏包谷树，
> 娇妹缠坏后生家。

阿黑笑，自己承认是豆荚了，但不承认包谷是缠得坏的东西。可是被缠的包谷，结果总是半死，阿黑也觉得，所以不能常常尽五明的兴，这也就是好理由！五明虽知唱歌却不原谅阿黑的好意，年纪小一点的情人可真不容易对付的。唱完了歌的五明，见阿黑不来缠他，却反而把阿黑缠紧了。

阿黑说，"看啊，包谷也缠豆荚！"

"横顺是要缠，包谷为什么不能缠豆荚？"

强词夺理的五明，口是只适宜做别的事情，在说话那方面缺少天才，在另外一事上却不失其为勇士，所以阿黑笑虽是笑，也不管，随即在阿黑脸上做呆事，用口各处吮遍了。阿黑于是把编就的花圈戴到五明头上去。

若果照五明说法，阿黑是一坨糖，则阿黑也应当融了。

阿黑是终于要融的，不久一会儿就融化了。不是为天上的日头，不是为别的。是为了五明的呆。

为什么在两次雨里给人两种心情，这是天晓得的事。五明颠子真颠了。颠了的五明，这时坐在坛子上笑，他想起阿黑融了化了的情形，想起自己与阿黑融成一块一片的情形，觉得这时是又应当到后坡洞上去了（在那里，阿黑或者正等候他）。他不顾雨是如何大，身缩成一团，藏到斗笠下，出了油坊到后坡洞上去。

寻

觅

照我想来，对于你目前生活觉得满足，莫去想象你们得不到的东西，你们就快乐了。

　　在这故事前面那个故事，是一个成衣匠说的，他让人知道在他那种环境里，贫穷与死亡如何折磨到他的生活。他为了寻找他那被人拐逃的年轻妻子，如何旅行各处，又因什么信仰，还能那么硬朗结实地生活下去。他说："我们若要活到这个世界上，且想让我们的儿子们也活到这个世界上，为了否认一些由于历史安排下来错误了的事情，应该在一份责任和一个理想上去死，当然毫不踌躇毫不怕！"成衣人把他一生悲惨的经验，结束到上面几句话里后，想起他那个饿死的儿子，就再也不说什么了。

　　他说过这故事以后，在场众人皆觉得悒郁不欢。这不幸故事，使每个人都回想到自己生活中那一份，于是火堆旁边，忽然便沉默无声了。成衣人看清楚了这种情形，十分抱歉似的，把那双为工作与疾病所磨坏的小小眼睛，向这边那边做了一度小心的溜望，拉拉他那件旧袄子，怯生生地说道："大爷，总爷，掌柜的，你们帮我个忙，替我说一个快乐好听的故事吧。不要为了我这个故事，把各人心窝子里那点兴头弄掉。不要因为我这种不幸的旅行，便把一切旅行看成一种灾难。来（他指定了一个人说），大爷，你年纪大，阅历多，不管怎么样，你说个故事。你说说你快乐的旅行也成。帮我一个忙，帮我一个忙。"

这被指定的人是一个穿着肮脏装束异样的瘦个子，脸上野草似的长着胡子，先前并不为任何人所注意，半夜来他只是闭了眼睛低下头在那里烤火，这时恰好刚把眼睛睁开，把头抬起，就被那成衣人指定了。他见成衣人用手向他戳点了两下，似乎自己生平根柢已被成衣人所看出，故微受惊吓模样，身体缩了一下。他好像有点吃惊，又好像在分辨，"怎么，你要我说我的旅行原因吗？你是这种意思吗？"他并不作声，神气之间却俨然在那么询问。

那成衣人口气甜甜地说："大爷，说一个，说一个。"

他微笑了一下，一时还似乎无勇气站起来，刚好把身体举起又复即刻坐下了。成衣人当真好像看准了他，知道在场众人只有他说出的经验，能使大家忘掉了旅行的辛苦，就催促他，请求他，且安慰他。成衣人说："大爷，你说一个，随便说一个。这里全是好人忠厚人，全眼巴巴地等着你，你会说，你不用怕，不用羞。"

这胡子倒并不怕谁，不为自己样子害羞，要他说，他也明白这时应该轮到他来说了。他把一只干瘪瘪的手伸出去，做出一个表示，安置了成衣人，就大大方方，说了下面的故事。

　　某处地方有个家资百万的富翁，家中有十个坚固结实的仓库，仓库中分别收藏聚集了无数金银宝贝、衣料食物，并各种各样东西。家中有一百男奴、一百女奴。地窖中有一地窖的美酒。马厩中有打猎的马五十匹，驾车的马五十匹。花园中栽种了无数名花甘果，花树上有各种禽鸟，叫出种种声音。兽栏里畜养了各样野兽。鱼池里喂有古怪的金鱼、银鱼、五色异鱼。两夫妇将近四十岁时，方生养一个儿子，这个儿子的教育，自然周到万分。当那独生子年纪到十八岁时，父母因为他生长得过于美丽，以为必得一个标致无比的女人作为他的妻子，方不辜负这孩子一生。因此就聘请了国内精巧匠人，用黄金仿照本族古代典型美人的脸目身材，铸造了金像一躯，派人抬往国内各处地方去，金像下刻了一段文字，最重要的几句话是：

　　若有女人美丽如金像，自信上帝创造她时手续并不马虎的，就可以做××地方百万富翁独生子的妻子，享受那份遗产，以及由于两个人青春富足可以得到的一切幸福。

　　恰好那时节另外某个地方，某个公爵的独生女儿，父母也因为女儿生长得过分美丽，成年时不肯随便嫁人，以为必得一个世界上顶美的男子，方配得到这个女儿的爱情，因此也聘请了聪明匠人，用白银仿照本族古代典型男性，铸一理想男子的大像，同时通告各处，以为这世界上若有男子完美若此，自信上帝创造他时并不草率，就可跑来××地方，向有爵位的某某独生女儿求婚。

双方得到了这个消息以后，且互相皆看到了那个标准造像，以为这份因缘非常合适凑巧，因此各聘请了有身份的媒妁，交换了几次意见，就议妥了两个年轻人的婚姻。

为时不久，这年轻男子娶了那美貌女人，同时还承袭了一个受人尊敬的爵位。从此一来，他便仿佛是人类中最幸福的人了。

但刚满半年以后，这幸福就有了缺口。原因是这样的：有一天本地起了大风，大风中吹来一条白色毯子，悬挂在庭院里大树上。把毯子取下看看，精致美妙，完全不像人工做成。派人拿向各处询问，无人能够说出它的名字，也无人明白它的出处。过不久，天上又起了大风，风中又吹来九色金蕊大花一朵。那花大如车轮，重只三两，香气中人，如喝蜜酒。旋又派人拿这花到各处询问，仍然毫无结果。又过一阵，第三次大风起时，却吹来一本古书。那书说到另外一个国家的一切情形，关于那条毯子，也可知道就是朱笛国人宫内所用的毯子，那朵大花，就是朱笛国王后宫花园萎落的花。

那本书还说朱笛国有五色奇花，大的如车轮大，小的如稗子小，大花轻如毛羽，小花重如水银，花朵皆长年开放，风吹香气，馥郁一国。那地方有马，日行千里。那地方有栗枣，皆大如人头，甘如蜜蔗。那地方有藕，色如白玉，巨如屋梁。那地方有草，各处丛生，摘断时流汁如奶，味道如蜜。那地方有各种雀鸟，声音柔美溜亮，胜过世上最好的歌喉。那地方富足异常，使用人力，毫无问题，故国王宫殿，全为本国人民乐意代为建筑，却仿天宫式样做成。那地方由于自然生产丰富，人民皆自重乐生，故无盗贼，也无牢狱。

朱笛国所有情形，既可从这本书知其大略，国土方向距离，又从那本古怪书籍后面一幅古代地图上依稀可以估计得出。故这三样东西，引起了年轻人无数幻想。那年轻人自从明白地面上还有一个这样国家后，一切日常生活便不大能引起他的兴味，日子再也过得不是幸福日子了。他总觉得还缺少些东西，他为这件事把性格也改变了不少。

为了要求满足自己的欲望，过不久，这年轻人就独自悄悄地离开了家，携带了那三件东西，向那个古怪地方走去了。

他经过了无数苦难，跋涉了整整三年，方跑到一个城市。这城市照地图方向上看来，应当就是古朱笛国。他进到那个大城，傍近那个国王宫殿时，看看宫殿大门，全是刻花金属镶嵌而成，宫殿围墙，全是磨光白玉做成。他就请求守门官吏，入通消息，请他代为陈明，自己来到这里各种因缘。

因为国王旅行，多年不回，一切国事，皆由公主处置。门官禀告以后，为时不久年轻人就用远国来宾身份，被一个御前侍从，领导进宫，谒见公主。

进宫中时，侍从在前带路，年轻人在后面跟随，不久到一大门。刚进大门，就有两个异常活泼白脸长眉的女孩子，把门代为推开。两人从一白色厅堂过身，一切全用白银做成。过道一旁，见到一个女人，脸儿身材，俏俊少见，坐在白银榻上，纺取白银丝缕。年轻体面丫环十人，皆身穿白色丝质柔软长袍，在旁侍立。

年轻人以为这是那公主了，就问侍从："这是第几公主？"

那领路侍从说："这是守门宫婢，不是公主。"

又走一阵，到第二道大门，仍然有人代为开门。进门以后，从一黄色厅堂过身，一切全用黄金做成。过道旁边，又见一个女人，神韵飞扬，较前尤美，坐在黄金榻上，拈取黄金微尘。左右丫环，计二十人，身穿黄色丝质柔软长袍，在旁侍立。

年轻人以为先前不是公主，现在定是公主了，就问侍从："这是不是公主？"

领导侍从又说："这是守门宫婢，不是公主。"

又走一阵，到第三座大门，开门如前。进一紫色厅堂，一切全用紫玉砌成，过道旁边，一个身穿紫霞鲛绡衣服的女人，艳丽如仙，雅素如神，坐在紫琉璃榻上，割切紫玉薄片。左右丫环，计三十人，服装皆紫，质类难名，在旁侍立，静寂无声。

年轻人刚欲开口，侍从就说，"我们赶快一点，公主在宫里等候业已很久。"

　　两人再继续走去，到一大厅，宽广可容三千舞伴对舞。只见地下各处皆是白獭海豹，静美可怜。各处且有冰块浮动，如北冰洋。那时正当大暑六月，厅中寒气尚极逼人。年轻人先前还以为那是水池，不能通过，那御前侍从就告他这不碍事，可以大步走过，同时心想坚其信实，就从腕上脱取一只黄金嵌宝手镯，尽力掷去。宝镯触地，铿然有声，年轻人方明白原来这是一个极大水池，上面盖有一片极大水晶，预备夏天作跳舞场所用。两人于是从上面走过，直到内殿。到内殿后，进见公主，只见公主坐在殿中百二十重金银帏帐里，用翡翠大盘贮香水浇手。殿中四隅有各种小巧香花，从上缓缓落下，有一秀气逼人的女孩，身穿绿色长袍，站在公主身旁，吹白玉笙，奏东方雅乐中《鹿鸣之章》，欢迎远客。有一极小白猿，偎依公主脚下，轻啸相和。

　　宾主问讯一阵以后，年轻人听说朱笛国王离开本国，出外旅行，业已三年不归，就问公主，国王究竟为什么原因，抛下王位，向他处走去。

　　公主不及作声，那小小白猿就告给年轻人国王出国旅行的理由。

　　"你若满足身边一切，你不会来这里。国王一人悄悄离开本国土地人民，不知去处，原因所在，也不外此。"

　　年轻人如今亲眼见到这个国王豪华尊荣，正以为人类最好地方，莫过于此，谁知做国王的，还不满足，也居然离开王位，独自走去。他亟想从公主方面多知道些事情，故随即向公主问了一些话语。公主想起爸爸久无消息，不知去向，故虽身住宫中，处理国事，取精用宏，豪华盖世，但仍然毫无快乐可言。如今被远方来客一问，更觉悲哀，就潸然流泪不止，不能不安置来客到馆驿里，准备明天再见。

第二天年轻人重新被召入宫，却已见到国王。原来国王悄悄出外旅行三年，昨天又悄悄回到本国。公主见国王时，就禀告国王，有一远客，步行三年来到本国，故国王首先就召年轻人入宫谈话。

见国王时，国王明白年轻人旅行原因，与自己旅行原因，皆为同一动机，两人便觉十分契合。原来这国王旅行，也为一本古书而起。那书上记载一个名为白玉丹渊国的地方，人民如何生活，如何打发每个日子，万汇百物，莫不较之朱笛国中自然丰富。这朱笛国王，由于眼前一切，不能满足，对于远国文明，神往倾心，故毅然抛弃一切，根据书中所说方向，追寻而去。

年轻人问国王旅行真正意思时，国王不即回答，就拿出那本古书，让年轻人阅读。那本书第一页写了这样一行文字：

白玉丹渊国散记

以下就是那本书中所写的话语：

中国的西方是朱笛国，朱笛国的西方是白玉丹渊国。那里有一片土地，一个国家。那地方面积是正方形，宽广纵横各五千里。国境中有森林、河流、大山。各处皆有天然井泉，具有各种味道，味道甘美爽口，颜色则或透明如水晶，或色白如牛奶羊奶。那地方各处皆生小草，向右盘萦，细如头发，色如翡翠，清香如果子，柔软如毡毯。那地方平处用脚一踹时，就凹下三寸，把脚举起，地又无高无低，平复如掌。

那地方无荆棘，无沟坑，无杂草乱树，也无蚊虻蛇虫。那地方阴阳和柔，四时如春，百花常开，无冬无夏。

那地方人民身体相貌皆差不多，生活服用，也无分别。人人壮实活泼，如二十来岁。人人口齿皆洁白整齐，不害牙痛。头发极黑，光滑柔美，不长不短，不生垢腻。

那地方有树名曲躬树，叶叶重叠，层次无数，天落雨时，从不漏湿，所有人民，皆在下面过夜。那地方又有香树，高大奇异，开花极香，花落结果，果实成熟时，就自行坠地，皮破裂开，里面皆种种用具，大小适用，以及各样颜色衣服，莫不美丽悦目。又有较小香树，高低略同平常橱柜相似，长年开花结果，果大如碗。其中有各式点心，各种美酒，也间或有古董玩器，十分精美雅致。

那地方人民一切需要皆可取给于地面树上，不开矿，不设工厂。那地方生产粮食，不必撒种，自生自熟，且无糠秕，色如玉花，味极厚重，又有清香。这种自然粮食既可取用不竭，又有自然锅釜，同发火宝珠。宝珠名为"焰光宝珠"，把自然粮食放入锅中，焰光宝珠安置锅下，饭煮熟时，珠也无光熄热。凡想吃饭，见人坐席，就可加入恣意取用。主人不起，饭便不完，主人略起，饭就完事。吃完饭时，只须略挖地面，便可把一切餐具埋于地下，下次用时，再换新的。煮饭既不假樵火、不劳人工，吃后又不必洗盘碗，故方便洒脱，无可与比。

那地方共有四百个湖泊，皆如天然浴池，各个纵广或十里，或五里，或一里。池底坦平，其下平铺金砂和各种细碎宝石。四面有七重金属栏杆围绕，栏杆上各嵌七色宝石，入夜各放异光，不必再用灯烛。池水从地底渗出，从暗道流去，颜色透明，永不浑浊，温暖适如人意。即或久浸水中，也如在空气中。浮力又大，极深处全不溺人。那地方人民皆傍湖边住下，白日里无事可做时节，多在湖中划船。船皆沙棠香木做成，用轻金装饰一切，色线皆雅致不俗。各人乘船中流娱乐，唱歌奏乐，聚散各随己意。想入水游泳时，脱衣各放岸边。浴毕上岸，随意取衣，先出先着，后出后着，不必选认原来衣服，若想换一新衣，只须向近身处树边走去，摘一果实，把壳挤碎，就可按照自己意思，得一新衣。

那地方人民一切既由上帝代为铺排，不必费事，皆可自由娱乐，打发日子，每日浴后便常常从果树中选取管弦乐器，到鸟雀较多处去，与枝头雀鸟，合奏乐曲。若想换一地方时，雀鸟皆如人意，各自先行飞去等候。

那地方大小便时，脚下土地就自行裂开，成一小坑，完事以后，地又合拢。

那地方每到中夜，天空就有清净白云，带来甘雨，匀匀落下。落雨时如洒奶汁，草木皆知其甜。全国各处一得到这种雨水以后，空气便如用一奇异东西滤过一次，异常干净，地面则柔软润泽，毫无灰尘。落雨过后，天空净明浅蓝，大小星辰，错落有致，洁风把温柔澹和香气从各方送来，微吹人身，使人举体舒畅，无可仿佛，在睡梦中，皆含微笑。

那地方人民也有欲心，唯有周期，不流于滥，欲心起时，男子爱一女人，只需熟视所爱女人，过一阵后，就离开女人，向曲躬树下跑去，若女人同时也正爱慕这个男子，必跟随身后走去。两人到树下后，若为血缘亲属，不应发生情欲，树不曲荫，便各自微笑散去。若非亲属，树在这时便低枝回护，枝叶曲荫，顷刻之间，就可成一天然帐幕，两人就在这帐幕里，经营短期共同生活，随意娱乐，毫无拘束，一天两天，或到七天，兴尽为止，然后各自分手。妇人怀妊七天以后就可分娩，生产时节，既不痛苦，也不麻烦。不问所生是男是女，皆可抱去安顿到四衢大道之旁，不再过问。小孩因为饥饿啼哭时，路人经过身旁，就伸出指头，尽小孩含吮，指尖就有极甜奶汁，使小孩饱足发育。过七天后，小孩长成，大小已与平常人无异，便各处走动，随意打发日子去了。

那地方无法律，无私产，无怨憎。

那地方也有死亡，遇死亡时，身旁之人，皆以为这人自然数尽，从不悲戚。既无亲属，也无教法，便从无倾家荡产埋葬死人习气。人死以前，这人便能明白，故自己就在水中洗涤全身，极其清洁，走到无人处躺下。气绝以后，即刻就有一只白色大鸟，飞来帮忙，把这死

人收拾完事，不留踪影。

……

朱笛国王就只为了这本书上所载一切情形，轻视了他的王位，抛下了他的亲属与臣民，离开了他的本国，旅行了三年，方才归来。

那年轻人既明白了国王旅行的事情以后，就同国王说："何所为而去，我已明白；何所得而来，还请见告。"

那国王就为年轻人说出他旅行前后的经验：

当我既然知道了地面上还有这样一个方便国家后，我就决心独自跑去，预备找寻这个古怪国土。我同你一样，整整走了三年，过了无数的大河，爬过无数的高山，经过无数危险，有一天我终于就走到那个地方了。

到那地方时，看看一切皆恰与那本书上所记载的相合。地面生长的奇树，浴池的华美，以及一切一切，无事无物不可以同书上相印证。可是只有一件事情完全不同，就是那地方无一个人不十分衰老，萎靡不振。到后一问，方知道原来这地方三年前大家还能极其幸福好好地过日子，当时却有一个人民，在

睡梦中看到一本怪书。书中载了无数图画，最末一页方有这样一个极小的字："死"。他自己也不知道为什么就认识这个字，且为什么懂到了这个字的意义。这人醒来很觉得惆怅，就做了一首赞美长生快乐的歌曲，各地唱去。从此一来，无人不感觉到死亡的可怕。由于死亡的意识占据到每个人心上，就无人再能够满足目前的生活。各人只想明白什么地方有不死的国土，什么方法可以不死，又无法去同安排这个世界的上帝接头，故三年来全国人民皆在忧愁中过去，一切生活皆不如意，各人脸上颜色也就衰老憔悴多了。

朱笛国王到白玉丹渊国时，恰正是那个国土有人想到别一处去，找寻大德先知，向他询问"上帝所思所在"的时节，众人眼见朱笛国王颜色那么快乐，众人自视却那么苦恼，以为最快乐的人，当然也就是了解神的意见最多的人，故在朱笛国王来到本国，告给他众人衰老忧愁原因以后，就询问国王："什么方法可以使人快乐？什么方法可以使人不死？"

国王按照他那自己一份旅行的经验，以及在本国国王位上，使用物力时那点无上魄力而成的观念，就回答说："照我想来，对于你目前生活觉得满足，莫去想象你们得不到的东西，你们就快乐了。至于什么方法使人不死，我现在可回答不出。不过我们身体既然由于人类生养出来，当然也可由于人类思索弄得明白。"

几句话使白玉丹渊国一部分人民得到了知足的快乐，一部分人民得到了研究的勇气。那朱笛国王却为了自己的快乐，与另外自己还不明白的秘密，因此回返本国了。

国王把他自己那份经验说毕以后，想起一个得上帝帮助力量较少的人，既然还能够多知道些活在地面上快乐的哲学，一个年轻人有时也许比年老人知道得更多，就向年轻人说："知足安分是一个使我们活到这世界上取得快乐的方法，我已经认识明白，为了快乐，我就回到本国来了。你现在明白了这个，你不久也应当回你中国了。我且问你，我们若不知足安分，是不是还有什么方法得到快乐？我们若非死不可，是不是还有什么方法能使我们全不怕死？你告给我，你告给我。"

那年轻人想了半天，方开口说："不知足安分，也仍然可以得到快乐。就譬如我们旅行，我们为了要寻觅真理，追求我们的理想，搜索我们的过去幸福，不管这旅行用的是两只脚或一颗心，在路途中即或我们得不到什么快乐，但至少就可忘掉了我们所有的痛苦。至于生死的事，照我想来，既然向这世界极其幸福的人追寻不出究竟，或许向地面上那极不幸福的人找寻得出结果。"

这年轻人回答了国王询问以后，就离开了那朱笛国。他回到了中国，却并不返家。由于他想明白，为什么我们常常怕死，有什么方法又可以使我们就不怕死。且以为年轻人有时皆比年老人知道得多，极不幸福的人也许反明白什么是幸福。同时记起为了"有所寻觅而去旅行"的哲学，于是在全中国各处走去，一直漂泊了二十五年。

他的旅行并不完全失败，他在各样地方各种人堆里过了二十五年，因此有一天晚上，他当真得到了他所需要的东西。得到了这东西后，他预备回家去看他那美貌公爵妻子去了。

……

那胡子把故事一气说完，到这时节，稍稍停顿了一下，向成衣人做了一个友谊的微笑。众人中有人就问他："这年轻人究竟得到了些什么？你又同年轻人有什么关系？如何知道他的事那么详细清楚？"

那胡子望望说话的一个，微笑着，在笑容里好像说了一句话："你要明白吗？你还不明白吗？"

另外也有人提出质问，那胡子于是便告给众人："那年轻人旅行了二十五年，只是有一夜到一个深山中的旅店里，听到一个成衣匠说了一个故事，结尾时说了几句话。他寻觅了二十五年，也就正是想听听这样一种人说的这样话语。成衣匠说得不差。"胡子说到这里时，便向火堆前那个成衣匠低低的询问："你不是……这样说过的吗？你说过的。"他走过去把成衣匠拉起，让大家明白他所说的成衣匠，就正是目前这个成衣匠。"我要说的那年轻人所遇到的成衣匠就是他。他是一个男子，一个硬朗结实的男子。那年轻人是谁，你们还要知道么？你们试去众人中找寻一下，不要只记着他三十年前的美丽风仪，他旅行了将近三十年，他应当老了，应当像我那么老了！"

原来这胡子就正是正当年纪轻轻的时节，为了有所寻觅，离开了新婚美丽妻子同所有财富，在各处旅行了将近三十年的那个年轻人！

扇陀

仙人到时，果如美女扇陀出国之前所说，被骑而来。且因所爱扇陀在其背上，谨慎小心，似比一切驯象良马，尚较稳定。

一个贩骡马的商人，正当着许多人的面前，说到他如何为妇人所虐待，有一天吃了点儿酒，用赶骡马的鞭子，去追赶他那个性格恶劣的妇人，加以重重的殴打，从此以后这妇人就变得如何贞节良善时，全屋子里的客人，莫不抚掌称快。其中有几个曾经被他太太折磨虐待过多年的，就各在心上有所划算，看看到了北京以后，如何去买一根鞭子，将来回家，也好如法炮制。

贩骡马商人稍稍把故事停顿了一下，享受那故事应得的奖励，等候掌声平息后，就用下面的话语，结束了他的故事："大爷，弟兄，应当好好记着，不要放下你的鞭子！不要害怕她们，女人不是值得男子害怕的东西。不要尊敬她们。把她们看下贱一点儿，不要过分纵容她们。"

这商人很明显的，是由于自己一次意外的发明，把女人的能力，以及有关女人的种种优美品德——就是在下等社会中的女人尤不缺少的纯良节俭与诚实品德，都仿佛不大注意，话语也稍稍说得过分了。

那时节，在屋角隅那堆火旁，有四个向火的巡行商人，其中之一忽然站起来说话了。这人脸上胡须极乱，身上披了件向外反穿的厚重羊皮短袄，全身肿胀如同一头狗熊。站起身时他约束了下腰边的带子，用那为风日所炙、冰雪所凝结、带一点儿嘶哑发沙的嗓子，喊着屋中的主人，他意思似乎有几句话要说说。不必惑疑，这人对于前面那个故事，有一种抗议，有一分异议，大家皆一望而知。

这人半夜来从不作声，只沉默地坐在火边烤火，间或用木柴去搅动身前的火堆，使火中木柴重新爆着小小声音，火焰向上卷去时，就望着火焰微笑。他同他的伙伴，似乎都只会听其他客人故事，自己却不会说故事的。现在听人家说到女人如何只适宜用鞭子去抽打，说到女人除了说谎流泪以外，一切事业由于低能与体力缺陷，皆不会做好。还另外说到无数亵渎这世界上女人的言语。说话的却是一个马贩子！因此这商人便那么想："如果一切都是事实，女人全那么无能力，无价值，你只要管教得法，她又如何甘心为你做奴做婢，那过去由于恐惧，对女人发生的信仰，以及在这信仰上所牺牲的种种，岂不完全成为无意思的行为了吗?"

他想得心中有点难过起来，正由于他相信女人是世界上一种非凡的东西，一切奇迹皆为女人所保持，凡属乘云驾雾的仙人，水底山洞的妖怪，树上藏身的隐士，朝廷办事的大官，遇到了女人时节，也总得失败在她们手上，向她们认输投降。就由于这点信仰，他如今到了三十八岁的年龄，还不敢同女人接近。这信仰的来源，则为他二十年前跟随了他的爸爸在西藏经商，听到了一个故事的结果。故事中的一个女人，使他当时感受极深的印象，一直到如今，这印象还不能够为时间揩去。他相信女人降服男子的能力，在天下生物中应居首一位，也已相信了二十年，现在并且要来为这信仰说话了。

大家先料不到他也会有什么故事，现在看他站起身时，柴堆在他身旁卷着红红的火焰，火光照耀到这人的全身，有一种狗熊竖立时节的神气。一个生长城市读了几本书籍自以为善于"幽默"的小子，就乘机取笑这其貌不扬的商人，对众人说："弟兄，弟兄，请放清静一点儿，听我说几句话。先前那位卖马的大老板，给我们说的故事，使我们十分开心。一切幸福皆应是孪生的姊妹，故我十分相信，从这位老板口中，也还可听出一个很好的故事。你们瞧（他说时充作耍狗熊的河南人神气，指点商人的脸庞同身上），这有趣的……不会说无趣的故事！"

他把商人拉过那大火堆边去，要那商人站到一段木头上面，"来，朋友，你说你的。我相信你有说的。你不是预备要说你那位太太，她如何值得尊敬畏惧吗？你不是要说由于她们的神秘能力，当你长年出外经商时节，她在家中还能每一年为你生育一个圆头胖脸的孩子吗？你不是要说一个女人在身体方面有些部分和一个男子完全不同，觉得奇怪也就觉得应当畏惧吗？许多人都是这样对他太太发生信仰的。只是仍然请你说说，放大方一点来说。我们这里夜很长，应当有你从从容容说话的时间。"

这善于诙谐的城市中人，所估计的走了形式，这一下可把商人看错了。一会儿他就会明白他的嘲笑，是应从商人方面退回来，证明自己简陋无识的。

那商人怯生生地被人拉过去，站在那段木头上，听人说到许多莫名其妙的话语，轮到他说话时就说："不是，不是，我不说这个！我是个三十八岁了的男子，同阉鸡一样，还没有挨过一次女人。我觉得女人极可害怕，并且应当使我们害怕。我相信女子都有一种能力，不甚费事，就可以把男子变成一块泥土，或和泥土差不多的东西。不管你是什么样结实硬朗的家伙，到了她们的手中，就全不济事。我害怕女人，所以我现在年龄将近四十岁，财产分上有了十四匹骆驼、三千银钱的货物，还不敢随便花点儿钱娶一个老婆。"

众人听说都很奇怪，以为这人过去既并不被女人欺骗和虐待，天生成那么怕女人，倒真是罕见的事情。就有人说："告给我们你怕女人的道理，不要隐瞒一个字。"

这商人望望四方，看得出众人的意思，他明白他可以从从容容来说这个故事了，他微笑着。在心里说："是的，一个字我也不会隐瞒的。"就不慌不忙，复述了下面那个在十七岁时听来的故事。

　　过去很久时节，很远一个地方，有那么一个国家，地面不大不小。由于人民饮食适当，婚姻如期举行，加之帝王当时选择得人，地方十分平安，人民全很幸福。这国家国内有几条很大的河流，纵横贯通境内各处，气候又十分调和，地面就丰富异常。全国出产极多，农产物中五谷同水果，在世界上附近各个小国内极其出名。那地方气候好到这种样子，人民需要晴天就大晴，需要水时天就落雨。凡生长到这个小国中的人民，都知道天不遗弃他们，他们也就全不自弃，人人自尊自爱，奉公守法，勤俭耐劳，诚实大方。凡属于人类中诸多良善品德，倘若在另一族类、另一国家业已发现过了的，这些真理的产品，在这小国人民性格上也十分完全，毫不短少。这国家名为波罗蒂长，在北方古代史上原有它一个位置。

　　波罗蒂长国中，有一座大山，高一百里，宽五百里，峰峦竞秀，嘉树四合，药草繁多，绝无人迹。这大山早为国家法律订下一条规定，不能随便住人，只许百兽任意蕃息。山中仅有一位博学鸿儒，隐居山洞，读书修道，冥坐绝欲，离开人世，也已多年。某年秋天，一个清晨，这隐士起身时节，正在用盘盂处置他的小便，看见有两只白鹿，正在洞外芳草平地，追逐跳跃，游戏解闷，中间有母鹿一匹，生长得秀美雅洁，和气亲人，眼光温柔，生平未见。这隐士当时，心中不知不觉，为之一动。小便完事以后，照例盘中小便，都应舍给山中鹿类，当作饮料。这母鹿十分欣悦，低头就盘，舐完盘中所有以后，就向山中走去。

为时不久，这母鹿居然怀了身孕，一到月满，就生出小鹿一只。所生小鹿，眉目口鼻，一切皆完全如人，仅仅头上长出一对小小肉角，两脚异常纤秀。这母鹿当它将生产时，因想起隐士洞边向阳背风，故跑进隐士所住洞边，在草地中生产。落下地后，母鹿看看，原来是一小孩！既不能带这小孩跳山跃涧，还不如交给隐士照料，故把小孩衔放隐士洞边，自己就跑去了。

隐士那时正在读书，忽然听到洞外有小孩子哭声，心中十分稀奇。走出洞外一看，就见着这人鹿同生的孩子，身体极其细嫩，眼目紧闭，抱起细看，头脚尚有鹿形，眼目张开时节，流盼四顾，也如另一地方另一相熟眼目。隐士心中纳罕："小孩来处，必有一个原因！"从目光中隐士即刻明白小孩一定是母鹿所生，小孩爸爸，除了自己，也就没有别人了，故把小孩好好抱回洞里，细心调养。

隐士住在山中业已多年，读书有得，饮食皆极随便，不致害病。隐士既不吃人间烟火，因此小孩口渴，隐士就为收取草上露珠，当作饮料。小孩饥饿，隐士又为口嚼松子，当作饭食。小孩既教育有方，加之身上有母鹿血气，故从小就健康聪明，活泼美丽。到后年龄益长，隐士又十分耐烦，亲自教他一切学问，使他明白天地各种秘密，了然空中诸星，地面百物，如何与人类有关。又读习经典，用古圣先贤所想所说一切艰深事情，作为这小仙人精神粮食。隐士只差一事不说，就是女人，不说女人究竟如何，就因为对于女人，隐士也不十分明白。

这隐士到后道行完满，就离开本山，不知所往。那时节母鹿所生隐士所养的孩子，年纪也已二十一岁。因为教育得法，年纪虽小，就有各种智慧，百样神通，又生长得美壮聪明，无可仿佛，故诸天鬼神，莫不爱悦。隐士既已他去，这候补仙人，就依然住身山洞，修身养性，澹泊无为，不预人事。

一天，正在山中散步，半途忽遇大雨，这雨正为波罗蒂长国中所盼望的大雨。山中落了雨后，山水暴发，路上极滑，无意之中，使这候补仙人倾跌一跤，打破法宝一件，同时且把右脚扭伤。

这候补仙人心中不免嗔怒，以为自然阿谀人类，时候似乎还太早了点儿，只需请求，不费思索，就为他们落雨，自然尊严，不免失去。且这雨似乎有意同自己为难，就从头上脱下帽子，舀满一帽子清水，口中念出种种古怪咒语，咒罚波罗蒂长国境，此后不许落雨。这种咒语，乃从东方传来，十分灵验，不至十二年后，决不会半途失去效力。这候补仙人，既然法力无边，天上五龙诸神，皆尊敬畏怖，有所震慑，一经吩咐，不敢不从，故诅咒以后，波罗蒂长一国，从此当真就不降落点滴小雨。

天不落雨太久，河水井水，也渐渐干枯起来，五谷不生，百果萎悴，一连三年。三年不雨，国家渐起恐慌。国家渐贫，国库收入短少，不敷开支，人民男女老幼，无法可以生存。

波罗蒂长国王为人精明干练，负责爱民，用尽诸般方法求雨，皆无结果。他很明白，若长此以往，再不落雨，天旱过久，国家人民，皆得消灭。人民挨饿太久，心就糊涂焦躁，易于煽惑。若有一二在野人物，造谣生事，胡说八道，以为一切天灾及于本国，皆为政府办事不力，政体组织不妥，如欲落雨，必须革命。虽革命与落雨无关，由于人民挨饿过久，到后终不免发生革命。国家革命，就须流血，因此国王想不如及早退位让贤，省得发生内争。国王虽有让位之心，一时又觉无贤可让。眼见本国人民挨饿死去，无法救助，故忧愁烦恼，寝食皆废。

国王有一公主，按照国家法律，每天皆同平民女子往公共井边，用木制辘轳，长长绳缚，向深井中汲取地下泉水，灌溉田地，为国服务。公主白日在外，常与平民接近，常听平民因饥饿唱出各种怨而不怒的歌谣，一回宫中，又见国王异常沉闷，就为国王唱歌解闷。国王听歌，更觉难堪。公主就问国王："国王爸爸，如何可以救国？"且说若果救国还有办法，必得牺牲公主，自己心愿为国牺牲。

国王就说："一切办法，皆已想尽，国家前途，实深危险，人民虽皆明白天灾不可幸免，但怨嗟歌谣，也已次第而生，若不及早设法，终究不免革命。发生革命，不拘谁胜谁负，一切秩序，不免破坏无余，政府救济，更多棘手，故思前想后，皆觉退位让贤较好。细想种种，一时又无贤可让，所以心中十分为难。"

公主就把在外所听风谣，种种国民事情，加以分析，建议国王："国王爸爸，一切既很烦心，不易一人解决，不如召集大官名臣，国内各党各派博学多通人物，同处一堂，商量办法。首先讨论天灾来源，其次筹措善后救济，或有结果。若这事实在由于国王专政而起，国王退位，就可以使上天落雨，谷果百物，滋生遍地，国王爸爸，就应即刻辞职。若一切另有原因，另有办法，讨论结果，国王爸爸就负责执行。"

国王心想：公主言之有理！就按照国法，召集全国公民代表会议，聚集全国公民代表，讨论波罗蒂长一国，应付这次空前天灾种种方策。

开会时节，国王主席首先致辞，说明种种，希望代表随意发言，把这事情公开讨论。

当开会时，其中就有一个聪明公民，多闻博识，独明本国天旱理由，于是当众发言："国王陛下，大臣阁下有意负责救国，明白一切应从根本入手，故有今天大会，查我波罗蒂长国家，本极富足，有吃有喝，无有忧患，今已三年不雨，国困民贫，设若长此以往，当然不堪设想。根据公民所知，这次天灾，并非国王在位，或大臣徇私所致。只为本国宪法所定，国中那个供给禽兽蕃殖的名山，有一年轻候补仙人，父亲身为隐士，母亲身是母鹿，神力无边，智慧空前。这候补仙人，平日研究学问，不管人事，安静自守，与世无逆。却当某某一天，因事上山，在半途中，天忽落雨，山路因雨路滑，故摔跌一跤，扭伤右脚。这候补仙人，右脚无端受伤，心怀嗔愤，追究原因，实为落雨所致，雨水下落，又实为本国人民盼望所致，因此诅咒天上，十二年中，不许落下点滴小雨。我波罗蒂长国家，三年不雨，原因在此。故欲盼望落雨，先应明白此事根本所在。"

国王听说本国雨不再落，只是这样一件事情，就说："治国惟贤，经典昭明，本国既有此等圣人，力能支配天地，管束阴阳，用为国王，对我人民，必能造福，朕必即刻退位，以让贤能。"

多数公民，皆不说话。

有一首相，在国内负责多年，明白治国不易。想使国家秩序井然，有条不紊，正赖政体巩固，权力集中。治国所需，不尽只在高深学理法力，经验能力，兼有并存，加以负责，才可弄好，听说国王就想让位，不敢赞同，便说："皇帝陛下让出王位，出于诚意，代表诸君，当想明白。国王意思极好，为国为民，诚为无可与比。不过一切打算，不合目前国家情形。任何国家施政，有不好处，国中人民，加以反对，诚可注意。若攻击批评，只是二三在野名流，虽想救国，不会做官，尚从未听说轻易让贤，把国家组织，陷入纷乱。何况仙人，平时清高澹泊，不问世事，沉静自得，有如木石，即有高尚理想，如何就可治国？并且事情既不过只是由于一摔而起，照本席主张，不如派员慰问，较为得体。本国对这年轻仙人，若想表示尊敬，使他快乐，同他合作，免得或为他人利用，妨碍国家统一，不如取法他国，把这候补仙人，当成国内元老，一切事情，对他十分客气，遇事不能解决，就即刻命驾请教，总以哄得仙人欢喜，不发牢骚，国家前途，方有办法。"

另外有一陆军大臣，头脑简单，性情直率，国内军权，全在一人手中，生平拥护国王，信仰首相，故继续发言："皇帝陛下所说使人感动，首相阁下所说使人佩服。国王若想退位，好意不能为全国国民见谅。因为国民盼望国王帮忙，并且相信，这个时节，也只有国王可以帮忙。我国旱灾，既为仙人一摔而起，首相意见，本席首先赞同，若国家可以同这刁钻古怪合作，各种条件，皆应负责答应。若方法用尽，还不落雨，本席职责所在，向天赌咒，领率全国兵士，来与周旋，不怕一切，总得把这仙人神通打倒。"

陆军大臣所说，理直气壮，故全体公民代表，莫不动容，鼓掌称善。

其中有一公民，见事较多，知识开明，觉得打倒仙人，很不像话，就说："救灾方法还多，武力打倒仙人，本席以为不必。国家多上一个仙人，如同国家多有一个诗人一样，实为我波罗蒂长国中光荣。公民盼望，只是皇帝陛下代表我们公民全体，想出办法，能与仙人合作。若说武力周旋，效法他国，文人学者，捉来即刻把头割下，办法虽轻而易举，所做事情，实极愚蠢。我波罗蒂长国，国家虽小，不应愚蠢到如此地步，在历史上为我国王留一污点。政府若断然处置，公民可不能同意。"

另一公民，为了补充前说，又继续说："他国短处虽不足取法，他国长处又不可不注意：公民以为我们本国，不如仿照他国，设立一个国家学院或研究院，位置这种有德多能的仙人，让他读经习礼，不问国事。给他最大尊敬和够用薪水，不使他再挨饿受凉，也不使他由于过分孤寂，将脾气变坏，则一切问题，皆易解决！"

另一公民又说："仙人什么皆不缺少，不如封他一极大爵位，一定可以希望从此合作。"

发言公民极多，政府意思，就是让这些公民代表充分发表意见，大家决议以后，斟酌执行。但因过去政府太能负责，一切政策，不用平民担心，政府莫不办得极为妥当合理。政府太好，做公民的，就皆只会按照分定做事做人，因此一来，把一切民主国家公民监督政府的本能，也皆完完全全消失无余了。到时人人各自发抒意见，皆近空谈，不落边际。

还是首相发言提出办法，希望大家注意，这会议到后，才有眉目。

会议结果，就是政府公民全体同意，认为先得想方设法，把这候补仙人感情转换过来，不问条件，皆可商量。只要落雨三日。仙人若有任何苛刻条件提出，国王首相，应当代表国民，签字承认。

但这个古怪仙人并非其他国家知识阶级可比（据说知识阶级，若为政府蔑视过久，喜发牢骚，诅咒政府，常有话说。只须政府当局稍稍懂事，应酬有方，就可无事），生平性情孤僻，不慕荣利，威胁利诱，皆难就范。仙人住处，又在深山，不是租界可比，故首先问题，就是波罗蒂长国家政府，应用何种方法，方能接近这候补仙人，商谈一切。

因在会代表，并无人能同这仙人来往，最后方决定悬出赏格，召募一人，若有人来应募，能在一定时期与仙人晤面，或有方法恳求仙人，使咒语失去效力，或能请求仙人下山，来到国都开会，不论何人，皆加重赏。

会议散后，国王立刻执行决议，颁布赏格，张贴全国，各处通都大邑，四衢四门，无不有这赏格悬布。

我国旱灾，不能免去，细查来由，皆是肉角仙人发气所致。为此布告国人：凡有本领，能够想方设法，说服肉角仙人放弃咒语，使我波罗蒂长国能落大雨者，若想做官，国王听凭这人选择地面，与之分国而治；若想讨娶一房妻子，国王最美丽聪明公主，即刻下嫁。

国民为重赏诱惑，目眩神驰，唯一闻仙人住处在大山之上，于是又各心怀畏怖，珍爱性命，不敢冒险应募。

那个时节，波罗蒂长国中，有一女子，名字叫作扇陀。这个女人，长得端正白皙，艳丽非凡；肌肤柔软，如酪如酥，言语清朗，如啭黄鹂。女人既然容华惊人，家中又有巨富千万。那天听到家下佣人说到这种事情，并且好事家人，又凭空虚撰仙人种种骄傲逸事给扇陀听，又因国王赏格中，有公主作为奖赏一条，对于女人，有轻视意思，扇陀心中不平，因此来到王宫门前，应王征募。

众人一见，最先来此应募，却是一个女子，以为女人所长，非插花敷粉，就是扫地铺床，何足算数？故当时不甚措意，接待十分平常。

扇陀就同执事诸人说明来意："我的名字叫作扇陀，各位大老，谅不生疏，今应王募前来，请问各位，这个肉角大仙，究竟是人是鬼？"

众人皆知国中有扇陀。富甲全国，美如天女。今见来人神采耀目，口气不俗，不敢十分疏慢，就说："这个肉角仙人，无人见过，只是根据旧书传说，爸爸原是一隐士，母亲乃是一个白鹿，可说他是个人，也可说只是一兽。所知只此，更难详尽。"

扇陀听说，心中明白隐士所以逃避人间，正是怕被女人爱欲缠缚，不能脱身，故及早逃避。如今仙人既由隐士同畜牲生养，一切不难，因此向人宣言："若这仙人是鬼，我不负责。若这仙人是人，我有巧妙方法，可以降伏。今这大仙不止是人，灵魂骨血，杂有兽性，凡事容易，毫不困难。只请各位大老，代禀国王陛下，容我一见，我当亲向国王说出诸般方法，着手实行。"

扇陀宣言以后，诸官即刻携带这人入宫，引见国王一一禀明来意。

扇陀所说，事情十分秘密。国王深知扇陀家中，确有巨富千万，相信种种并非出于骗诈，故当时就取一个金盘，装好各种珍奇金器，一翡翠盘，装满各种珠宝，一对龙角，装满珍珠和人间难得宝贝，送给扇陀，吩咐她照计行事。

扇陀既得国王信托，心中十分高兴，临行向王告辞，安慰老年国王，留下话语。扇陀说："国王陛下不必担忧。降伏仙人，一切有我！此去时日，必不甚久，国内土地，就可复得大雨！落雨以后，我还应当想一办法，将仙人当成一匹小鹿，骑跨回国！仙人来时，觐见大王，叩头称臣，也不甚难！"

国王当时似信非信。

扇陀拿了国王所给宝物，回家以后，即刻就派无数家人携带各种宝物，分头出发，向国内各处走去，征发五百辆华贵轿车，装载五百美女，又寻觅五百货车，装载各种用物。百凡各物齐备以后，即刻全体整队向大山进发，牛脚四千，踏土翻尘，牛角二千，巍巍数里。车中所有美女，莫不容态婉变，妖媚宜人，娴习礼仪，巧善辞令，虽肥瘦不一，却能各极其妙。货车所载，言语不可殚述：有各种大力美酒，色味皆与清水无异，吃喝少许，即可醉人。有各种欢喜丸子，皆用药草配合，捏成种种水果形式，加上彩绘，混淆果中，只须吃下一枚，就可使人狂乐，不知节制。有各种碗碟，各种织物。有凤翼排箫、碧玉竖箫，吹时发音，各如凤嘈，有紫玉笛、铜笛、磁笛，皆个性不同，与它性格相近女人吹时，即可把她心中一切，由七孔中发出。有五色玉磬、陨石磬、海中苔草石磬。有宝剑宝弓、车轮大小贝壳、金色径尺蝴蝶。有一切耳目所及与想象所及各种家具陈设，使人身心安舒，不可名言。它的来源，则多由巧匠仿照西王母宫尺寸式样做成的。

且说，这一行人众到达山中时节，女子扇陀，就发布命令，着手铺排一切，把车上所有全都卸下。吩咐木匠，在仙人住处不远，搭好草庵一座，外表务求朴素淡雅，不显伧俗。

草庵完成，又令花匠整顿屋前屋后花草树木，配置恰当。花园完成，又令引水工人从山涧导水，使山泉绕屋流动不息，水中放下天鹅、鸳鸯，及种种美丽悦目鸟类。一切完了以后，扇陀就又令随来男子，速把大车挽去，离山十里，躲藏隐伏，莫再露面。

一切布置，全在一夜中完成，到天明时，各样规划，就已完全做得十分妥当了。

女子扇陀，约了其他美人，三五不等，或者身穿软草衣裙，半露白腿白臂，装成山鬼；或者身穿白色长衣，单薄透明，肌肤色泽，纤毫毕现。诸人或来往林中，采花捉蝶；或携手月下，微吟情歌；或傍溪涧，自由解衣沐浴；或上果树，摘果抛掷，相互游戏。种种作为，不可尽述。扇陀意思，只是在引起仙人注意，尽其注意，又若毫不因为仙人在此，就便妨碍种种行为。只因毫不理会仙人，才可以激动仙人，使这仙人爱欲，从淡漠中培养长大，不可节制。

这候补仙人，日常遍山游行，各处走去。到晚方回。任何一处，总可遇到女人。新来芳邻，初初并不为这仙人十分注意。由于山中兽类，无奇不有，尚以为这类动物，不过兽中一种，爱美善歌，自得其乐，虽有魔力，不为人害。但为时稍久，触目所见，皆觉美丽，就不免略略惊奇。由于习染，日觉稀奇，为时不及一月，这候补仙人一见女人，就已露出呆相。如同一般男子见好女人时同样情形。

女人扇陀，估计为时还早，一切不忙，仍不在意。每每同女伴到山中游散时节，明知树林叶底枝边，藏有那个男子，总故作无见无闻，依然唱歌笑乐，携手舞踏，如天上人。所有乐器，各有女人掌持，随时奏乐，不问早晚。歌声清越，常常超过乐器声音，飘扬山谷，如凤凰鸣啸，仙人听来，不免心中作痒。

这候补仙人，既为鹿身，扇陀心中明白，故常于夜半时节，令人用桐木皮卷成哨管，吹作母鹿呼子声音，以便摇动这个候补仙人依恋之心。

月再圆时，扇陀心知一切也已成熟，机不可失，故把住处附近好好安排起来。每一女人，各因性格特点不同，位置也各不相同：长身玉立的放在水边，身材微胖的装作樵女，吹箫的坐在竹林中，呼笙的独坐高崖上，弹箜篌的把箜篌缚到腰带边，一面漫游一面弹着。手脚伶俐的在秋千架上飘扬，牙齿美的常常发笑。一切布置，皆出扇陀设计，务使各人都有机会充分见出长处，些微好处，尽为候补仙人见到，发生作用。

一切布置完全妥帖后，所等候的，就是仙人来此入网触罗。

因此在某一天，这仙人从扇陀屋边经过时，不免向门痴望，过后心中尚觉恋恋，一再回头。女人扇陀，就带领一十二个美中最美的年轻女子，在仙人所去路上出现，故意装成初见仙人，十分惊讶，并且略带嗔怒，质问仙人："你这生人，来到我们住处，贼眉贼眼，各处窥觑不止，算是什么意思？"

候补仙人赶忙赔笑说道："这大山中，就只我为活人。我正纳罕，不知道你们从何处来，到何处去。我是本山主人，正想问讯你们首领，既已来到山中，如何不先问问这山应该归谁管业！"

女人扇陀听说，装成刚好明白的神气，忙向仙人道歉，且选择很多悦耳爽心谀语，贡献仙人。其余各人，也皆表示迎迓，制止仙人，不许走去。齐用柔和声音相劝，柔和目光相勾，柔和手臂相萦绕，好好歹歹，把仙人哄入屋中，好花异香，供奉仙人，殷勤体贴，如敬佛祖。

女人莫不言语温顺，恭敬熨帖，尽问仙人种种琐事，不许仙人有机会询问女人来处。为时不久，又将他带进另一精美小厅堂，坐到柔软床褥上面，屋中空气，温暖适中，香气袭人，似花非花，四处找寻，不知香从何来。年幼女人，扮成丫环，用玛瑙小盘，托出玉杯，杯中装满净酒，当作凉水，请仙人解渴。

这种净酒，颜色香味，既皆同清水无异，唯力大性烈，不可仿佛，故仙人喝下以后，就说："净水味道不恶！"

又有女人用小盘把欢喜丸送来，以为果品，请仙人随意取吃。仙人一吃，觉得爽口悦心，味美无穷，故又说道："百果色味佳美，一生少见。"

仙人吃药饮酒时节，女人全体围在近旁，故意向他微笑，露出编贝白齿。仙人饮食饱足以后，平时由于节食冥思而得种种智慧，因此一来，全已失去。血脉流转，又为美女微笑加速。故面对女人，说出蠢话："有生以来，我从未得过如此好果好水！"说完以后，不免稍觉腼腆。

女人扇陀就说："这不足怪，我一心行善，从不口出怨言，故天佑我，长远能够得到这种净水好果。若你欢喜，当把这种东西，永远供奉，不敢吝惜。"

仙人读习经典极多，经典中提及的种种事情，无不明白。

但因生平读书以外，不知其他事情，经典不载，通不明白。故这时女人说谎，就相信女人所说，不加疑惑。又见所有女人，莫不小腰白齿，宜笑宜嚬，肌革充盈，柔腻白皙，滑如酥酪，香如嘉果，故又问诸女人，如何各人就生长得如此体面，看来使人忘忧。

仙人说："我读七百种经，能反复背诵，经中无一言语，说到你们如此美丽原因。"

女人又即刻回答仙人："事为女人，本极平常，所以你那宝经大典，不用提及。其实说来，也极平常，我等日常皆以此百果充饥，喝此地泉解渴，故肥美如此，尚不自觉！"

仙人听说，信以为真，心中为女人种种好处，有所羡慕，欲望在心，故五官皆现呆相，虽不说话，女人扇陀，凡事明白。

为时少顷，女人转问仙人："你那洞中阴暗潮湿，如何可以住人？若不嫌弃，怎不在此试住一天？"

仙人想想，既一见如故，各不客气，要住也可住下，就无可不可地说："住下也行。"

女人见仙人也已答应住下，各皆欣悦异常。

女人与仙人共同吃喝，自己各吃白水杂果，却把净酒药丸，极力进劝这也已早为美丽变傻的仙人。杯盘杂果，莫不早就刻有暗中记号，故女人都不至于误服。仙人见女人殷勤进酒，即欲推辞，无话可说，只得尽量而饮，尽量而吃，直到半夜。在筵席上，女人令人奏乐，百乐齐奏，音调靡人，目眙手抚，在所不禁，仙人在崭新不二经验中，越显痴呆。女人扇陀，独与仙人极近，低声俯耳，问讯仙人："天气燠热，蒸人发汗，仙人是否有意共同洗澡？"

仙人无言，但微笑点头，表示事虽经典所不载，也并不怎样反对。

先是扇陀家中，有一宝重浴盆，面积大小，可容二十人，全身用象牙，云母，碧琊，以及各种珍珠玉石、杂宝错锦镶镂而成。盆在平常时节，可以折叠，如同一个中等帐幕，分量不大，只须鹿车一部，就可带走。但这稀奇浴盆，抖开以后，便可成一个椭圆形小小池子，贮满清水，即四十人沐浴，尚不至于嫌其过仄。盆中贮水既满，扇陀就与仙人共同入水，浮沉游戏。盆大人少，仙人以为不甚热闹，女人扇陀，复邀身体秀丽苗条女子十人，加入沐浴。盆中除去诸人以外，尚有天鹅，舒翼延颈，矫矫不凡。有金鲫，大头大尾。有小虾，有五色圆石。水有深有浅，温凉适中。

仙人入水以后，便与所有女人共在盆中牵手跳跃。女人手臂，莫不十分柔软，故一经接触，仙人心即动摇。为时不久，又与盆中女人，互相浇水为乐，且互相替洗。所有女人，奉令来此，莫不以身自炫，故不到一会儿，仙人欲心转生，遂对盆中女人，更露傻相。神通既失，鬼神不友，波罗蒂长国境，即刻大雨三天三夜，不知休止。全国臣民，那时皆知他人战败，国家获福，故相互庆祝，等候美女扇陀回国，准备欢迎。国王心中记忆扇陀所言，不知结果如何，欣庆之余，仍极担心。

仙人既在扇陀住处，随缘恋爱，神通失去，仍然十分糊涂，毫不自觉。扇陀暗中嘱咐诸人，只为这仙人准备七日七夜饮食所需，七日以内，使这仙人欢乐酒色，沉醉忘归；七日以后，酒食皆尽，随用山中泉水，山中野果，供给仙人，味既不济，滋养功用，也皆不如稍前一时佳美。仙人习惯已成，俨如有瘾，故向女人需索日前一切。

诸女人中，就有人说："一切也已用尽，没有余存，今当同行，离这穷山荒地。一到我家园地，所有百物，不愁缺少，只愁过多，使人饱闷！"

仙人既已早把水果吃成嗜好，就同意即刻离开本山。

于是各人收拾行李，整顿器物，预备回国报功。为时不久，一行人众，就已同向波罗蒂

长国都中央大道一直走去。

去城不远时节，美女扇陀，忽在车中倒下，如害大病，面容失色，呼痛叫天，不能自止。

仙人问故。美女扇陀装成十分痛苦，气息哽咽，轻声言语："我已发病，心肝如割，救治无方，恐将不久，即此死去！"

仙人追问病由，想使用神通援救女人。扇陀哽咽不语，装成也已晕去样子，身旁另一女人，自谓与扇陀同乡，深明暴病

由来，以为若照过去经验，除非得一公鹿，当成坐骑，缓步走去，可以痊愈。若尽彼在牛车上摇簸百里，恐此美人，未抵家门，就已断气多时了。

女人且说："病非公鹿稳步，不可救治，此时此地，何从得一公鹿？故美女扇陀，延命再活，已不可能。"

各人先时，早已商量完全，听及女人说后，认为消息恶极，皆用广袖遮脸，痛哭不已。

仙人既为母鹿生养，故亦善于模仿鹿类行动，便说："既非骑鹿不可救治，不如就请扇陀骑在我颈项上，我来试试，备位公鹿，或可使她舒适！"

女人说："所需是一公鹿，人恐不能胜任。"

仙人平时，因为出身不明，故极力避开同人谈说家世。这时因爱，忘去一切，故当着众人，自白过去，明证"本身虽人，衣冠楚楚，尚有兽性，可供驱策。若自充坐骑，可以使爱人复生，从此做鹿，驮扇陀终生，心亦甘美，永不翻悔"。

美女扇陀，当一行人等从大山动身进发时节，早先派遣一人，带去一信，禀告国王，信中写道："国王陛下，小女托天与王福佑，也已把仙人带回，明日可到国境，王可看我智能如何！"国王得信之后，就派卫队及各大臣，按时入朝，严整车骑，出城欢迎扇陀。

仙人到时，果如美女扇陀出国之前所说，被骑而来。且因所爱扇陀在其背上，谨慎小心，似比一切驯象良马，尚较稳定。

国王心中十分欢喜，又极纳罕。就问美女扇陀，用何法力，造成如许功绩。

美女扇陀，微笑不言，跳下仙人颈背，坐国王车，回转宫中，方告国王："使仙人如此，皆我方便力量，并不出奇，不过措置得法而已。如今这个仙人既已甘心情愿做奴当差，来到国中，正可仿照他国对待元老方法，特为选择一个极好住处安顿住下。百凡饮食起居所需，皆莫缺少，恭敬供养，如待嘉宾；任其满足五欲，用一切物质，折磨这也已入网的傻子，并且拜为名誉大臣，波罗蒂长国，就可从此太平无事了。"

国王闻言，点头称是，一切照办。

从此以后，这肉角仙人，一切法力智慧，在女人面前，消灭无余。住城稍久，身转赢瘦，不知节制，终于死去。临死时节，且由于爱，以为所爱美女扇陀，既常心痛，非一健壮公鹿充作坐骑，就不能活，故弥留之际，还向天请求，心愿死后，即变一鹿长讨扇陀欢心。能为鹿身，即不为扇陀所骑，但只想象扇陀尚在背上，亦当有无量快乐。

这就是那个商人直到三十八岁不敢娶妻的理由。商人把故事说完时，大家笑乐不已。其中有一秀才，便即站起，表示自己见解："仙人变鹿，事不出奇，因本身能做美人坐骑，较之成仙，实为合算。至于美女扇陀之美，也无可怀疑，兄弟虽尚无眼福得见佳丽，即在耳聆故事之余，区区方寸之心，亦已愿做小鹿，希望将来，可备候补坐骑了。"

　　那善于诙谐的小丑，听到秀才所说，就轻轻地说："当秀才的老虎不怕，何况变为扇陀坐骑？"但因为他知道秀才脾气不易应付，故只把他的嘲笑，说给自己听听。

　　故事自从商人说出以后，不止这秀才愿做畜牲，即如那位先前说到"妇人只合鞭打"的男子，也觉得稍前一时，出言冒昧，俨然也已得罪扇陀，心中十分羞惭，悄悄地过屋角草堆里睡去了。

　　那商人把故事说完，走回自己火堆边去，走过屋主人坐处，主人拉着了他，且询问他："是不是还怕女人。"

　　商人说："世界之上，有此女人，不生畏怖，不成为人。"

　　言语极轻，故也不为秀才所闻，方不至被秀才骂为"俗物"。

·

爱

欲

告给了他一切秘密，她让他在月光下明白她是一个如何美丽的生物。

在金狼旅店中，一堆柴火光焰熊熊，围了这柴火坐卧的旅
客，皆想用故事打发这个长夜。火光所不及的角隅里，睡了三
个卖朱砂水银的商人。这些人各负了小小圆形铁筒，筒中贮藏
了流动不定分量沉重的水银，与鲜赤如血美丽悦目的朱砂。水
银多先装入猪尿泡里，朱砂则先用白绵纸裹好，再用青竹包
藏，方入铁筒。这几个商人落店时，便把那圆形铁筒从肩上卸
下，安顿在自己身边。当其他商人说到种种故事时，这三个商
人皆沉默安静地听着。因为说故事的，大多数欢喜说女人的故
事，不让自己的故事同女人离开，几个商人恰好皆各有一个故
事，与女人大有关系，故互相在暗中约好，且等待其他说故事
的休息时，就一同来轮流把自己故事说出，供给大家听听。

到后机会果然就来了。

他们于是推出一个伙伴到火光中来，向躺卧蹲坐在火堆四
围的旅客申明。他们共有三个人，愿意说出三个关于女人的故
事，若各位许可他们，他们各人就把故事说出来；若不许可，

他们就不必说。

众旅客用热烈掌声欢迎三个说故事的人，催促三个人赶快把故事说出。

一、被刖刑者的爱

第一个站起说故事的，年纪大约三十来岁，人物仪表伟壮，声容可观。他那样子并不像个商人，却似乎是个大官。他说话时那么温和，那么谦虚。他若不是一个代替帝王管领人类身体行为的督府，便应当是一个代替上帝管领人类心灵信仰的主教。但照他自己说来，则他只是一个平民，一个商人。他说明了他的身份后，便把故事接说下去。

我听过两个大兄说的女人的故事，且从这些故事中，使我明白了女人利用她那份属于自然派定的长处，迷惑过有道法的候补仙人，也哄骗过最聪明的贼人，并且两个女孩子都因为国王应付国事无从措置时，在那唯一的妙计上，显出良好的成绩。虽然其他一个故事，那公主吸引来了年轻贼人，还依旧被贼人占了便宜，远远逃去；但到后因为她给贼人养了儿子，且因长得美丽，终究使这聪敏盗贼，不至于为其他国家利用，好好归来，到底还依然在历史上留下一个记载，这记载就是："女人征服一切，事极容易。"世界上最难处置的，恐怕无过于仙人和盗贼，既然这两种人全得在女人面前低首下心，听候吩咐，其他也就不必说了。

但这种故事，只说明女人某一方面的长处，只说到女人征服男子的长处。并且这些故事在称扬女子时，同时就含了讥刺和轻视意见在内。既见得男性对于女子特别苛刻，也见得男子无法理解女子。

我预备说的，是一个女子在自然派定那份义务上，如何完成她所担负的"义务"。这正是义务。她的行为也许近于堕落，她的堕落却使说故事的人十分同情。她能选择，按照"自然"法则的意见去选择，毫不含糊，毫不畏缩。她像一个人，因为她有"人性"。不过我又很愿意大家明白，女子固然走到各处去，用她的本身可以征服人，使一切男子失去名利的打算，转成脓包一团，可是同时她也就会在这方面被男子所征服，再也无从发展，无从挣扎。凡是她用来支配男子的那份长处，在某一时节也正可以成为她的短处。说简单一点，便是她使人爱她，弄得人糊糊涂涂，可是她爱了人时，她也会糊糊涂涂。

下面是我要说的故事。

××族的部落，被上帝派定在一个同世界俨然相隔绝的地方。生育繁殖他们的种族，他们能够得到充足的日光，充足的饮食，充足的爱情，却不能够得到充足的知识。年纪过了三十以上的，只知道用反省把过去生活零碎的印象随意拼凑，同样又把一堆用旧了的文字照样拼凑，写成忧郁柔弱的诗歌。或从地下挖些东西出来，排比秩序，研究它当时价值与意义。或一事不做，花钱雇了一个善于烹调的厨子，每日把鸡鸭鱼肉，加上油盐酱醋，制成各式好菜好汤，供奉他肠胃的消化。一切都恰恰同中国有一些中产阶级一样，显得又无聊又可怜。他们因为所在的地方，不如中国北京那么文明，不如上海那么繁华，所以玩古董、上公园、跳舞、看戏，这类娱乐也得不到。每人虽那么活下去，可不明白活下去是些什么意义。每人皆图安静，只想变成一只乌龟，平安无事打发每个日子，把自己那点生命打发完结时，便硬僵僵地躺到地坑里去，让虫子把尸身吃掉，一切便算完事了。他们不想怎么样把大部分人的生命管束起来。好好支配到一个为大家谋幸福与光荣的行动上去（一族中做主子的，就不知道如何组织社会，使用民力）。他们都在习惯观念中见得极其懒惰，极其懦怯。用为遮掩他们中年人的思索与行为懒惰懦怯的，就是几本流传在那个种族中极久远极普遍的古书，那几本书同中国的圣经贤传文字不同，意思相近。书中精义，概括起来共只十六个字，就是：

生死自然。不必求生。清静无为。身心安泰。

那种族中中年人虽然记到这十六个深得中国老庄精义的格言，把日子从从容容对付下去。年轻人却常常觉得这一两千年前拘迂老家伙所表示的自然主义人生观，到如今已经全不适用，都以为那只是当时的人把"生""死"二字对立，自然产生的观念。如今的人，应当去生，去求生，方是道理。可是应当怎么样去求生，这就有了问题。

因此那地方便也产生了各种思想与行动的革命，也同样是统治阶级愚蠢的杀戮！也同样在某一时就有了若干名人与伟人乘时鹊起，也同样照历史命运所安排的那种公式，糟蹋了那个民族无数精力和财富，但同时自然也就在那份牺牲中，孕育了未来光明的种子。

其中有年轻兄弟两人，住在那个野蛮懒惰民族都会中，眼见到国内一切那么混乱，那么糟糕，心中打算着："为什么我们所住的国家那么乱？为什么别的国家又那么好？"

两兄弟那时也已结婚；少年夫妇，恩爱异常，家中境况又十分富裕，若果能够安分在家中住下，看看那个国家一些又怕事又欢喜生点小事的人写出的各样"幽默"文章，日子也就很可以过得下去了。可是这两兄弟却觉得这样下去并不好，以为在自己果园中，若不知道树上所结的果子酸到什么样子，且不明白如何可以把结果极酸的、生虫的、发育不完全的树木弄好的方法，最好还是赶快到别一个果园去看看。于是弟兄两人就决计徒步到各处去游学，希望从这个地球的另一处地方，多得到些有用的智慧同经验，对于国家将来能有些贡献。两人旅行计划商量妥当后，把家中财产交给一个老舅父掌管，带了些金块和银块，就预备一同上路。两个年轻人的美丽太太，因为爱恋丈夫，不愿住在家中享福，甘心相从，出外受苦，故出发时，共有四个人。

两兄弟明白本国文化多从东方得来，且听说西方民族，有和东方民族完全不同的做人观念与治国方法，故一行四人乃取道西行，向日落处一直走去。

他们若想到西方的××国，必须取道一个寂无人烟不生水草的沙漠。同伴四人，为了寻求光明，到了沙漠边地时，对于沙漠中种种危险传说，皆以为不值得注意。几人把粮秣饮水准备充足以后，就直贯沙漠，向荒凉沙碛中走去。

他们原只预备了二十七天的粮食，可是走过了二十七天后，还不能通过这片不毛之地。那时节虽然还有些淡水，主要食物却已剩不了多少。几人讨论到如何度过这些危险日子，却商量不出什么结果。沙漠既找寻不出一点水草同生物，天空中并一只飞鸟也很少见到。白日里只是当头白白的太阳，灼炙得人肩背发痛，破皮流血。到晚上时，则不过一群浅白星子嵌在明蓝太空里而已。原来他们虽带了一张羊皮制成的地图，但为了只知按照地图的方向走去，反而把路走岔了。

有一天晚上，几人所剩下的一点点饮料，看看也将完事了。各人又饥又渴，再不能向前走去，便皆僵僵地躺在沙碛上，仰望蓝空中星辰，寻觅几人所在地面的经度，且凭微弱星光，观察手中羊皮制就的地图。

两兄弟以为身边两个妇人已倦极睡熟，故来商量此后的办法。

哥哥向弟弟说："你年轻些，比我也可以多在这世界上活些日子，如今情形显然不成了，不如我自杀了，把肉供给你们生吃，这计策好不好?"

那弟弟听哥哥说到要自杀，就同他哥哥争持说："你年纪大些，事情也知道得多些，若能够到那边学得些知识，回国也一定多有一分用处。现在既然四个人不能够平安通过这片沙漠，必须牺牲一个人，作为粮食，不如把我牺牲，让我自杀。"

那哥哥说："这绝对不行，一切事情必须有个次序，做哥哥的大点儿，应当先让大的自杀。"

"若你自杀，我也不会活得下去。"

弟兄俩一面在互相争论，互相解释，那一边两妯娌却并未睡着，各人却装成熟睡样子，默默地在窃听他们所讨论的事情。两个妇人都极爱丈夫，同丈夫十分要好，俱不想便与丈夫遽然分离。听到后来两兄弟争论毫无结果，那嫂嫂就想："我们既然共同来到这种境遇中，若丈夫死了，我也得死。"

弟妇则想："既然不能两全，若把这弟兄两人任何一个死去，另一个也难独全。想想他们受困于此的原因，皆为路中有我们两人，受女人累赘所致。我们既然无益有害，不如我们死了，弟兄两个还可希望共同逃出这死海，为国家做出一分事业。"

那嫂嫂因为爱她的丈夫，想在她丈夫死去时，随同死去；丈夫不死，故她也还不死。那弟妇则因为爱她的丈夫，明白谁应当死，谁必须活，就一声不响，睡到快要天明时，悄悄地破一个饭碗，把自己手臂的动脉用碎瓷割断，尽血流向一个木桶里去，等到另外三个人知道这件事情时，木桶中血已流满，自杀的一个也已不可救药了。

弟弟跪在沙地上检查她的头部同心房时，又伤心，又愤怒，问她："你这是做什么？"

那女人躺卧在他爱人身旁，星光下做出柔弱的微笑，好像对于自己的行为十分快乐，轻轻地说："我跟在你们身边，牵累了你们，觉得过意不去。如今既然吃的喝的什么都完了，你们的大事中途而止，岂不可惜？我想你们弟兄两个既然谁也不能让谁牺牲，事情又那么艰难，不如把无多用处的我牺牲了，救你们离开这片沙漠较好，所以我就这样做了。我爱你！你若爱我，愿意听我的话，请把这木桶里的血，趁热三人赶快喝了，把我身体吃了，继续上路，做完你们应做的事情。我能够变成你们的力量，我死了也很快乐。"

说完时，她便请求男子允许她的请求，原谅她，同她接一个最后的吻。男子把一滴眼泪淌入她口中，她咽下那滴眼泪，不及接吻气便绝了。

三个人十分伤心，但为了安慰死去的灵魂，成全死者的志愿，记着几人远离家国的旅行，原因是在为国家寻觅出路，属于个人的悲哀，无论如何总得暂且放下不提。因此各人只得忍痛分喝了那桶热血。到后天明时，弟弟便背负了死者尸身，又依然照常上路了。

当天他们很幸福地遇到一队横贯沙漠的骆驼群，问及那些商人，方明白这沙漠区域常有变动，还必须七天方能通过这个荒凉地方，到一个属于××国的边镇。几人便用一些银块，换了些淡水，换了些粮食，且向商人雇了一匹骆驼，一个驼夫，把死尸同粮食用具驮着，继续通过这片沙碛。但走到第四天时，赶骆驼的人，乘半夜众人熟睡之际，拐带了那个死尸逃逸而去，从此毫无踪迹可寻。原来这赶骆驼的，属于一种异端外教，相信新近自杀的女尸，供奉起来，可以保佑人民，便把那个女尸带回部落，用香料制作女神去了。

三人知道这愚蠢行为的意义，沙漠中徒步决不能跟踪奔驰疾步的骆驼，好在粮食金钱依然如旧，无可如何，只好在当地竖立一根木柱，刻上一行字句："凡能将一个白脸长身女人尸体送至××国者，可以得马蹄金十块，马蹄银十块"。把木柱竖好，几人重新上路。

走了三天，果然走到了一个商镇，但见黄色泥室，比次相接，驼粪堆积如山，骆驼万千，马匹无数。人民熙熙攘攘，很有秩序。走到一座客店，安置了行李以后，就好好地休息了三天。

休息过后，几人又各处参观了一番，正想重新上路，那弟弟却得了当地流行的不可救药的热病，不能起身。把当地的著名医生请来诊治时，方知病已无可治疗，当晚就死了。

临死时这弟弟还只嘱咐哥哥，应当以国家事情为重，不必因私人死亡忧戚。且希望哥哥不必在死者身上花钱，好留下些钱财，做旅行用。且希望哥嫂及早动身，免得传染。话说完时，便落了气。这哥嫂二人虽然十分伤心，一切办法，自然尽照死者意愿做去，把死者处置妥当，就上了路。

剩下这一对夫妇，又取道向西旅行了大约半年光景。那男子因为担心国事，纪念死者，只想凝聚精力，作为旅行与研究旅行所得学问而用，因此对于那位同伴、夫妇之间某种所不可缺少的事情，自然就疏忽了些。女人虽极爱恋男子，甘苦与共，生死相依，终不免觉得缺少了些东西。

有一天两人在路上碰到一个因为犯罪双足被刖去的丑陋乞丐，夫妇二人见了这人，十分怜悯，送他些钱后，那乞丐看到这一对旅行的夫妇检阅羊皮地图，找寻方向，就问他们，想去什么地方，有什么事。两人把旅行目的如实告给了乞丐。那乞丐就说，他是西方××大国的人，知道那边一切，且知道向那大国走去的水陆路径，愿意引导他们。两人听说，自然极其高兴。于是夫妇二人轮流用一辆小车推动这乞丐上路，向乞丐所指点方向，慢慢走去。

夫妇两人爱情虽笃，但因做丈夫的太不注意于男女事情，妇人后来，便居然同那刖足男子发生了恋爱。时间这样东西既然还可造成地球，何况其他事情？这爱情就也很自然并不奇怪了。两人因这秘密恋爱，弄得十分糊涂，只想设计脱离那个丈夫。因此那刖足男子，便故意把旅行方向，弄斜一些，不让几人到达任何城池。有一天，几人走近了一道河边，沿河走去，妇人见河岸边有一株大李子树，结实累累，就想出一个计策，请丈夫上树摘取些李子。丈夫因为河岸过于悬崤，稍稍迟疑，那妇人就说，这不碍事，若怕掉下，不妨把一根腰带，一端缚到树根，一端缚到腰身，纵或树枝不能胜任，摔下河中时，也仍然不会发生危险。丈夫相信了这个意见，如法做去，李树枝子脆弱，果然出了事情。女人取出剪子，悄悄地把那丝质腰带剪断，因此那个丈夫，即刻就堕入河中，为一股急促黄流卷去，不见踪影。

妇人眼见到自己丈夫堕入大河中为急流冲去以后，就坦然同那刖足男子成为夫妇，带了所有金银粮食重新上路了。

不过这个男子虽已堕入河中，一时虽为洑流卷入河底，到后却又被洑流推开，载浮载沉，向下流漂去。后来迷迷糊糊漂流到了一个都市的税关船边，便为人捞起，搁在税关门外，却慢慢地活了。初下水时，这男子尚以为落水的原因，只是腰带太不结实，并不想到事出谋害。只因念念不忘妇人，故极力在水中挣扎，才不至于没顶。等到被人从水中捞起复活以后，检查系在身边那条断了的腰带，发现了剪刀痕迹，方才明白落水原因。但本身既已不至于果腹鱼鳖，目前要紧问题，还是如何应付生活，如何继续未完工作，为国效劳，方是道理。故不再想及那个女人一切行为，忘了那个女人一切坏处。

这男子因为学识渊博，在那里不久就得到了一个位置。做事一年左右，又得到总督的信任，引为亲信。再过三年，总督死去，他就代替了那个位置，做了总督。

妇人虽对于这男子那么不好，他到了做总督时，却很想念到他的妇人，以为当时背弃，必因一时感情迷乱，冒昧做出这种蠢事，时间久些，必痛苦翻悔。他于是派人秘密打听，若有关于一个被刖足的男子与一个美丽女人因事涉讼时，即刻报告前来，听候处治。

时间不久，那大城里就发现了一件稀奇事情，一个曼妙端雅的妇人，推挽了一辆小小车子，车中却坐了一个双脚刖去剩余只手的丑陋男子，各处向人求乞。有人问她因何事情，从何处来，关系怎样，妇人就说废人是她的丈夫，原已被刖，因为欢喜游历，故两人各处旅行。有些金银，路上被人觊觎，抢劫而去。当贼人施行劫掠时，因男子手中尚有金子一块，不肯放下，故这只手就被贼徒砍去。路人见到那么美貌妇人，嫁了这种粗丑丈夫，已经觉得十分古怪，人既残废，尚能同甘共苦，各处谋生，不相抛弃，尤为罕见，因此各有施赠，并且传遍各处，远近皆知。事为总督所闻，即命令把那一对夫妇找来。总督一看，妇人正是自己爱妻，废人就是那个身受刖刑的乞丐。虽相隔数年，女人面貌犹依然异常美丽。刖足乞丐，则因足被刖，手又砍去一只，较之往昔，尤增丑陋。那总督便向妇人询问："这废人是不是你丈夫？"

妇人从从容容说："他是我的丈夫。"

总督又问废人："你们什么时候结婚？在什么地方住家？"

废人不知如何说谎，那妇人便抢着回答："我们结婚也已多年，我们本来有家，到后各处旅行，路上遇了土匪，所有金宝概行掠去以后，就流落在外不能回家了。"

总督说："你认识我不认识？"

那妇人怯怯看了一下，便着了一惊。又仔细地一看，方明白座上的总督，就正是数年前落水的丈夫。匆促中无话可说，只顾磕头。

总督很温和地向妇人说："你如今居然还认识得我，那好极了。你并没有错处。你并没有罪过。如今尽你意思做去，你自己看，想怎么样？你可以自己选择。你要和这个废人同在一处，还是想离开他？你可以把你希望说出来。"

那妇人本来以为所犯的罪过非死不可，故预备一死。如今却见总督那么宽厚温和，想起一切过去，十分伤心。哭了一会儿，就说："为了把总督人格和恩惠扩大，我希望还能够活下去。我本来应当即刻自杀，以谢过去那点罪过，但如今却只盼望总督开恩，仍旧允许我同这废人在本境里共同乞讨过日子下去，因为这样，方见得你好处！"

总督说："好，你欢喜怎么样就怎么样，总之，如今你已自由了。"

此后这总督因为关心祖国事情，故把总督职务交给了另外一个人，所有的金钱，赠给了那个他极爱她，她却爱一残废人的女子，便离开那都市，回转本国去了。

故事到末了时，那商人说："我这故事意思是在告给你们女人的痴处，也并不下于男子。或者我的朋友还有更好的故事，提到这个问题，我希望他的故事比我的更好。"

二、弹筝者的爱

第二个商人，有一张马蹄形的脸子，这商人麻脸跛脚，只剩下一只独眼，相貌朴野古怪，接下去说："女人常使男子发痴，做出种种呆事，呆事中最著名的一件，应当算扇陀迷惑山中仙人的传说。我并没有那么美丽架空的故事，但我却知道有个极其美丽的女人，被一个异常丑陋的男子所迷惑，做出比候补仙人还可笑的行为。"

这故事在后面。

副官宋式发，年纪轻轻地死去时，留给他那妻子的，只是一个寡妇的名分，同一个未满周岁的小雏。这寡妇年龄既然还只有二十岁，相貌又复窈窕宜人，自然容易引起年轻男子的注意。谁都希望关照这个未亡人，谁都愿意继续那个副官的义务和权利。因为许多人皆盼望挨近这个美貌妇人身边，想把这标致人儿随了副官埋葬在土中的心，用柔情从土中掏出，使尽了各种不同方法，一切还是枉然徒劳。愚蠢的诚实，聪明的狡猾，全动不了这个标致人儿的心。

她一见到这些齐集门前献媚发痴的人，总不大瞧得上眼，觉得又好笑又难受。以为男子全那么不济事，一见美貌红颜，就天生只想下跪。又以为男子中最好的一个已经死去了，自己的爱情，就也跟着死去了。

过了两年。

这未亡人还依然在月光下如仙，在日光下如神，使见到她的人目眩神迷，心惊骨战。爱她的人还依然极多，她也依然同从前一样，贞静沉默地在各种阿谀各种奉承中打发日子下去。

她自己以为她的心死了，她的心早已随同丈夫埋葬在土中去了，她自己不掏出来，别人是没有这份本领把它掏得出来的。

到后来，一些从前曾经用情欲的眼睛张望过这个妇人的，因爱生敬皆慢慢地离远了。为她唱歌的，声音皆慢慢地喑哑了。为她作诗的，早把这些诗篇抄给另外一个女子去了。

又过了两年。

有一天，从别处来了一个弹筝人，常常扛了他那件古怪乐器，从这未亡人住处门前走过。那乐器上十三根铜弦，拨动时，每一条铜弦便仿佛是一张发抖的嘴唇，轻轻地，甜蜜地靠近那个年轻妇人的心胸。听到这种声音时，她便不能再做其他什么事情，只把一双曾经为若干诗人嘴唇梦里游踪所至的纤美手掌，扶着那个白白的温润额头。一听到筝声，她的心就跳跃不止。

她爱了那个声音。

当她明白那声音是从一只粗糙的手抓出时，她爱了那只粗糙的手。当她明白那只粗糙的手是一个独眼、麻脸、跛足的人肢体一部分时，她爱了那个四肢五官残缺了的废人。她承认自己的心已被那个残废人的筝声从土中掏出来了。她喜欢听那筝声。久而久之，每天若不听听那筝声，简直就不能过日子了。

那弹筝人住处在一个公共井水边，她因此每天早晚必借故携了小孩来井边打水。她又不同他说什么。他也从不想到这个美丽妇人会如此丧魂失魄地在秘密中爱他。

如此过了很多日子。

有一天她又带了水瓶同小孩子来取水，一面取水，一面听那弹筝人的新曲。那曲子实在太动人了。当她把长绳络结在瓶颈上时，所络着的不是颈头，竟是那小雏的颈项。她一面为那筝声发痴，一面把自己小孩放下深井里去，浸入水中，待提起时，小孩子早已为水淹死了。

附近的人知道了这件事情时，大家跑来观看，却不明白为什么这妇人如何发痴会把自己亲生小孩杀死。或以为鬼神作祟做出这事，或以为死去的副官十分寂寞，就把儿子接回地下去，假手自己母亲做出这事。又或以为那副官死后，因明白妇人过于美貌年轻，孀居独处，十分可怜，故促之把小孩子弄死，对旧人无所系恋，便可以任意改嫁。谈论纷纭，莫衷一是，却无一人想象得出这事真正原因。

那时弹筝人已不弹筝了，正抱了他那神秘乐器，欹立在一株青桐树下。有人问他对于这稀奇事情的意见："先生，一个女人相貌如此善良，为人如此贞静，会做出这种古怪事情，你说，这是怎么的?"

那弹筝人说："我以为这女人一定是爱了一个男子。世界上既常有因受女人美丽诱惑而发昏的男子，也就应当有相同的女人。她必为一个魔鬼男子先骗去了灵魂，现在的行为，正是想把身体也交给这魔鬼的!"

"这魔鬼属于哪一类人?"

那弹筝人听到这样愚蠢的询问，有点生气了，斜睨了面前的人一眼，就闭了他那只独眼说道："你难道以为女子会爱一个像我这种样子的男子么?"

那人看话不投机，说来无趣，便走开了。至于这弹筝人，当然是料不到妇人会为他发痴的。

到了晚上，弹筝人正独自一人闭着独眼，在月下弹筝，妇人就披了一件寝衣走去找他。见到他时，同一堆絮一样，倒在他的身边。弹筝人听到这种声音，吃了一惊，睁开独眼，就看到一堆白色丝织物，一个美丽的头颅，一簇长长的黑发。弹筝人赶忙把这个晕了的人抱进屋中竹床上，借月光细细端详一下面目，原来这个女子就是日里溺死婴儿的妇人。再想敞开妇人那件衣服，让她呼吸方便一点儿时，稍稍把那衣服一拉，就明白这妇人原来是一个光光的身体，除了寝衣什么也没着身！那弹筝人简直吓呆了，不知如何是好。

妇人等不及弹筝人逃走，就霍然坐起，把寝衣卸下，伸出两只白白的臂膊抱定那弹筝人颈项了。

她告给了他一切秘密，她让他在月光下明白她是一个如何美丽的生物。

但他想起日里溺毙的婴孩，以为这是魔鬼的行为。因为吓怕，终于弃却了女人同那件乐器，远远地逃走了。而她后来却缢死在那间小屋里。

三、一匹母鹿所生的女孩的爱

第三个商人相貌如一个王子，他说：

我的故事虽然所说到的还是女人。这女人同先前几个女人或者稍微不同一点。我的故事同扇陀故事起始大同小异，我要说到的女人，却似乎比扇陀更能干一些。但也有些地方与其余故事相同，因为这女人有所爱恋，到后便用身殉了爱。她爱得更稀奇，说来你们就明白了。

与扇陀故事一样，同样是一个山中，山中有个隐居遁世修道求真的男子，搭了一座小小茅棚，住在那里，不问世事。这隐士小便时，有一只母鹿来舔了几次，这鹿到后来便生了一个女子，长大后相貌端正娴雅，美丽非常。这母鹿所生孩子，一切如人，仅仅两只小脚，精巧纤细，仿佛鹿脚。隐士把女孩养育下来，十分细心，故女孩子心灵与身体两方面，都发展得极其完美正常。

女孩子大了一些，隐士因为自己是一个旧时代的人物，担心自己的顽固褊持处，会妨碍这女孩的感情接近自然，因此特别为女孩在较远处，找寻到一片草坪，前面绕有清泉，后面傍着大山，在那里为女孩造一简陋房子，让她住下。两方大约距离三里，每天这女孩子走来探望隐士一次，跟随隐士请业受教。每次来到隐士住处读书问道，临行时，隐士必命令她环绕所住茅屋三周，凡经这个女孩足迹践履处，地面便现出无数莲瓣。

隐士从女孩脚迹上，明白这个女孩必有凤德，将来福气无边，故常为她说及若干故事，大都是另一时节另一国土女子在患难中忍受折磨转祸为福故事。女孩听来，只知微笑，不能明白隐士意思。

有一天，国王因为国家大事无法解决，亲自跑来隐士住处领教，请求这个积德聚学的有道之人，指点一切困难问题。到了山中隐士住处之后，见到隐士茅屋周围，有莲花瓣儿痕迹，异常美丽，国王就问隐士："这是什么？"

隐士说："这是一个山中母鹿所生女孩的脚迹。"

国王说："山中女子，真有美丽如此的脚迹吗？"

"你不相信别人的，就应当相信你自己的。国王，那你以为这是谁的脚迹？”

“假如这个山中真有如此美丽脚迹的人，不管她是谁生的，我皆将把她讨做王后。”

“凡世界上居上位的皆欢喜说谎，皆善说谎。”

“我若说谎，见到这个女人以后，不把她娶做王后，天杀我头。你若说谎，无法证明这是女人的脚迹，我就割下你的头颅。”

隐士眼见到这个国王感情兴奋，大声说话，因为一切全是事实，当时只微笑颔首，不做别的话语。

时间不久，住在另外一个地方的女孩又跑来了，一见隐士身边客人，从服饰仪表上看来，就明白这个人是历史上所称的国王，于是温文尔雅地为隐士和国王行了个礼，行礼完后，站在旁边不动。这女孩既容貌柔媚，并且知书识礼。国王有所询问时，应对周详，辞令端雅。国王十分中意，当场就向那个女孩求婚。他请求女孩许可，让他成为她的臣仆，把那戴了一顶镶珠嵌宝王冠的头，常常俯伏在她膝边。

女孩子那时年龄还只一十六岁，第一次见到陌生男子，且第一次听到一个国王向她陈述这种糊涂的意见，竟毫不觉得稀奇。她即刻应允了这件事，她说：“国王，既然你以为把王冠搁在我的膝下使你光荣幸福，你现在就可照你意思做去。”

那国王得了女人的爱情以后，就把女人用一匹白色大马，驮回本国宫中。选择吉日良辰，举行婚礼。

　　结婚以后，这个女人被国王恩宠异常。一月以后，为国王孕了个小孩，将近一年，所孕小孩应分娩了，真忙坏那个国王。自从这山中女孩入宫后，专宠一宫，因此其他妃嫔莫不心怀妒忌。故当女孩生产落地一个极大肉球时，就有人暗中把王后所生产的肉球取去，换了一副猪肺。国王听说产妇也已分娩，走来询问，为其他妃嫔买通的收生妇人，就把那一堆猪肺呈上，禀告国王，这就是王后所生产的东西。国王听说有这种事情，十分愤怒，即刻派人把那王后押送出宫，恢复平民地位。

　　这女孩因为早年跟隐士学得忍受横逆方法，当时含冤莫白，只得忍痛出宫，出宫以后，就匿名藏姓，且用药水把自己相貌染黑，替大户人家做些杂务小事，打发日子。因为出自宫中，礼仪娴习，性情又好，故深得主人信任，生活也不十分困难。

　　那个国王，自然就爱了其余妃嫔，把山中母鹿所生的那个女子渐渐忘掉了。

　　当王后所生养的肉球下地时，隐藏了这肉球的先把它放在一锅沸水中，用烈火煮了三天三夜，估计烈火已把它煮烂了，就连同那口锅子，假称这是国王赏赐某某大臣的羊羔，设法运送出宫。出宫以后，就抬到大江边去，乘上特备的小船，摇到江中深处，把那东西全部倾入江中，方带了空锅回宫复命。

　　这肉球载浮载沉一直向下游流去，经过了七天七夜，流到

另外一个地方，被一个打渔

　　的老年人丝网捞着。渔人把网提起一看，原来是个极大肉球。把肉球用刀剖开，见到里面有一朵千瓣莲花，每一花瓣，各有一个具体而微非常之小的人，弄得渔人极其惊吓。只听到那一千小人齐声说："快把我送进你们国王那边去，你就可得黄金千块，白银千块。"

　　渔人不敢隐瞒下去，即刻用丝网兜着那个肉球，面见国王，且把肉球呈上。那国王正无子息，把肉球弄开一看，果然稀奇，因此就赏了渔人金银各一千块，渔人得了赏赐，回家做富翁去了，不用再提。这肉球中小人，却因为在日光空气和露水中慢慢长大，为时不久，就同平常小孩一般无二了。这个好事国王，于是凭空多了一千个儿子，上下远近，都以为这是国王积德，上天所赐。

　　这一千小孩到十六岁时，莫不文武双全，人世少见。到了二十岁时，这一千个儿子，便被国王命令，派遣到邻国去征战。各人骑了白马，穿戴上棕色皮类镂银甲胄，直到另一国家皇城下面挑战。凡个人应战的莫不即刻死去，凡部队应战莫不大败而归。这样一来，竟使城中那个国王，无计可施。

　　官家方面待到自己无计可施时，于是只得各处张贴上布告，招请平民贡献意见，且悬了极大赏格，找寻能够击退外敌的英雄。

　　山中母鹿所生的那个女人，知道这是自己的孩子来此胡闹。便穿了破旧衣服，走到国王处去陈说她有退兵办法，请求国王许可，尽她上城一试。得了许可，走上城去，那时城下一千战士正在跃马挺戈，辱骂挑战。但见城上大旗子下站了一个穿着褴褛、相貌平常的妇人，觉得十分稀奇，就各自勒着缰辔，注意妇人行为。

那女人开口说道："你们这些小东西，来到这里胡闹什么？我是你们的母亲，这里国王是你们的爸爸，还不赶快丢下刀枪，跳下白马？"

其中就有人说："你这疯婆子，你说你是我们的母亲，给我们一个证据看看。"

女人嘱咐各人站定，把嘴张开，便裸出双乳，用手将乳汁挤出，乳汁便向下射去，左边分为五百道，右边也分为五百道。一千战士口中，莫不满含甜乳。这一千战士也已明白城上妇人当真是生身母亲，不敢违逆，赶忙放下武器，投地便拜。

一切弄得明白清楚以后，两国战事自然就结束了。两个国王因为这一千太子生于此国，育于彼国，因此到后就共同议定，各人得到五百儿子。至于那个母亲，自然仍为这一千儿子的母亲，且仍然回转到王宫中做了王后。二十年来使这王后蒙受委屈的一干争宠嫔妃，因为当时还同谋煮过太子，便通通为国王按照国法捉来放到火中用胡椒火烧死了。

当初那个山中母鹿生养的女人，其所以能够在委屈中等待下去，一面因为受得是隐士熏陶，一面也正因为自信美丽，以为自己眉目发爪，身段肌肤，莫不是世所稀少的东西，国王既为这份美丽倾倒于前，也必能使国王另外一时想起她来，使爱情复燃于后。因此所遭受的，即或如何委屈，总能忍耐支持下去。如今却意料不到有了一千儿子，且正因为这一千儿子也已长大成人，能够恢复她原来那个地位。但同时却也明白了她之所以受人尊敬，只为了有这一群儿子。且明白她如今已老，再也不能使那个国王，或其他国王，把戴了嵌宝镶珠王冠的尊贵头颅，俯伏到她的脚边了。她明白这些事情时，觉得非常伤心。

她想了七天，想出了一个极好计策。同国王早餐时，就问国王说："亲爱的人，你还记不记得我在山中时节的样子？"

国王说："我怎么不记得？你那时真美丽如仙！"

"亲爱的人，你还记不记得你向我求婚时节的种种？"

"我记得十分清楚，我为你美丽如何糊涂！"

"亲爱的人，你还记不记得我们结婚以后出宫以前那些日子的生活？"

"那些事情同背诵我自己顶得意的诗歌一样，最细微处也不容易忘记。你当时那么美丽，这种美丽影子，留在我心中，就再过二十年，也光明如天上日头，新鲜如树上果子。"

女人听到国王称赞她的过去美丽处，心中十分难受，沉默着，过一会儿就说："我被仇人陷害出宫，同你离开二十年，如今幸而又回到这宫中来了，一切事真料想不到。我从前那些仇人全被你烧死了，现在却还有一个最大的仇人，就在你身边不远。我已把这个仇人找得。我不想你追问我这仇人姓甚名谁，我只请求你宣布她的死刑，要她自尽在你面前。若你爱过我，你就答应了我这个要求。"

国王说："我就照你意思做去，即刻把人带来。"

王后说，她当亲自去把那仇人带来。又说她不愿眼见到这仇人的面，故请求国王，仇人一来，就宣布死刑，要那个人自杀，不必等她亲自见到这种残酷的事情。说后，王后就走了。

不到一会，果然就有个身穿青衣头蒙黑纱手脚自由的犯人在国王面前站定了。国王记起王后所说的话，就说："犯罪的人，你如今应该死了，你不必说话，不必作任何分辩，拿了这把宝剑自刎了吧。"

那黑衣人把剑接在手中，沉沉静静地走下台阶，在院子中芙蓉树下用剑向脖子一抹，把血管割断，热血泛涌，便倒下了。国王遣人告给王后，仇人已死，请来检视，各处寻觅，皆无王后踪迹。等到后来国王知道自杀的一个"仇人"就是王后自己时，检查伤势，那王后业也断气多时了。

那王后自杀后，国王才明白她所说的仇人，原来就是她自己的衰老。她的意思同汉武帝的李夫人一样，那一个是临死时担心自己老丑不让国王见到，这一个是明白自己老丑便自杀了。

三个男人和一个女人

我们生活破坏无余了。从此再也不会为一些事心跳，在一些梦上发痴了。

我们的生活，将永远有一个看不见的缺口，一处补了，再也不是完全的了。

　　因为落雨，朋友逼我说落雨的故事。这是其中最平凡的一个。它若不大动人，只是因为它太真实。我们都知道，凡美丽的都常常不是真实的，天上的虹同睡眠的梦，便为我们作例。

　　没有什么人知道军队中开差要落雨的理由。

　　我们自己是找不出那个理由的。或者这事情团部的军需能够知道，因为没有落雨时候，开差的草鞋用得很少，落了雨，草鞋的耗费就多了。落雨开差对于军需也许有些好处。这些事我们并不清楚，照例非常复杂，照例团长也不大知道，因为团长是穿皮靴的。不过每次开拔总同落雨有一种密切关系，这是本年来我们的巧遇。

　　在大雨中作战，还需要人，在雨里开差，我们自然不应当再有何种怨言了。雨既然时落时止，部队的油布雨衣，都很完全。我们前面办站的副官，从不因为借故落雨，便不把我们的饮食预备妥当。我们的营长，骑在马上，尽雨淋湿全身，也不害怕发生疟疾。我们在雨中穿过竹林，或在河边茅棚下等候渡船，因为落雨，一切景致看来实在比平常日子美丽许多。

　　落了雨，泥浆分外多，但滑滑的长路走着，并不使人十分难过。我们是因为落雨，所以每天才把应走的里数缩短的。我们还可以在方便中，借故走到一个有年轻妇人的家里去，说几句俏皮话，打个哈哈，顺便讨取几张棕衣，包到脚上。我们因为落雨，才可以随便一点，同营长在一个小盆里洗脚。一个兵士还能够有机会同营长在一个盆里洗脚，这出乎军纪风纪以上的放肆，在我们那时节，是没什么容易得到的机会！

　　队伍走了四天，到了我们要到的地点。天气是很有趣味的天气，等到队伍已经到达目的地，忽然放了晴，有太阳了。一定有许多人要笑它，以为太阳在故意同我们作对。好吧，这个我们可管不了。我们是移到这里来填防的，原来所驻的军队早已走了，把部队开来补缺，别人做什么无聊事我们还是要继续来做。

　　乘满天红霞夕阳照人时，我们有一营人留在此地了。另外一营人，今天晚上虽然也留在此地，第二天就得开拔到一个五十里外的镇上去。那些明天还要开拔的，这时节已全驻扎到各小客栈同民房，我们却各处去找寻应当驻宿的地点。因为各个部队已经分配好了，我们的旗子插到杨家祠堂，可是一连人中谁也不知道这杨家祠堂的方向，只是在街中乱抓别一连的兵士询问。

　　原来杨家祠堂有两个，我们找了许久，找到的好像还是不对。因为这祠堂太小，太坏，内中极其荒凉。但连长有点生气，他那尊贵的脚不高兴再走一步了。他说，这里既然是空的，就歇息一下，再派人去问吧。我们全是走了一整天长路的人，我们还看到许多兵士，在民房里休息，用大木盆洗脚，提干鱼匆匆忙忙地向厨房走去。倦了饿了，都似乎有了着落，得到解决，只有我们还在这市镇街上各处走动，像一队无家可归的游民。现在既然有了个歇脚地方，并且时间又已经快夜了，所以谁也不以为意，都在祠堂外廊下架了枪，许多人都坐在那石狮子下，松解身上的一切负荷。

一个年轻号兵不知从什么地方得来了一个葫芦，满葫芦烧酒，一个人很贪婪地躲到墙角边喝它。有些兵士见到了都去抢这葫芦，到后葫芦打碎，所有酒全泼在还不十分干燥的石地上了。号兵发急，大声地辱骂，而且追打抢劫他的同伴。

连长听到这个吵闹，想起号兵的用处了，就要号兵吹号探问团部。号兵爬到石狮子上去，一手扳着那为夕阳所照及的石狮，一手拿着那支紫铜短小喇叭，吹了一通问答的曲子，声音飘荡到这晚风中，极其抑扬动人。

其时满天是霞，各处人家皆起了白白的炊烟，在屋顶浮动。许多年轻妇人带着惊讶好奇的神气，身穿新浆洗过的月蓝布衣裳，胸前挂着扣花围裙，抱了小孩子，远远地站在人家屋檐下看热闹。

那号兵，把喇叭吹过后，就得到了驻在山头庙里团部的回音。连长又要号兵用号声，询问是不是本连就在这祠堂歇脚。那边的答复还是不能使我们的连长满意。于是那号兵，第三次又鼓着那嘴唇，吹他那紫铜喇叭。

在街的南端来了两只狗，有壮伟的身材，整齐的白毛，聪明的眼睛，如两个双生小孩子，站在一些人的面前。这东西显然是也知道了祠堂门前发生了什么事情，特意走来看看的。

这对大狗引起了我们一种幻想。我们的习惯是走到任何地方看到了一只肥狗，心上就即刻有一个杀机兴起，极难遏止的。可是另外还有更使人注意的，是听到有一个女子的声音喊"大白"、"二白"，清朗而又脆弱，喊了两声，那两只狗对我们望望，仿佛极其懂事，知道这里不能久玩，返身飞跑去了。

天快晚了。满天红云。

我们之间忽然发生了一个意外的变故。那号兵，走了一整天的路，到地后，大家皆坐下休息了，这年轻人还爬上石狮子去吹了好几次号。到后脚腿一发麻，想从石狮子上跳下时，谁知两脚已毫无支持他那身体的能力，跳到地下就跌倒不能爬起，一双脚皆扭伤了筋，再也不能照平常人的方便走路了。

这号兵是我同乡，我们在一个堡寨里长大，一条河里泅水过着夏天，一个树林子里拾松菌消磨长日。如今便应当轮到我来照料他了。

一个二十岁的人，遭遇这样的不幸，那有什么办法可言！因为连长也是同乡，号兵的职务虽不革去，但这个人却因为这不幸的事情，把事业永远陷到号兵的位置上了。他不能如另外号兵，在机会中改进干部学校再图上进了，他不能再有资格参加作战剿匪的种种事情了，他不能再像其他青年兵士，在半夜里爬过一堵土墙去与本地女子相会了。总而言之，便是这个人做人的权利，因为这无意中一摔，一切皆消灭无余，无从补救了。

我因为同乡缘故，总是特别照料到这个人。我那时是一个什长，我就把他放在我那一棚里。这年轻人仍然每早得在天刚发白时候爬起，穿上军衣，弄得一切整齐，走到祠堂外边石阶上去，吹天明起床号一通。过十分钟，又吹点名号一通。到八点又吹下操号一通。到十点又吹收操号一通……此外还有许多次数，都不能疏忽。军队到了这里，半月来完全不下操，但照规矩那号兵总得尽号兵的职务。他每次走到外边去吹他的喇叭时，都得我照佛他。我或者没有空闲，这差事就轮着班上一个火夫。

我们都希望他慢慢地会转好，营部的外科军医，还把十分可信的保证送给这个不幸的人。这年轻人两只腿被军医都放过血，揉搓过许久，且用药烧灼过无数次，末了还用杉木板子夹好。日子一天一天地过去，还是得不到少许效验，我们都有点失望了，他自己却不失望。

他说他会好的，他只要过两个月就可以把杉木夹板取去，可以到田里去追赶野兔了。听到这个话老军医便笑着，因为他早知道这件事是年轻人永远无可希望的事情，不过他遵守着他做医生的规则，且法律又正许可这类人说谎，所以他约许给这个号兵种种利益，有时比追兔子还夸张得不合事实。

过了两个月，这年轻人还是完全不济事。伤处的肿已经消了，血毒症的危险不会有了，伤部也不至于化脓溃烂了，但这个号兵，却已完全是一个瘸脚人了。他已经不要人照料，就可以在职务上尽力了。他仍然住在我那一棚里，因为这样，我们两人之间，成立了一种最好的友谊。

我们所驻在的市镇，并不十分热闹，但比起周边各小城市，却另有一种风味。这里只四条大街，中央一个鼓楼操纵全城。这里如其他地方一样，有药铺同烟馆，有赌博地方同喝酒地方。我每天差不多都同这个有残疾的号兵在一处过活，出去时总在一块，喝酒两人帮忙，赌博两人拉伴平分。

若果部队不开拔，这年轻人仍然有一切当兵人的幸福。凡是一个兵士能做到的事，他仍然可以有份。他要到那些有年轻妇人的住处去，妇人们都不敢得罪他。他坐上桌子赌五十文一注的二十一点扑克，别人也不好意思行使欺骗。他要吹号，凡是在过去没有赶得过他的，如今还是不会超过他。大家知道这个号兵的不幸，还不约而同地帮助这个人。

但他的性情，在我看来，有些地方却变了。他是一个号兵，照例一个号兵，对于他的喇叭应当有一种特殊嗜好，无事时到各处走去，喇叭总不能离身。他一定还是一个动作敏捷活泼喜事的人。他可以在晨光熹微中，爬到后山头或城堡上去试音，到了夜里，还要在月光下奏他的曲子，同远远的另一连互相唱和。别的连上的号手，在逢场时节，还各人穿了整齐的制服，排队到场上游行，成列的对本城人有所炫耀，说不定其中就有意外的幸运发生，给那些藏在腰门后面，露出一个白白额角同黑亮眼睛的妇女们注了意。还有，他若是行动自由而且方便，拿喇叭到山上去吹，会有多少小孩子，带着微微的害怕，围拢来欣赏这大人物的艺术，他就可以同那些小孩子成立一种友谊。慢慢地，他就得到许多小朋友了。

属于号兵分外的好处，一切都完了。他仅有的只是一点分内的职务。平时好动喜事的他，有点儿阴郁，有点儿可怜。他的脚已经瘸了。连长当人面前就大声地喊他瘸子。为了一种方便，为了在辨别上容易认出，自从这号兵一瘸，大家都在他的号兵名字加上了"瘸子"两字，本连火夫也有了这一种权利对这个人心存轻视，轻轻地互相批评这不幸的人，且背地里学这人的行动作为娱乐。

在先，对于号兵的职务，他仍然如一个好人一样，按时站在祠堂门外，或内面殿堂前石阶上，非常兴奋地吹他的喇叭。后来因为本连补下一个小副手，等到小号兵已经能够较正确地吹完各样曲子时，他就不常按时服务了。

他同我每天都到南街一个卖豆腐的人家去，坐在那大木长凳上，看铺子里年轻老板推浆打豆腐。这铺子对面是一个邮政代办所，一家比本城各样铺子还阔气的房子，从对街望去，看得见铺子里油黄大板壁上挂的许多字画，许多贴金洒金的对联。最初来的那一天，我们所见到的那两只白色大狗，就是这人家所豢养的东西。这狗每天蹲在门前，遇熟人就站起身来玩一阵，后来听到一个人的叫唤，便显得匆匆忙忙，走到有金鱼缸的门里天井去了。

我们难道是靠着白吃一碗豆浆，就成天来赖到这铺子里面么？我们难道当真想要同着年轻老板结拜兄弟，所以来同这个人要好么？

我们来到这里有别的原因。但是，两个兵士，一个是废人，一个虽然被人家派为什长，站班时能够走出队伍来喊报名，在弟兄中有一种权利，在官长方面也有一种权利，俨然是一个预备军官，更方便处是可以随意用各样稀奇古怪的名称，辱骂本班的火夫，作为脾气不好时节的泄气方法。可是一到外面，还有什么威武可说？一个班长，一连有十个或十二个，一营有三十六个，一团就有一百以上。什长的肩领章，在我们这类人身上，只是多加一层责任罢了。一个兵士的许多利益，因为是班长，却无从得到了。一个兵士有许多放肆处，一个班长也不许可了。若有人知道作战时班长同排长的责任，谁也将承认班长的可怜了。我到这儿是不以班长自居的，我擅用了一个兵士的权利，来到这豆腐铺。虽然我们每天总不拒绝从那个单身的强健的年轻人手里，接过一碗豆浆来喝，我们可不是为吃豆浆而上门的。我们两人原来都看中了那两只白狗，同那狗的女主人了。癞蛤蟆想吃天鹅肉，这句话恰像为我们说的。

说起这女人真是一个标致的动物！在我生来还不曾见到有第二个这样的女子。我看过许多师长的姨太太，许多女学生。第一种人总是娼妓出身，或者做了太太，样子变成娼妓。第二种人壮大得使我们害怕，她们跑路，打球，做一些别的为我们所猜想不到的事情，都变成了水牛。她们都不文雅，不窈窕。至于这个人呢，我说不出完全合意的是些什么地方，可是不说谎，我总觉得这是一朵好花，一个仙人。

我们一面服从营规，来时服从自己的欲望，在这城里我们不敢撒野，我们却每天到这豆腐铺子里来坐下。来时同年轻老板谈天，或者帮助他推磨，上浆，包豆腐，一面就盼望那女人出门玩时，看一看那模样。我们常常在那二门天井大鱼缸边，望见白衣一角，心就大跳，血就在全身管子里乱窜乱跑。我们每天想方设法花钱买了东西，送给那两只狗吃，同它们要好。在先，这两个畜生竟像知道我们存心不良，送它们的东西嗅了一会就走开了。但到后来这东西由豆腐铺老板丢过去时，两条狗很聪明地望了一下老板，好像看得出这并不是毒药，所以吃下了。

为什么我们要在这无希望的事业上用心，我们自己也不知道。按照我们的身份，我们即或能够同这个人家的两条狗要好，也仍然无从与那狗主人接近。这人家是本地邮政代办所的主人，也就是这小城市唯一的绅士，他是商会的会长，铺子又是本军的兑换机关。时常请客，到此赴席的全是体面有身份的人物，团长同营长、团副官、军法、军需，无不在场。平常时节，也常常见营部军需同书记官到这铺子里来玩，同那主人吃酒打牌。

我们从豆腐铺老板口上，知道那女人是会长最小的姑娘，年纪还只有十五岁。我们知道一切无望了，还是每天来坐到豆腐铺里，找寻方便，等候这娇生惯养的小姑娘出来，只要看看那明艳照人的女人一面，我们就觉得这一天大快乐了。或者一天没有机会见到，就是单听那脆薄声音，喊叫她家中所豢养狗的名字，叫着大白二白，我们仿佛也得到了一种安慰。我们总是痴痴地注视到那鱼缸，因为从那里常常可见到白色或葱绿色衣角，就知道那个姑娘是在家中天井里玩。

时间略久，那两只狗同我们做了朋友，见我们来时，带着一点谨慎小心的样子，走过豆腐铺来同我们玩。我们又恨这畜生又爱这畜生，因为即或玩得很好，只要听到那边喊叫，就离开我们走去了。可是这畜生是那么驯善，那么懂事！不拘什么狗都永远不会同兵士要好的，任何种狗都与兵士作仇敌，不是乘隙攻击，就是一见飞跑；只有这两只狗竟当真成了我们的朋友。

豆腐铺老板是一个年轻人，强健坚实，沉默少言，每天愉快地做工，同一切人做生意，晚上就关了店门睡觉。看样子好像他除了守在铺子面前，什么事情也不理，除了做生意，什么地方也不去，初初看来竟不知道这人什么时候吃饭，什么时候去买办他制豆腐的黄豆。他虽不大说话，可是一个主顾上门时节，他总不至疏忽一切的对答。我们问他所有不知道的事情时，他答应得也非常满意。

我们曾邀约他喝过酒，等到会钞时，走到柜上去算账，却听说豆腐老板已先付了账。第二次我们又请他去，他就毫不客气的让我们出钱了。

我们只知道他是从乡下搬来的，间或也有乡下亲戚来到他的铺子里，看那情形，这人家中一定也不很穷。他生意做得不坏，他告诉我说，他把积下的钱都寄回乡下去。问他是不是预备讨一个太太，他就笑着不说话。他会唱一点歌，嗓子很好，声音调门都比我们营里人高明。他又会玩一盘棋，人并不识字，"车""马""象""士"却分得很清楚。他做生意从未用过账簿，但赊欠来往数目，都能用记忆或别的方法记着，不至于错误。他把我们当成朋友看待，不防备我们，也不谄谀我们。我们来到他的铺子里，虽然好像单为了看望那商会会长的小姑娘，但若没有这样一个同我们合得上的主人，我们也不会不问晴雨到这铺子里混了！

我同到我那同伴瘸脚号兵，在他豆腐铺里谈到对面人家那姑娘，有时免不了要说出一些粗话蠢话，或者对于那两只畜生，常常做出一点可笑的行为，这个年轻老板总是微笑着，在他那微笑中我们虽看不出什么恶意，却似乎有点秘密。我便说：

"你笑什么？你不承认她是美人么？你不承认这两只狗比我们有福气么？"照例这种话不会得到回答。即或回答了，他仍然只是忠厚诚实而且几乎还像有点女性害臊神气似的微笑。

"为什么还好笑？你们乡下人，完全不懂美！你们一定欢喜妇人，欢喜母猪，欢喜水牛。这是因为你不知道美，不知道好看的东西。"

有时那跛子号兵，也要说："娘个狗，好福气！"且故意窘那豆腐铺老板，问他愿不愿意变成一只狗，好得到每天与那小姑娘亲近的机会。

照例到这些时节，年轻人便红着脸一面特别勤快地推磨，一面还是微笑。

谁知道这是什么意思？谁又一定要追寻这意思？

我们的日子可以说是过得很快乐。因为我们除了到这里来同豆腐老板玩，喝豆浆看那个美人以外，还常常去到场坪看杀人。我们的团部，每五天逢场，总得将从各处乡村押解来到的匪犯，选择几个做坏事有凭据的，牵到场头大路上去砍头示众。从前驻扎在怀化，杀人时，若分派到本连护卫，派一排押犯人，号兵还得在队伍前面，在大街上吹号。到场坪时，队伍取跑步向前，吹冲锋号，使情形转为严重。杀过人以后，收队回营，从大街上慢慢通过，又得奏着得胜回营的曲子。如今这事情跛脚号兵已无份了。如今护卫的完全归卫队，就是平常时节团长下乡剿匪时保护团长平安的亲兵，属于杀人的权利也只有这些人占有了。我们只能看看那悲壮的行列，与流血的喜剧了。我也不能再用班长资格，带队押解犯人游街了。可是这并不是我们的损失，却是我们的好处。我们既然不在场护卫，就随时可以走到那里去看那些杀过后的人头，以及灰僵僵的尸体，停顿在那地方很久，不必即时走开。

有一次，我们把豆腐老板拉去了，因为这个人平素是没有胆量看这件事的。到那血迹殷然的地方，四具死尸躺在土坪里，上衣已完全剥去，恰如四只死猪。许多小兵穿着不相称的军服，脸上显着极其顽皮的神气，拿了小小竹竿，刺拨死尸的喉管。一些饿狗远远地蹲在一旁，眺望到这里一切新奇事情，非常出神。

号兵就问豆腐老板，对于这个东西害不害怕。这年轻乡下人的回答，却仍然是那永远神秘永远无恶意的微笑。看到这年轻人的微笑，我们为我们的友谊感觉喜悦，正如听到那女子的声音，感觉生命的完全一个样子。

因为非常快乐，我们的日子也极其容易过去了。

一转眼，我们守在这豆腐铺子看望女人的事情就有了半年。

我们同豆腐老板更熟了些，同那两只狗也完全认识了。我们有机会可以把那白狗带到营里去玩，带到江边去玩，也居然能够得到那狗主人的同意了。

　　因为知道了女人毫无希望（这是同豆腐老板太熟悉了，才从他口中探听到不少事情的），我们都不再说蠢话，也不再做愚蠢的企图了。仍然每天到豆腐铺来玩，帮助这个朋友，做一切事情。我们已完全学会制作豆腐的方法，能辨别豆浆的火候，认识黄豆的好坏了。我们还另外认识了许多本地主顾，他们都愿意同我们谈话，做我们的朋友。主顾是营里兵士时，我们的老板，总要我多多的给他们豆腐，且有时不接受主顾的钱。我们一面把生活同豆腐生意打成一片，一面便同那两只白狗成了朋友，非常亲昵，非常要好。那小姑娘的声音，虽仍然能够把狗从我们身边喊叫回去，可是有时候我们吹着哨子，也依然可以嗾使那两条狗飞奔地从家中跑出来。

　　我们常常看见有年轻的军官，穿着极其体面的毛呢军服，白白的脸庞，带着一点害羞的红色，走路时胸部向前直挺，用那有刺马轮的长筒黑皮靴子，磕着街石，堂堂地走进那人家二门里去，就以为这其中一定有一些故事发生，充满了难受的妒意。我到底是懂事一点的人，受了这个打击，还知道用别的方法安慰到自己，可是我的同伴瘸脚号兵，却因此大不快乐。我常常见他对那些年轻官佐，在那些人背后，捏起拳头来做打下的姿势。又常常见他同豆腐铺老板谈一些我不注意到的事情。

　　有一次在一个小馆子里，各人皆喝多了一点酒，忘了形，我说过这样的话，我向那跛脚的残废人说：

"你是废人，我的朋友，我的庚兄，你是废人！一个小姐是只嫁给我们年轻营长的。我们试去水边照照看，就知道这件事我们无份了。我们是什么东西？四块钱一月，开差时在泥浆里跑路，驻扎下来就点名下操，夜间睡到稻草席垫上给大臭虫咬，口是吃牛肉酸菜的口，手只捏那冰冷的枪筒……我们年轻，这有什么用！我们只是一些排成队伍的猪狗罢了，为什么对于这姑娘有一种野心？为什么这样不自量？……"

我那时的确已有了点醉意，不知道应当节制语言，只是糊糊涂涂，教训这个平时非常听好话的朋友。我似乎还用了许多比喻，提到他那一只脚。那时只是我们两个人在一处，到后，不知为什么理由，这朋友忽然改变了平常的脾气，完全像一只发疯了的兽物，扑到我的身上来了。我们于是就揪打成一堆，各人扭着对方的耳朵，各人毫不虚伪的痛痛地打了一顿。我实在是醉了，他也是有点醉了。我们都无意思的骂着闹着，到后有兵士从门外过身，听到里面吵闹，像是自己人，才走进来劝解，费了许多方法才把我们拉开。

回到连上，各人呕了许多，半夜里，我们酒醒了，各人皆因为口渴，爬起来到水缸边拿水喝。两人喝了好些冷水，皆恍恍惚惚记起上半夜的事情，两人都哭起来。为什么要这样斗殴？什么事使我们这样切齿？什么事必须要这样做？我们披了新近领下的棉军服，一同走到天井去看快要下落的月亮，如一个死人的脸庞。天空各处有流星下落，作美丽耀目的明光。各处有鸡在叫。我们来到这里驻防，我这个朋友跌坏了腿的时候还是四月，如今已经是十月了。

第二天，两人各望着对方的浮肿的脸，非常不好意思。连上有人知道了我们的殴打，一定还有人担心我们第二次的争斗，可料不到昨夜醉里的事情，我们两人早已忘记了。我们虽然并不忘却那件事，但我们正因为这样，友谊似乎更好了些。

两人仍然往豆腐铺去，豆腐老板初初见到，非常惊讶，以为我们之间一定发生重大的事故。因为我们两人的脸有些地方抓破了，有些地方还是浮肿，我们自己互相望到也要发笑。

到后还是我来为我们的朋友把事情说明，豆腐老板才清楚这原委。我告诉他说，我恍惚记得我说了许多糊涂话，我还骂他是一只瘸脚公狗，到后，不知为什么两人就揉在一处了。幸好是两人都醉了，手脚无力，毫不落实，虽然行动激烈，却不至于打破头。

这时那个姑娘走出门来，站在她的大门前，两只白狗非常谄媚的在女人身边跳跃，绕着女人打圈，又伸出红红的舌头舔女人的小手。

我们暂时都不说话了，三个人望到对面。后来那女人似乎也注意到我们两人脸上有些蹊跷，完全不同往日，便望着我们微笑，似乎毫不害怕我们，也毫不疑心我们对她有所不利。可是，那微笑，竟又俨然像知道我们昨晚上的胡闹，究竟是为了一些什么理由。

我那时简直非常忧郁，因为这个小姑娘竟全不以我们为意，在她那小小的心里，说不定还以为我们是为了赚一点钱，同这豆腐老板合股做生意，所以每天才来到这里的。我望了一下那号兵，他的样子也似乎极其忧郁，因为他那只瘸腿是早已为人家所知道了的，他的样子比我又坏了一点，所以我断定他这时心上是很难受的。

至于豆腐老板呢，我不知道他是有意还是无意，这时节正露着强健如铁的一双臂膊，扳着那石磨，检查石磨的中轴有无损坏。这事情似乎第三次了。另一回，也是在这类机会发现时，这年轻诚实单纯的男子，也如今天一样检查他的石磨。

我想问他却没有开口的机会。

不到一会儿，人已经消失到那两扇绿色贴金的二门里不见了。如一颗星，如一道虹，一瞬之间即消逝了。留在各人心灵上的是一个光明的符号。我刚要对着我的瘸腿朋友做一个会心的微笑，我那朋友忽然说：

"二哥，二哥，你昨晚上骂得我很对，骂得我很对！我们是猪狗！我们是阴沟里的蛤蟆！……"

因为号兵那惨沮样子，我反而觉得要找寻一些话语，安慰这个不幸的废人了。我说："先不要这样说吧，这不是男子应说的话，我们有我们的志气，凭这志气凡事都没有不可以做到的。万丈高楼平地起，我们要做总统，做将军，一个女人，算不了什么稀奇。"

号兵说："我不打量做总统，因为那个事情太难办到。我这双脚，娘个东西，我这双脚！……"

"谁不许你做人？你脚将来会想法子弄好的，你还可以望连长保荐到干部学校去念书。你可以同他们许多学生一样，凭本领挣到你的位置。"

"我是比狗都不如的东西。我这时想，如果我的脚好了，我要去要求连长补个正兵名额。我要成天去操坪锻炼……"

"慢慢地自然可以做到。"我转头向豆腐老板望着，因为这年轻人已经把石磨安置妥当，又在摇动着长木推手了，"我们活下来真同推磨一样，简直无意思。你的意思以为怎么样？"

这汉子，对于我说的话好像以为同我的身份不大相称，也不大同他的生活相合，还是同别一时节别一事情那样向我微笑。

我明白了，我们三个人同样的爱上了这个女子。

十月十四，我被派到七十里外总部去送一件公文，另外还有些别的工作，在石门候信住了一天，路上来回消磨了两天。

回转本城把回文送过团部，销了差，正因为这一次出差，得六块钱奖赏，非常快乐，预备回连上去打听是不是有人返乡，好把钱寄四块回去办冬天的腊肉。回连上见到瘸子，我还不曾开口，那号兵就说："二哥，那个女人死了！"

这是什么话？

我不相信，一面从容俯下身去脱换我的草鞋。瘌子站在我面前，又说"女人死了"，使我不得不认真了。我听清楚这话的意义后，忽然立起，简直可说是非常粗暴地揪着了这人的领子，大声询问这事真伪。到后他要我用耳朵听听，因为这时节远处正有一个人家办丧事敲锣打鼓，一个唢呐非常凄凉地颤动着吹出那高音。我一只脚光着，一只脚还笼在湿草鞋里，就拖了瘌子出门。我们同救火一样向豆腐铺跑去，也不管号兵的跛脚，也不管路人的注意。但没有走到，我已知道那唢呐锣鼓声音，便是由那豆腐铺对面人家传出。我全身发寒，头脑好像被谁重重地打击了一下，耳朵发哄哄的声音。我心想，这才是怪事！才是怪事……

我静静地坐在那豆腐铺的长凳上时，接过了朋友给我的一碗热豆浆。豆腐铺对面这个人家大门前已凭空多了许多人，门前挂了丧事中的白布，许多小孩子头上缠了白包头，在门外购买东西吃。我还看到那大鱼缸边，有人躬身焚着纸钱银锭，火光熊熊向上直冒，纸灰飞得很高。

我知道这些事情都是真实，就全身拘挛，然后笑了。

我看看那豆腐老板，这个人这时却不如往天那样乐观，显然也受了一种打击，有点支持不住了。他作为没有见到我的样子，回过脸去。我又看号兵，号兵却做出一种讨人厌烦的样子。不知道为什么我这时真有点厌烦这跛脚的人，只想打他一拳，可是我到底没有做过这种蠢事。

　　到后我问，才知道这女子是昨天吞金死的。为什么吞金，同些什么人有关系，我们当时一点也不明白，直到如今也仍然无法明白（许多人是这样死去，活着的人毫不觉得奇怪的）。女人一死，我们各人都觉得损失了一种东西，但先前不会说到，却到这时才敢把这东西的名字提出。我们先是很忧郁地说及，说到后来大家都笑了，分手时，我们简直互相要欢喜到相扑相打了。

　　为什么使我们这样快乐可说不分明。似乎各人皆知道女人正像一个花盆，不是自己分内的东西；这花盆一碎，先是免不了有小小惆怅，然而当大家讨论到许多花盆被一些混账东西长久占据，凡是花盆终不免被有权势的独占，唯有这花盆却碎到地下，我们自然似乎就得到一点安慰了。

　　可是，回转营里，我们是很难受的。我们生活破坏无余了。从此再也不会为一些事心跳，在一些梦上发痴了。我们的生活，将永远有了一个看不见的缺口，一处补丁，再也不是完全的了。

　　其实这样女人活在世界上同死去，对于我们有什么关系？假使人还是好好地活着，开差移防的命令一到，我们还有什么希望可言？我们即或驻扎在这里再久，一个跛脚的号兵，一个什长，这两个宝贝，还有什么机会？除了能够同那两只狗认识以外，有何种伟大企图？

　　第二天，两人很早就起来，互相坐在铺上，面对面沉默，无话可说。各人似乎在努力想把自己安置到空阔处去，不再给过去的记忆困扰。各人都要生气，却不知道为什么忽然脾气就坏到这样子。

"为什么眼睛有点发肿？你这个傻瓜！"

号兵因为我嘲笑他，却不取反攻姿势，只非常可怜地望到我。

我说："难道人家死了，你还要去做孝子么？"

他还是那样，似乎想用沉默作一种良心的雄辩，使我对于他的行为引起注意。

我了解这点，但是却不放弃我嘲骂他的权利。

"跛子，你真是只癞蛤蟆，吃虫蚁，看天上。"

末了他只轻轻地问我："二哥，你说，是不是死了的人还会复活？"因为这一句痴话我又数说了他好一顿。

两人到豆腐铺时，却见对面铺门极其冷清，门前地下剩余一些白纸钱。我们的朋友，那个年轻老板，人坐在长凳上，用手扶了头，人家来买豆腐时，就请主顾自己用刀铲取板上的豆腐。见我们来了，他有了一点点生气，好像是遮掩自己的伤痕，仍然对我们微笑着。他的笑，说明他还依然有个健康的身体和善良的人格。

"为什么？头痛吗？"

"埋了，埋了，一早就埋了！"

"早上就埋了么？"

"天还不大亮就出门了的。"

"你有了些什么事情，这样不快乐？"

"我什么也不。"

他说了后，忙着为我们去取碗盏，预备盛豆浆给我们吃。

坐在那豆腐铺子里望着对面的铺子，心中总像十分凄凉，我同号兵坐了一会儿，就离开这个豆腐铺子，走向一个本地妇人处打牌去了。我们从那里探听得这女人所埋葬的地点，在离城两里的鲢鱼庄上。

不知为什么我一望到那号兵忧郁样子，就使我非常生气要打他骂他。好像这个人的不欢喜样子，侮辱我对那小姑娘的倾心一样。好像他这样子，简直是在侮辱我。我实在不愿意再同他坐在一个桌上打牌了，就回到连上躺在草垫上睡了。

这夜里跛子竟没有回到连上来。他曾告我不想回连上去睡，我以为他一定在那妇人处过夜了，也不觉得稀奇。第二天，我还是不愿意出门，仍然静静地躺在床上。到下午来我的头有点发烧，全身也像害了病，不想吃喝。吃了点姜糖草药，因为必须蒙头取汗，到全身被汗水透湿人醒来时，天已经夜了。

我起身到大殿后面去小便，正是雨后放晴，夕阳斜挂屋角，留下一片黄色。天空有一片薄云，为落日烘成五彩。望到这个暮景，望到一片在人家屋上淡淡的炊烟，听到鸡声同狗声，军营中喇叭声，我想起了我们初来此地那一天发生的一切事情。我想起我这个朋友的命运，以及我们生活的种种，很有点怅惘，有点悲哀。有一个疑问的符号隐藏在心上，对于这古怪人生，不知作何解释，我的思想自然还可以说是单纯而不复杂。

我到后仍然回去睡了，不想吃饭，不想说话，不想思索。我睡下去，不知道有多久时间，只是把棉被蒙了头颅，隐隐约约听到在楼上兵士打牌吵闹的声音，迷迷糊糊见过许多人，又像是我们已经开了差，已经上了路，已经到了地。过去的事重复侵入我的记忆，使我重新看见号兵跌倒时的神气。醒来时好像有人坐在我的身边。把被甩去，才知道灯已熄灭了，只靠着正殿上的大油灯余光，照得出有一个人影，坐在我身边不动。

"瘌子，是你吗?"

"是我。"

"为什么这时节才回来?"

他把脸藏在黑暗里，没有作声。我因为睡了许久，出了两次汗，头昏昏的，这时候究竟已经是什么时候，也依然不很分明，就问他这是什么时候。他还是好像不曾听到我的话样子，毫无动静。

过了一会，他才说："二哥，真是祖宗有灵，天保佑，放哨的差一点一枪把我打死了。"

"你不知道口令么?"

"我哪里会知道口令?"

"难道已经是十二点过了么？"

"我不知道。"

"你今晚到些什么地方去，这时才回来？"

他又不作声了。我看见放在米桶上兵士们为我预备的一个美孚灯，灯头弄得很小，还可以使它光亮，就要他捻一下灯。他先是并不动手，我又第二次请他做这件事。

灯光大了一点，我才望明白这号兵，全身黄泥，极其狼狈。脸上正如刚才不久同人殴打过的样子，许多部分都牵掣着显著受伤的痕迹。我奇异而又惊讶，望到这朋友，不知道如何问他这一天来究竟到过些什么地方，做了些什么事情。我的头脑这时也实在还是有点糊涂，因为先一时在迷糊中我还梦到他从石狮上滚下地的情形，所以这时还仿佛只是一个梦。

他轻轻地轻轻地说："二哥，二哥，那坟不知道被谁挖掘了。"

"谁的坟呢。"

"好像是才挖掘不久的，我看得很清楚。"他的话，带着顽固神气，使我疑心他已经发了狂。

"我说，你说的是什么人的坟？在什么地方，你怎么知道？"

"我怎么知道？我听人说那大辫子埋在鲢鱼庄，我要去看看。我昨天到过一次，还是很好的。我今天晚上又去，我很分明记到那一条路，那座坟，不知道已经被谁挖了。"

如不是我有点发狂，一定就是我这个朋友发了狂。我明白他所指的坟是谁埋葬在那里了。我像一个疯人，跳了起来："你到过她的坟上么？你到过她的坟上么？你存什么心？你这畜生……"

这朋友，却毫不惊讶，静静地幽悄地说："是的！我到过她的坟上，昨天到过，今天又到过。我不是想做坏事的人！我可以赌咒，天王在上，我并不带了什么家伙去。我昨晚上还看到那个土堆，一个上好土馒头，今天晚上全变了。我可以赌咒，看到的是昨晚那座坟，完全不是原来样子。不知谁做了这样事情，不知谁把她从棺木里掏出，背走了。"

我听到这个吓人的报告，却忽然想起一个人来了。但我并不说出口，因为这个人还只在我的心上一闪，就又即刻消失了。我起了一个疑问，以为是这个女子还魂，从棺木中挣扎奔出，这时节或者已经跑回家中同她的爹爹妈妈说话了。我又疑心她的死是假的，所以草草地埋葬，到后另外一个人就又把她掘出，把她救走了。我又疑心这事一定在我这个朋友有了错误，因为神经错乱，忘记了方向和地位，第一次同第二次并不是在同一地方，所以才会发生这种误会，我用许多空想去解释，以为这件事并不完全真实。

后来我问他为什么要到坟边去。他很虚怯，以为我疑心这事他一定已经知道，或者至少事后知道这主谋人是谁，他一连发了七种誓言，要求各样天神作证，分辩他并无劫取女尸的意思。他只是解释他并不预先带有何种铁器作掘墓的人犯。他极力分辩他的行为。他把话说完了，望见我非常阴沉，眼睛里含有一种疑惧神色，如果我当时还不能表示对他的信托，他一定可以发狂把我扼死。

我的病已完全吓走了，我计算应当如何安置这个行将疯狂另一时又必然疯狂的朋友。我用许多别的话为他解说，且找出许多荒唐故事安慰这个破碎心灵。他慢慢地冷静，一切兴奋过去后，就不断地喃喃地骂着一句野话。他告给我他实在也有过这种设想，因为听人说吞金死去了的人，如果不过七天，只要得到男子的偎抱，便可以重新复活。他又告我，第一天他还只是想象他到了坟边，听得到有呼救声音，便来做一次侠义事，从墓中把人救出。第二天，他因为听人说到这个话，才又过那里去，预备不必有呼救声音，也把女人掘出。可是到了那里一看坟头已经完全变了样子，棺盖掀在一旁，一个空棺张着大口等候吃人。他曾跳进棺里去看过，除了几件衣服以外什么也不见。一定是有人在稍前一些时候做了这事情，这人一定把坟掘开，便把女子的尸身背走了。

他已经不再请天神作他的伪证了。他诚实而又巨细无遗的同我说到过去一切，我听完了他这些话，找不出任何话来安慰他了。我对于这件事还是不甚相信；我还是在心中打量，以为这事情一定是各人都身在梦中。我以为即或不是完全作梦，到了明天早上，这号兵也一定要追悔今晚所说的话语，因为这种欲望谁也无从禁止，行诸事实仍然不近人情。他因为追悔他的行为，把我杀死灭口也做得出。我这样想着，不免有所预防，可是，这个人现在软弱得如一个妇人，他除了忏悔什么也不能做了。我们有一个问题梗到心上来了，就是我们对于这件事应当如何处置。是不是要去禀告一声，还是尽那个哑谜延长？两人商量了一会，靠着简单的理智，认为这发现我们无权利去过问，且等天明到豆腐铺看看。走了许多夜路的号兵，一双瘸腿已经十分疲倦了，回来又谈了许久，所以到后就睡了。我是大白天睡了一整天的人，这时无论如何也不能再睡了。在灯影下望着这个残废苦闷的脸，肮脏的身，我把灯熄了，坐到这朋友身边，等候天明。

到豆腐铺时间已经不早了，却不见那年轻老板开门。昨晚上我所想起的那件事，重新在我心上一闪。门既外边反锁，分明不是晏起或在家中发生何等事故了。我的想象或将成为事实，我有点害怕，拉了号兵跑回连上，把这估计告给了那起过非凡野心的他。他不甚相信事情一定就是这样子，一个人又跑出了许久，回来时，脸色哑白，说他已经探听了别一个人家，知道那老板的确是昨天晚上就离开了他的铺子的。

我们有三天不敢出去，只坐在草荐上玩骨牌。到后有人在营里传说一件新闻，这新闻生着无形的翅翼，即刻就全营皆知了。"商会会长女儿新坟刚埋好就被人抛掘，尸骸不知给谁盗了。"另外一个新闻，却是"这少女尸骸有人在去坟墓半里的石洞里发现，赤光着个身子睡在洞中石床上，地下身上各处撒满了蓝色野菊花。”

这个消息加上人类无知的枝节，便离去了猥亵转成神奇。

我们给这消息愣住了。我们知道我们那个朋友做了一件什么事情。

从此以后我们再也不曾到那豆腐铺里去，坐在长凳上喝那年轻朋友做成的豆浆，再也不曾见到这个年轻诚实的朋友了。至于我那个瘸子同乡，他现在还是第四十七连的号兵，他还是跛脚，但他从不和人提起这件事情。他是不曾犯罪的，但另外一个人的行为，却使他一生郁郁寡欢。至于我，还有什么意见没有？……我有点忧郁，有点不能同年轻人合伴的脾气，在军队中不大相容，因此来到都市里，在都市里又像不大合适，可不知再往哪儿跑。我老不安定，因为我常常要记起那些过去事情。一个人有一个人命运，我知道。有些过去的事情永远咬着我的心，我说出来时，你们却以为是个故事，没有人能够了解一个人生活里被这种上百个故事压住时，他用的是一种如何心情过日子。

山
鬼

癫子自从失心癫了后，悄悄出门本来是常有的事。为了有桃花，走一整天路；为了有木人头戏，到别的村子住过夜，这是过去的行为。

一

毛弟同万万放牛放到白石冈，牛到冈下头吃水，他们顾自上到山腰采莓吃。

"毛弟哎，毛弟哎!"

"毛弟哎，毛弟哎!"左边也有人在喊。

"毛弟哎，毛弟哎!"右边也有人在喊。

因为四围远处全是高的山，喊一声时有半天回声。毛弟在另一处拖长嗓子叫起万万时，所能听的就只是一串万字了。

山腰里刺莓多得不奈何。两人一旁唱歌一旁吃，肚子全为刺莓塞满了。莓是这里那里还是有，谁都不愿意放松。各人又把桐木叶子折成兜，来装吃不完的红刺莓。一时兜里又满了。到后就专拣大的熟透了的才算数，先摘来的不全熟的全给扔去了。

一起下到冈脚溪边草坪时，各人把莓向地下一放，毛弟扑到万万身上来，经万万一个蹩脚就放倒到草坪上面了。虽然跌倒，毛弟手可不放松，还是死紧搂到万万的颈子，万万也随到倒下，两人就在草上滚。

"放了我罢，放了我罢。我输了。"

毛弟最后告了饶。但是万万可不成，他要喂一泡口水给毛弟，警告他下次。毛弟一面偏头躲，一面讲好话："万万，你让我一点，当真是这样，我要发气了！"

发气那是不怕的，哭也不算事。万万口水终于唾出了。毛弟抽出一只手一挡，手背便为自己救了驾。

万万起身后，看到毛弟笑。毛弟把手上的唾沫向万万洒去，万万逃走了。

万万的水牯跑到别人麦田里去吃嫩苗穗，毛弟爬起替他去赶牛。

"万万，你老子又窜到杨家田里吃麦了！"

远远的，万万正在爬上一株树。"有我牛的孙子帮到赶，我不怕的。——毛弟哎，让它吃罢，莫理它！"

"你莫理它，乡约见到不去告你家妈么？"

毛弟走拢去，一条子就把万万的牛赶走了。

"昨天我到老虎峒脚边，听到你家癫子在唱歌。"万万说，说了吹哨子。

"当真么？"

"扯谎是你的野崽！"

"你喊他吗?"

"我喊他!"万万说,万万记起昨天的情形,打了一个颤。

"你家癫子差点一岩头把我打死了!我到老虎峒那边碾坝上去问我大叔要老糠,听到岩鹰叫,抬头看,知道那壁上又有岩鹰在孵崽了,爬上山去看。肏他娘,到处寻窠都是空!我想这杂种,或者在峒里砌起窠来了,我就爬上峒边那条小路去。……"

"跌死你这野狗子!"

"我不说了,你打岔!"

万万当真不说了。但是毛弟想到他癫子哥哥的消息,立时又为万万服了礼。

万万在草坪上打了一个飞跟头,就势只一滚,滚到毛弟的身边,扯着毛弟一只腿。

"莫闹,我也不闹了,你说吧。我妈着急咧,问了多人都说不曾见癫子。这四天五天都不见他回家来,怕是跑到别村子去了。"

"不。"万万说,"我就上到峒里去,还不到头门,只在那堆石头下,听到有人说话的声音。声音又很熟。我就听。那声音是谁?我想这人我必定认识。但说话总是两个人,为什么只是一个口音?听到说:'你不吃么?你不吃么?吃一点是好的。刚才烧好的山薯,吃一点儿吧。我喂你,我用口哺你。'就停了一会儿。不久又作声了。是在唱,唱:'娇妹生得白又白,情哥生得黑又黑；黑墨写在白纸上，你看合色不合色？'还打哈哈，龛妈好快活！我听到笑，我想起你癫子笑声了。"

毛弟问："就是我哥吗？"

"不是癫子是秦良玉？哈，我断定是你家癫子，躲在峒里住，不知另外还有谁，我就大声喊，且飞快跑上峒口去。我说癫子大哥唉，癫子大哥唉，你躲在这里我可知道了！

你说他怎么样？你家癫子这时真癫了，见我一到峒门边，蓬起个头瓜，赤了个膊子，走出来，就伸手抓我的顶毛。我见他眼睛眉毛都变了样子，吓得往后退。他说狗杂种，你快走，不然老子一岩头打死你。身子一蹲就——我明白是搬大块石头了，就一口气跑下来。癫子吓得我真要死。我也不敢再回头。"

显然是，毛弟家癫子大哥几日来就住在峒中。但是同谁在一块？难道另外还有一个癫子吗？若是那另外一人并不癫，他是不敢也不会同一个癫子住在一块的。

"万万你不是扯谎吧？"

"我扯谎就是你儿子。我赌咒。你不信，我也不定要你信。明儿早上我们到那里去放牛，我们可上峒去看。"

"好的，就是明天吧。"

万万爬到牛背上去翻天睡，一路唱着山歌走去了。

毛弟顾自依然骑了牛，到老虎峒的黑白相间颜色石壁下。这里有条小溪，夹溪是两片墙样的石壁，一刀切，壁上全是一些老的黄杨树。当八月时节，就有一些专砍黄杨木的人，扛了一二十丈长的竹梯子，腰身盘着一卷麻绳，爬上崖去或是从崖顶垂下，到崖腰砍树，斧头声音"它它它它"满谷都是。老半天，便听到"喇喇喇"的如同崩了一山角，那是一段黄杨连枝带叶跌到谷里溪中了。接着不久又是"它它它它"的声响。看牛看到这里顶遭殃。但不是八月，没有伐木人，这里可凉快极了。沿这溪上溯，可以到万万所说那个碾坊。碾坊是一座安置在谷的尽头的坎上的老土屋，前面一个石头坝，坝上有闸门，闸一开，坝上的积水就冲动屋前木水车，屋中碾石也就随着转动起来了。碾坊放水时，溪里的水就要凶一点，每天碾子放水三次，因此住在沿溪下边的人忘了时间就去看溪里的水。

毛弟到了老虎峒的石壁下，让牛到溪一边去吃水。先没有上去，峒是在岩壁的半腰，上去只一条小路，他在下面叫：

"大哥！大哥！"

"大哥呀！大哥呀！"

像打锣一样，声音朗朗异常高，只有一些比自己声音来得更宏壮一点的回声，别的却没有。万万适间说的那岩鹰，昨天是在空中盘旋，此时依旧是在盘旋。在喊声回声余音歇憩后，就听到一只啄木鸟在附近一株高树上"落落落落"敲梆梆。

"大哥呀！癫子大哥呀！"

有什么像在答应了，然而仍是回声学着毛弟声音的答应！

毛弟在最后，又单喊"癫子"，喊了十来声。或者癫子睡着了。一些小的山雀全为这声音惊起，空中的鹰也像为了毛弟喊声吓怕了，盘得更高了。若说是人还在睡，可难令人相信的。

"他知道我在喊他，故意不作声。"毛弟想。

毛弟就慢慢从那小路走，一直走到万万说的那一堆乱石头处时，不动了。他就听。听听是不是有什么人声音。好久好久全是安静的。的确是有岩鹰儿子在咦咦地叫，但是在对面高高的石壁上，又听到一个啄木鸟的擂梆梆，这一来，更冷静得有点怕人了。

毛弟心想，或者上面出了什么事，或者癫子简直是死了。心思在划算，不知上去还是不上去。也许癫子就是在峒里为另一个癫子杀死了。也许癫子自己杀死了。……"还是要上去看看"，他心想，还是要看看，青天白日鬼总不会出现的。

爬到峒口了，先伸头进去。这峒是透光，干爽，毛弟原先看牛时就是知道的。不过此时心就有点怯。到一眼望尽峒中一切时，胆子复原了。里面只是一些干稻草，不见人影子。

"大哥，大哥。"他轻轻地喊。没有人，自然没有应。

峒内有人住过最近才走那是无疑的。用来做床的稻草，和一个水罐，罐内大半罐的新鲜冷溪水，还有一个角落那些红薯根，以及一些撒得满地虽萎谢尚未全枯的野月季花瓣，这些不仅证明是有人住过，毛弟从那罐子的式样认出这是自己家中的东西，且地上的花也是一个证，不消说，癫子是在这峒内独自做了几天客无疑了。

"为什么又走了去?"

毛弟总想不出这奥妙。或者是,因为昨天已为万万知道,恐怕万万告给家里人来找,就又走了吗? 或者是,被另外那个人邀到别的山峒里去了吗? 或者是,妖精吃了吗?

峒内不到四丈宽,毛弟一个人,终于越想越心怯起来。想又想不出什么理由,只好离开了山峒,提了那个水罐子赶快走下石壁骑牛转回家中。

二

"娘娘,有人见到癞子大哥了!"毛弟在进院子以前,见了他妈在坪坝里喂鸡,就在牛背上头嚷。

娘是低了头,正把脚踢那大花公鸡,"援助弱小民族"啄食糠拌饭的。

听到毛弟的声音,娘把头一抬,走过去。"谁见到癞子?"

那匹鸡,见到毛弟妈一走,就又抢拢来,余下的鸡便散开。毛弟义愤心顿起,跳下牛背让牛顾自进栏去,也不即答娘的话,跑过去,就拿手上那个水罐子一摆,鸡只略退让,还是顽皮独自低头啄吃独行食。

"来,老子一脚踢死你这扁毛畜生!"

鸡似乎知趣,就走开了。

"毛弟你说是谁见你癞子大哥?"

"是万万。"毛弟还怕娘又想到前村那个大万万，又补上一句，"是寨西那个小万万。"

为了省得叙述起见，毛弟把从峒里拿回的那水罐子，展览于娘的跟前。娘拿到手上，反复看，是家中的东西无疑。

"这是你哥给万万的吗？"

"不，娘，你看看，这是不是家中的？"

"一点不会错。你瞧这用银藤缠好的提把，是我缠的！"

"我说这是像我们家的。是今天，万万同我放牛放到白石冈，万万同我说，他说昨天他到碾坝上叔叔处去取老糠，打从老虎峒下过，因为找岩鹰，无意上到峒口去，听到有人在峒里说笑，再听听，是我家癫子大哥。一会看到癫子了，癫子不知何故发了气，不准他上去，且搬石块子，说是要把他打死。我听到，刚才就赶去爬到峒里去，人已不见了，就是这个罐子，同一些乱草，一些红薯皮。"

娘只向空中作揖，感谢这消息，证明癫子是有了着落，且还平安清吉在境内。

毛弟末尾说："我敢断定他这几天全在那里住，才走不久的。"

这自然是不会错，罐子同做卧具的干草，已经给证明，何况昨天万万还亲眼明明见到癫子呢？

毛弟的娘这时一句话不说，我们暂时莫理这老人，且说毛弟家的鸡。那只花公鸡趁到毛弟回头同妈讲话时，又大大方方跑到那个废碌碡旁浅盆子边把其他的鸡群吓走了。它为了自夸胜利还咯咯地叫，意在诱引女性近身来。这种声音是极有效的，不一会，就有几只母鸡也在盆边低头啄食了。

没有空，毛弟是在同娘说话，抱不平就不能兼顾这边的事情，但是见娘在作揖，毛弟回了头，喝一声"好混账东西！"奔过去，脚还不着身，花鸡就逃了。那不成，逃也不成，还要追。鸡忙着飞上了草积上去避难了，毛弟爬草积。其余的鸡也顾不得看毛弟同花鸡作战了，一齐就奔集到盆边来聚餐。

要说出毛弟的妈得到消息是怎样的欢喜，是不可能的事情。太难了，尤其是毛弟的妈这种人，就是用颜色的笔来画，也画不出的。这老娘子为了癫子的下落，如同吃了端午节羊角粽，久久不消化一样；这类乎粽子的东西，横在心上已五天。如今的消息，却是一剂午时茶，一服下，心上东西就消融掉了。

一个人，一点事不知，平白无故出门那么久，身上又不带有钱，性格又是那么疯疯癫癫像代宝（代宝是著名的疯汉），万一一时头脑发了迷，凭癫劲，一直向那自己亦莫名其妙的辽远地方走去，是一件可能的事情！或者，到山上去睡，给野狗豹子拖了也说不定！或者，夜里随意走，不小心掉下一个地窟窿里去，也是免不了的危险！癫子自从失心癫了后，悄悄出门本来是常有的事。为了看桃花，走一整天路；为了看木人头戏，到别的村子住过夜，这是过去的行为。但一天，或两天，自然就又平安无事归了家，是有一定规律的。因有了先例，毛弟的妈对于癫子的行动，是并不怎样不放心。不过，四天呢？五天呢？——若是今天还不得消息，以后呢？在所能想到的意外祸事，至少有一件已落在癫子头上了。倘若是命运菩萨当真是要那么办，作弄人，毛弟的妈心上那块积瘀就只有变成眼泪慢慢流尽的一个方法了。

在峒里，老虎峒，离此不过四里路，就像在眼前，远也只像在对门山上，毛弟的妈释然了。毛弟爬上草积去追鸡，毛弟的妈便用手摩挲那个水罐子。

毛弟擒着了鸡了，鸡懂事，知道故意大声咖呵咖呵拖长喉咙喊救命。

"毛毛，放了它吧。"

妈是昂头视，见到毛弟得意扬扬的，一只手抓鸡翅膊，一只手捏鸡喉咙，鸡在毛弟刑罚下，叫也叫不出声了。

"不要捏死它，可以放得了！"

听妈的话开释了那鸡，但是用力向地上一掼，这花鸡，多灵便，在落地以前，还懂得怎样可以免得回头骨头疼，就展开翅子，半跌半飞落到毛弟的妈身背后。其他的鸡见到这恶霸已受过苦了，怕报仇，见到它来就又躲到一边瞧去了。

毛弟想跳下草积，娘见了，不准。

"慢慢下，慢慢下，你又不会飞，莫让那鸡见你跌伤脚来笑你吧。"

毛弟变方法，就势溜下来。

"你是不是见到你哥？"

"我告你不的。万万可是真见到。"

"怕莫是你哥见你来才躲藏！"

"不一定。我明天一早再去看，若是还在那里，想来就可找到了。"

毛弟的妈想到什么事，不再作声。毛弟见娘不说话，就又过去追那一只恶霸鸡。鸡怕毛弟已到极点，若是会说话，可以断定它愿意喊毛弟做祖宗。鸡这时又见毛弟追过来，尽力举翅飞，飞上大门楼屋了。毛弟无法对付了，就进身到灶房去。

毛弟的妈跟到后面来，笑笑的，走向烧火处。

这是毛弟家中一个顶有趣味的地方。一切按照习惯的铺排，都完全。这间屋，有灶，有桶，有大小缸子，及一切木陶器皿，为毛弟的妈将这些动用东西处理得井井有条，真有说不出的风味在。一个三眼灶位置在当中略偏左一点，一面靠着墙，墙边一个很大砖烟囱。灶旁边，放有两个大水缸、三个空木桶、一个碗柜、一个悬橱。墙壁上，就是那为历年烧柴烧草从灶口逸出的烟子熏得漆黑的墙上，悬挂各式各样的铁铲，以及木棒槌、木杈子。屋顶梁柱上，椽皮上，垂着十来条烟尘带子像死蛇。还有些木钩子——从梁上用葛藤捆好垂下的粗大木钩子，都上了年纪，已不露木纹，色全黑，已经分不出是茶树是柚子木了（这些钩子是专为冬天挂腊肉同干野猪肉山羊肉一类东西的，到如今，却只用来挂辣子篮了）。还有猪食桶，是在门外边，虽然不算灶房以内的陈设，可是常常总从那桶内发挥一些糟味儿到灶房来。还有天窗，在房屋顶上，大小同一个量谷斛一样，一到下午就有一方块太阳从那里进到灶房来，慢慢地移动，先是伏在一个木桶上，接着就过水缸上，接着就下地，一到冬天，还可以到灶口那烧火凳上停留一会儿。这地方，是毛弟的游艺室，又是各样的收藏库，一些权利，一些家产（毛弟个人的家产，如像蛐蛐罐、钓竿、陀螺之类）全都在此。又可以说这里原是毛弟一个工作室，凡是应得背了妈做的东西，拿到这来做，就不会挨骂。并且刀凿全在这里，要用烧红的火箸在玩具上烫一个眼也以此处为方便。到冬天，坐在灶边烧火烤脚另外吃烧栗子自然最便利，夏天则到那张老的大的矮脚烧火凳上睡觉又怎样凉快！还有，到灶上去捕灶马，或者看灶马散步——总之，灶房对于毛弟是太重要了。毛弟到外面放牛，倘若说那算受自然教育，则灶房于毛弟，便可以算是一个设备完整家庭教育的课室了。

我且说这时的毛弟。锅内原是蒸有一锅红薯，熟透了，毛弟进了灶房就到锅边去，甩起锅盖看。毛弟的妈正在灶腹内塞进一把草，用火箸一搅，草燃了，一些烟，不即打烟囱出去，便从灶口冒出来。

"娘，不用火，全好了。"

娘不作声。她知道锅内的薯不用加火，便已熟了的。她想别一事。在癫子失踪几日来，这老娘子为了癫子的平安，曾在傩神面前许了一匹猪，约在年底了愿心；又许土地夫妇一只鸡，如今是应当杀鸡供土地的时候了。

"娘，不要再热了，冷也成。"

毛弟还以为妈是恐怕薯冷要加火。

"毛毛你且把薯装到钵里去，让我热一锅开水。我们今天不吃饭。剩下现饭全已喂鸡了。我们就吃薯。吃了薯，水好了，我要杀一只鸡谢土地。"

"好，我先去捉鸡。"那花鸡，专横的样子，在毛弟眼前浮起来。毛弟听到娘说要杀一只鸡，想到一个处置那恶霸的方法了。

"不，你慢点。先把薯铲到钵里，等热水，水开了，再捉去，就杀那花鸡。"

妈也赞成处置那花鸡使毛弟高兴。真所谓"强梁者不得其死"。又应了"众人所指无病而死"那句话。花鸡遭殃是一定了。这时的花鸡，也许就在眼跳心惊吧。

妈吩咐，用铲将薯铲到钵里去。就那么办，毛弟便动手。薯这时已不很热了，一些汁已成糖，锅子上已起了一层糖锅巴。薯装满一钵，还有剩，剩下的，就把毛弟肚子装。娘笑了，要慢装一点，免吃急了不消化。

三

　　毛弟的妈就是我们常常夸奖那类可爱的乡下伯妈样子的，会用薤头做酸菜，会做豆腐乳，会做江米酒，会捏粑粑——此外还会做许多吃货，做得又干净，又好吃。天生着爱洁净的好习惯，使人见了不讨厌。身子不过高，瘦瘦的。脸是保有为干净空气同不饶人的日光所炙成的健康红色的。年四十五岁，照规矩，头上的发就有一些花的白的了。装束呢，按照湖南西部乡下小富农的主妇章法，头上不拘何时都搭一块花格子布帕。衣裳材料冬天是棉，夏天是山葛同苎麻，颜色冬天用蓝青，夏天则白的——这衣服，又全是家机织成，虽然粗，却结实。袖子平时是十九卷到肘以上，那一双能推磨的强健的手腕，便因了裸露在外同脸是一个颜色。是的，这老娘子生有一对能做工的手，手以外，还有一双翻山越岭的大脚，也是可贵的！人虽近中年，却无城里人的中年妇人的毛病，不病，不疼，身体纵有小小不适时，吃一点姜汤，内加上点胡椒末，加上点红糖，趁热吃下蒙头睡半天，也就全好了。腰是硬朗的，这从每天必到井坎去担水可以知道的。说话时，声音略急促，但这无妨于一个家长的尊严。脸庞上，就是我说的那红红的瘦瘦的脸庞上，虽不像那类在梨林场上一带开饭店的内掌柜那么永远有笑窝存在，不过不拘一个大人一个小孩见了这妇人，总都很满意。凡是天上的神给了中国南部接近苗乡一带乡下妇人的美德，毛弟的妈照例也得了全份。譬如像强健，耐劳，俭省治家，对外复大方，在这个人身上全可以发现。她说话的天才，也并不缺少。我说的"全份"，真是得了全份，是带有乡评意味的。

自从毛弟的爹因了某年的时疫，死到田里后，这妇人还只三十五岁，即便承担了命运为派定一个寡妇应有的担子。好好地埋葬了丈夫，到庙中念了一些经，从眼里流了一些泪，戴了三年孝，才把堂屋中丈夫的灵座用火焚化了。毛弟的爹死了后，做了一家之主的她，接手过来管理着一切：照料到田地，照料到儿子，照料到栏里的牛，照料到菜猪和生卵的一群鸡。许多事，比起她丈夫在生时节勤快得多了。对于自己几亩田，这老娘子都不把它放空，督着长工好好地耕种，天旱雨打不在意。期先预备着了款，按时缴纳衙门的粮赋。每月终，又照例到保董处去缴纳地方团防捐。春夏秋冬各以其时承受一点小忧愁，同时承受一些小欢喜，又随便在各样忧喜事上流一些眼泪。一年将告结束时，就请一个苗巫师来到家里，穿起绣花衣裳，打锣打鼓还愿为全家祝福。——就这样，到如今，快十年了，一切依然一样，而自己，也并不曾老许多。

十年来，一切事情是一样，这是说，毛弟的妈所有的工作，是一个样子，一点都不变。然而一切物，一切人，已全异——纵不全，变得不同的终究是太多了。毛弟便是变得顶不相同的一个人。当时毛弟做孝子那年，毛弟还只是两岁，戴纸冠就不知道戴的为哪一个人。到如今，加上是十年，已成半大孩子了。毛弟家癫子，当时亦只不过十二岁，并不痴，伶精的如同此时毛弟一模样，终日快快活活地放牛，耕田插秧晒谷子时候还能帮点忙，割穗时候能给长工送午饭。会用细篾织鸡罩；鸡罩织就又可拿了去到溪里捉鲫鱼。会制簟席，会削木陀螺，会唱歌，有时还会对娘发一点脾气，给娘一些不愉快（这最后一项本领，直到毛弟长大懂得同娘作闹以后才变好，但是同时也就变痴变呆了）。其他呢，毛弟家中栏内耕牛共换了三次，猪圈内，养了八次小菜猪，鸡下的蛋是简直无从计算数目，屋前屋后的树也都变大到一抱以外。倘若是毛弟的爹，是出远门一共出十年，如今归来看看家，一样都会不认识，只除了毛弟的娘，其他当真都会茫然！

至于癫子怎样忽然就癫了呢？

这事就很难说了。这是一桩大疑案，全大坳人不能知，伍娘也不知。伍娘就是毛弟妈在大坳村子里得来的尊称，全都这样喊她，老的是，少的是，伍娘正像全村子人的姑母呀。癫子癫，据巫师说，他是非常清楚的（且有法术可禳解）。为了得罪了霄神，当神撒过尿，骂过神的娘，神一发气人就癫了。但霄神在大坳地方，即以巫师平时的传说，也只能生人死人给人以祸福，使人癫，又像似乎非神本领办得到。且如巫师言，禳是禳解了，还是癫（以每年毛弟家中谷、米收成、人畜安宁为证据，神有灵，又像早已同毛弟家议了和），这显然知道癫子之所以癫，另有原因了。

在伍娘私自揣度下，则以为这只是命运，如同毛弟的爹必定死在田里一个样，原为命运注定的。使天要发气，把一个正派人家儿女作弄得成了癫子，过错不是毛弟的哥哥，也不是父亲，也不是祖先，全是命运。诚然的，命运这东西，有时作弄一个人，更残酷无情的把戏也会玩得出。凭空使你家中无风兴浪出一些怪事，这是可能的，常有的。一个忠厚老实人，一个纯粹乡下做田汉子，忽然碰官事，为官派人抓去，强说是与山上强盗有来往，要罚钱，要杀头，这比霄神来得还威风，还无端，大坳人却认这是命运。命运不太坏，出了钱，救了人，算罢了。否则更坏也只是命运，没办法。命里是癫子，神也难保佑，因此伍娘在积极方面，也不再设法，癫子要癫就任他去了。幸好癫子是文癫，他平白无故又不闹过人。乡下人不比城里人聪明，也不会想方设法来作弄癫子取乐，所以也见不出癫子是怎样不幸。

关于癫子性格，我想也有来说几句的必要。普通癫子是有文武之分的，如像做官一个样，也有文有武。杀人放火高声喝骂狂歌痛哭不顾一切者，这属于武癫，很可怕。至于文癫呢，老老实实一个人寂寞活下来，与一切隔绝，似乎感情关了门，自己有自己一块天地在，少同人说话。别人不欺凌他他是很少理别人，既不使人畏，也不搅扰过鸡犬。他又依然能够做他自己的事情，砍柴割草不偷懒，看牛时节也不会故意放牛吃别人的青麦苗。他的手，并不因癫把推磨本事就忘去；他的脚，春碓时力气也不弱于人。他比平常人要任性一点，要天真一点，（那是癫子的坏处？）他因了癫有一些乖僻，凭空多了些无端而来的哀乐，笑不以时候，哭也很随便。他凡事很大胆，不怕鬼，不怕猛兽。爱也爱得很奇怪，他爱花，爱月，爱唱歌，爱孤独向天。

大约一个人，有了上面的几项行为，就为世人目为癫子也是常有的事罢。实在说，一个人，就这样癫了，于社会既无损，于家中，也就不见多少害处的。如果世界上，全是一些这类人存在，也许地方还更清静点，是不一定的。有些癫，虽然属于文，不打人，不使人害怕，但终免不了使人讨嫌，"十个癫子九个脏"，这话很可靠。我们见到的癫子，头发照例是终年不剃，身上褴褛得不堪，虱婆一把一把抓，真叫人作呕。毛弟家癫子，可与这两样，是有例外脾气的。他是因了癫，反而一切更其讲究起来了。衣衫我们若不说它是不合，便应当说它是漂亮。他懂得爱美。布衣葛衣洗得一崭新。头发剃得光光同和尚一样。身边前襟上，挂了一个铜铗子（这是本乡团总保董以及做牛场经纪人的才有的装饰）。铗的用处是无事时对着一面小镜拔胡须。癫子口袋中，就有那么一面圆的小的背面有彩画的玻璃镜！癫子不吃烟，又没同人赌过钱，本来这在大坳人看来，也是以为除了不是癫子以外不应有的事。

这癫子，在先前，还不为毛弟的妈注意时，呆性发了失了一天踪。第二天归来，娘问他："昨天到什么地方去了？"

他却说："听人说棉寨桃花开得好，看了来！"

棉寨去大坳，是二十五里，来去要一天，为了看桃花，去看了，还宿了一晚才转来！先是不能相信。到后另一次，又去两整天，回头说是赶过尖岩的场了，因为那场上卖牛的人多，有许多牛很好看，故去了两天。大坳去尖岩，来去七十里，更远了。然而为了看牛就走那么远的路，呆气真够！娘不信，虽然看到癫子脚上的泥也还不肯信。到后来问到向尖岩赶场做生意的人，说是当真见到过癫子，娘才真信家中有了癫子了。从此以后因了走上二十里路去看别的乡村为土地生日唱的木人戏，竟一天两天的不归，成常事。

娘明白他脾气后，禁是不能禁，只好和和气气同他说，若要出门想到什么地方去玩时，总带一点钱，有了钱，可买各样的东西，想吃什么有什么，只要不受窘，就随他意到各处去也不用担心了。

大坳村子附近小村落，一共数去是在两百烟火以上的。管理地方一切的，天王菩萨居第一，霄神居第二，保董乡约以及土地菩萨居第三，场上经纪居第四：只是这些神同人，对于癫子可还没能行使其权威。癫子当到高的胖的保董面前时，亦同面对一株有刺的桐树一样，树那么高，或者一头牛，牛是那么大，只睁眼来欣赏，无恶意地笑，看够后就走开了。癫子上庙里去玩，奇怪大家拿了纸钱来到此烧，又不是字纸。还有煮熟了的鸡，撒了白的盐，热热的，正好吃，人都不吃，倒摆到这土偶前面让它冷，这又使癫子好笑。大坳的神大约也是因了在乡下长大，很朴实，没有城中的神那样的小气，因此才不见怪于癫子。不然，为了保持它尊严，也早应当显一点威灵于这癫子身上了。

大坳村子的小孩子呢，人人欢喜这癫子，因为从癫子处可以得到一些快乐的缘故。癫子平常本不大同人说话，同小孩在一块，马上他就有说有笑了。遇到村里唱戏时，癫子不厌其烦来为面前一些孩子解释戏中的故事。小孩子跟随癫子的，还可以学到许多俏皮的山歌，以及一些好手艺。癫子在村中，因此还有一个好名字，这名字为同村子大叔婶婶辈当到癫子来叫喊，就算大坳人的嘲谑了，名字乃是"代狗王"。代狗王，就是小孩子的王，这有什么坏？

四

大坳村子里的小孩子，从七岁到十二岁，数起来，总不止五十。这些猴儿小子在这一个时期内，是不是也有城市人所谓智慧教育不？有的。在场坪团防局内乡长办公地的体面下，就曾成立了一区初级小学。学校成立后学生也并不是无来源，如那村中执政的儿子、庙祝的儿子，以及中产阶级家中父老希望本宗出个圣贤的儿子，由一个当前清在城中取过一次案首民国以来又入过师范讲习所的老童生统率，终日在团防局对面那天王庙戏楼上读新国文课本，蛮热闹。但学生数目还不到儿童总数五分之一，并且有两个还只是六岁。余下的怎样？难道就是都像毛弟一样看牛以外就只蹲到灶旁用镰刀砍削木陀螺？在大坳学校以外还有教育的，倘若我们拿学校来比譬僧侣贵族教育，则另外还有所谓平民的武士教育在。没有固定的须乡中供养的教师，也不见固定的挂名的学生，只是在每一天下午吃了晚饭后，在去场头不远一个叫作猫猫山的地方，这里有那自然的学校，是这地方儿童施以特殊教育的地点。遇到天雨便是放学时。若天晴，大坳村里小孩子，就是我所举例说是从七到十二岁的小猴儿崽子，至少有三十个到来。还有更小的。还有更大的。又还有娘女们，抱了三岁以下的小东西来到这个地方的。那些持着用大羊奶子树做的烟杆由他孙崽子领道牵来的老人，那些曾当过兵颈项上挂有银链子还配着崭新黄色鹿皮抱肚的壮士，那些会唱山歌爱说笑话的孤身长年，那些懂得猜谜的精健老娘子，全都有。每一个人发言，每一个人动作，全场老少便都成了忠实的观众与热心的欣赏者。老者言语行为给小孩子以人生的经验，小孩子相打相扑给老年人以喜剧的趣味。这学校，究竟创始了许多年？没有人知道。不过很明白的是，如今已得靠小孩牵引来到这坪里的老头儿，当年做小孩时却曾在此玩大的，至少是，比天王庙小学生的年龄，总老过了十倍了。

　　每一天当太阳从寨西大土坡上落下后，这里就有人陆续前来了。住在大坳村子里的人，为了抱在手上的小孩嚷着要到猫猫山去看热闹，特意把一顿晚饭提早吃，也是常有的事情。保董有时宣布他政见，也总选这个处所。要探听本村消息，这里是个顶方便地方。找巫师还愿，尤其是除了到这里来找他那两个徒弟以外，让你打锣喊也白费神。另一个说法，这里是民众剧场，是地方参事厅，单说是学校，还不能把它的范围括尽！

　　到了这里有些什么样的玩意儿？多得很。感谢天，特为这村里留下一些老年人，由这些老年人口中，可以知道若干年前打长毛的故事。同辈硕果仅存是老年人的悲哀。因了这些故事的复述，眼看到这些孙曾后辈小小心中为给注入本村光荣的梦以后的惊讶，以及因此而来的人格的扩张，老年人当到此时节，也像即刻又成了壮年奋勇握刀横槊的英雄了。那些退伍的兵呢，他们能告给人以一些属于乡中人所知以外奇怪有趣的事迹，如像草烟作兴卖到一块钱一枚，且未吃以前是用玻璃纸包好。又能很大方地拿出一些银角子来作小孩子打架胜利的奖品。这小小白色圆东西，便是这本村壮士从湖北省或四川省归来带回的新闻。一个小孩子从这银角子上头就可以在脑子中描写一部英雄史。一个小孩子从这银角子上头也可以做着无涯境的梦。这小东西的休息处，是那伟大的人物胸前崭新的黄色麂皮抱兜中。当到一个小孩把同等身材孩子扑倒三次以上时，就成那胜利武士的奖品了。

遇到唱山歌时节，这里只有那少壮孤身长年的份。又要俏皮，又要逗小孩子笑，又同时能在无意中掠取当场老婆子的眼泪与青年少女的爱情的把戏，算是长年们最拿手的山歌。得小孩们山莓红薯一类供养最多的，是教山歌的师傅。把少女心中的爱情的火把燃起来，山歌是像引线灯芯一类东西（艺术的地位，在一个原始社会里，无形中已得到较高安置了）。这些长年们，同一只阳雀样子自由唱他编成的四句齐头歌，可以说是他在那里施展表现"博取同情的艺术"，以及教小男孩以将来对女子的"爱的技术"。

猜谜呢，那大多数是为小女孩预备的游戏。这是在训练那些小小头脑，以目中所习见的一切的物件用些韵语说出来，男小子是不大相宜于这事情的。

男小子是来此缠腰，打筋斗，做蛤蟆吃水，栽天树，做老虎伸腰，同到各对各的打平和架。选出了对子，在大坪坝内，当到公证人来比武，那是这里男小子的唯一的事业，从这训练中，养成了强悍的精神以外，还给了老年人以愉快。

如今是初夏，这晚会，自然比冷雨天气的春天要热闹许多！

这里毛弟家的癫子大哥是一个重要人物，那是不问可知的。癫子到这种场上，会用他的一串山歌制伏许多年轻人，博得大家的欢喜。他又在男孩比武上面立了许多条规则。当他为一个公证人时总能按到规则办，这尤显出他那首领的本事。他常常花费三天四天功夫用泥去抟一个张飞武松之类的英雄像，拿来给那以小敌大竟能出奇制胜的孩子。这一来，癞子在这一群人中间，"代狗王"是不做也不成了。把老人除开，看谁是这里孩子们的真真信服爱戴的领袖，只有癞子配！只要间上一天癞子不到猫猫山，大家便忽然会觉得冷淡起来了。癞子自己对于这地方，所感到的趣味当然也极深。

自从癞子失踪一连达五天以上，到最近，又明知道附近一二十里村集并无一处在唱木头傀儡戏，大家到此时，上年纪一点的人物便把这事长期来讨论，据公意，危险真是不可免的事了。倘若是，哪一个人能从别一地方证实癞子是已经死亡，则此后猫猫山的晚上集会真要不知怎样的寂寞！大家为了怀想这"代狗王"的下落，便把到普通集会程序全给混乱了。唱歌的缺少了声音，打架的失去了劲帮，癞子这样的一去无踪真是给了大坳儿童以莫大损失。

上两天，许多儿童因了癞子无消息，就不再去猫猫山，其中那个住在寨西小万万，就有份。昨天晚上却是万万同到毛弟两人都不曾在场，癞子消息就不曾露出，如今可为万万到猫猫山把这新闻传遍了。大家高兴是自然的事。大家断定不出一两天，癞子总就又会现身出来了。

当毛弟为他娘扯着鸡脚把那花鸡杀死后，一口气就跑到猫猫山去告众人喜信。

"毛弟哎，毛弟哎，你家癞子有人见到了！"

毛弟没有到，别人见到毛弟就是那么大声高兴嚷，万万却先毛弟到了场，众人不待毛弟告，已先得到信息了。

毛弟走到坪中去，一众小孩子就像一群蜂子围拢来。毛弟又把今天到峒中去的情形，告给大众听。大众手拉着手围到毛弟跳团团，互相纵声笑，庆祝大王的生存无恙。孩子们中有些欢喜得到坪里随意乱打滚，如同一匹才到郊野见了青草的小马。毛弟恐怕癫子会正当此时转家，就不贪玩先走了。

场里其他大小老少众人讨论了癫子一阵过后，大众便开始来玩着各样旧有的游戏，万万便把昨天上老虎峒听癫子躲在峒中所唱的歌复唱给大众听。照例是用拍掌报答这唱歌的人。一众全鼓掌，万万今天可就得到一些例外光荣了。

"万万我妹子，你是生得白又白。"

万万听到有人在谑他，忙回头，回头却不明话语的来源，又不好单提某人出面来算账，只作不曾听到这丑话，仍然唱他那新歌。

"万万，你看谁个生得黑点谁就是你哥！"

万万不再回头也就听出这是顶憨赖的傩巴声音了。故作还不注意的万万，并不停止他歌喉，一面唱，一面斜斜走过去，刚刚走到傩巴身边时，猛伸手来扳着傩巴的肩只一掼，闪不知脚还是那么一拐，傩巴就拉斜跌倒，大众哄然笑了起来。

傩巴爬起便扑到万万身上，想打个猛不知，但伶精便捷的万万只一让，加上是一掌，傩巴便又给人放倒到土坪上了。

傩巴可不爬起了，只在地下蓄力想乘势骤抱万万的脚杆。

"起来吧，起来吧，看这个！"一个退伍副爷大叔从他皮兜子内夹取一个银角子，高高举起给傩巴助威。傩巴像一匹狮子，一起身就缠着万万的腰身。

"黑小鬼，你跟老子远去罢。"万万身一摆，傩巴登不住，弹出几步以外又躺下了。

"爬起再来呀！看这里，是袁世凯呀！"袁世凯也罢，鲁智深也罢，今天的傩巴，成了被孙大圣痛殴的猪八戒，坐在地上只是哼，说是承认输。真是三百斤野猪，只是一张嘴，傩巴在万万面前除了嘴毒以外没有法宝可亮了。

大叔把那角子丢到半空去，又用手接住。"好兄弟，这应归万万——谁来同我们武士再比拼一番吧。"

"慢一点，我也有份的！"不知是谁在土堆上故意来捣乱，始终又不见人下。

"来就来，不然我可要去吃夜饭去了。"因此才知万万原是空肚子来专门告众人的癫子消息的。

"慢一点，不忙！"但是仍然不见下。

不久，一个经纪家的长年唱起橹歌来，天已全黑了。在一些星子拥护也已打斜的上弦月的夜景中，大家俨然如同坐在一只大麻阳乌篷船上顺水下流的欢乐，小孩子们帮同呓喝打号子，橹歌唱到洞庭湖时，钩子样的月已下沉了。

五

虽然说，癫子本身有了下落，证明了他是还好好地活在这世界上面。但是不是在明天后天就便可以如所预料地归来？这无从估定。因此这癫子，依旧远远地走去，是不是可能的？在这事上毛弟的娘也是依然全无把握的，土地得了一只鸡，也正如同供奉母鸡一只于本地乡约一个样：上年纪的神，并不与那上年纪的人能干多少，就是有力量，凡事也都不大肯负责来做的。天若欲把这癫子赶到另一个地方去，未必就能由这老头子行使权势为把这癫子赶回！

但是，癫子当真可就在这时节转到家中了。

癫子睡处是在大门楼上头，因为这里比起全家都清静，他欢喜。又不借用梯，又不借用凳，癫子上下全是倚赖门柱旁边那木钉。当他归来时，村子里没一人见，到了家以后，也不上灶房，也不到娘房里去望望，他只悄悄的，鬼灵精似的，不惊动一切，便就爬上自己门楼上头睡下了。

当到癫子爬那门柱时，毛弟同到他娘正在灶房煮那鸡。毛弟家那只横强恶霸花公鸡，如今已在锅子中央为那柴火煮出油来了。鸡是白水煮，锅上有个盖，水沸了，就只见从锅盖边，不断绝地出白气，一些香，在那热气蒸腾中，就随便发挥钻进毛弟鼻子孔。

毛弟的娘是坐在那烧火矮凳上，支颐思索一件事，打量到癫子躲藏峒中数日的缘故，面部同上身为那灶口火光映得通红。毛弟满灶房打转，灶头一盏清油灯，便把毛弟影子变成忽短忽长移到四面墙上去。

"娘，七顺带了我们的狗去到新场找癫子，要几时才回？"

娘不搭理。

"我想那东西，莫又到他老丈人那里去喝酒，醉倒了。"

娘仍不作声。

"娘，我想我们应当带一个信到新场去，不然癫子回来了以后，恐怕七顺还不知道，尽在新场到处托人白打听！"

娘屈指算各处赶场期，新场是初八，后天本村子里当有人过新场去卖麻，就说明天托万万家爹报七顺一个信也成。

毛弟没话可说了，就只守到锅边闻鸡的香味。毛弟对于锅中的鸡只放心不下，从落锅到此时掀开锅盖瞧看总不止五次。毛弟意思是非到鸡肉上桌他用手去攫取膊腿那时不算完成他的敌忾心！

"娘，掀开锅盖看看吧，恐怕汤快干了哩。"

是第七次的提议。明知道汤是刚加过不久，但毛弟愿意眼睛不映望到那仇敌受白水的熬煮。若是鸡这时还懂得痛苦，他会更满意！

娘说，不会的，水蛮多。但娘明白毛弟的心思，顺水划，就又在结尾说："你就揭开锅盖看看罢。"

这没毛鸡浸在锅内汤中受煎受熬的模样，毛弟看不厌。凡是恶人作恶多端以后会到地狱去，毛弟以为这鸡也正是下地狱的。

当到毛弟用两只手把那木锅盖举起时节，一股大气往上冲，锅盖边旁蒸起水汽像出汗的七顺的脸部一样，锅中鸡是好久好久才能见到的。浸了鸡身一半的白汤，还是沸腾着。那白花鸡平平趴伏到锅中，脚杆直杪杪的真像在泅水！

"娘，你瞧，这光棍直到身子煮烂还昂起个头！"毛弟随即借了铁铲作武器，去用力按那鸡的头。

"莫把它颈项摘断，要昂就让它昂罢。"

"我看不惯那样子。"

"看不惯，就盖上吧。"

听娘的吩咐，两手又把锅盖盖上了。但未盖以前，毛弟可先把鸡身弄成翻天睡，让火熬它的背同那骄傲的脑袋。

这边鸡煮熟时那边癫子已经打鼾了。

毛弟为娘提酒壶，打一个火把照路，娘一手拿装鸡的木盘，一手拿香纸，跟到火把走。当这娘儿两人到门外小山神土地庙去烧香纸，将出大门时，毛弟耳朵尖，听出门楼上头鼾声了。

"娘，癫子回来了！"

娘便把手中东西放去，走到门楼口去喊。

"癫子，癫子，是你不是?"

"是的。"等了一会又说，"娘，是我。"

声音略略有点哑，但这是癫子声音，一点不会错。

癫子听到娘叫唤以后，于是把一个头从楼口伸出。毛弟高高举起火把照癫子，癫子眼睛闭了又睁开，显然是初醒，给火眩曜着了。癫子见了娘还笑。

"娘，出门去有什么事。"

"有什么事？你瞧你这人，一去家就四五天，我哪里不托人找寻！你急坏我了……"

这妇人，一面絮絮叨叨用高兴口吻抱怨着癫子，一面望到癫子笑。

癫子是全变了。头发很乱，瘦了些。但此时的毛弟的娘可不注意到这些上面。

"你下来吃一点东西吧，我们先去为你谢土地，感谢这老伯伯为了寻你不知走了多少路！你不来，还得让我抱怨他不济事啦。"

毛弟同他娘在土地庙前烧完纸，作了三个揖，把酒奠了后，不问老年缺齿的土地公公嚼完不嚼完，拿了鸡就转家了。

娘听到楼上还有声息，知道癫子尚留在上面。"癫子，下来一会儿吧，我同你说话。这里有鸡同鸡汤，饿了可以泡一碗阴米。"

那个乱发蓬蓬的头又从楼上出现了，他说他并不曾饿。到这次，娘可注意到癫子那憔悴的脸了。

"你瞧你样子全都变了。我晌晚还听到毛说你是在老虎峒住的。他又听到西寨那万万告把他，还到峒里把你留下的水罐拿回。你要到那里去住，又不早告我一声，害得我着急，你瞧娘不也是瘦了许多么？"

娘用手摩自己的脸时，娘眼中的泪，有两点，沿到鼻沟流到手背了。

癫子见到娘样子，总是不作声。

"你要睡觉么？那就让你睡。你要不要一点水？要毛为你取两个地萝卜好吗？"

"都不要。"

"那就好好睡，不要尽胡思乱想。毛，我们进去吧。"

娘去了，癫子的蓬乱着发的头还在楼口边，娘嘱咐，莫要尽胡思乱想，这时的癫子，谁知道他想的是些什么事？但在癫子心中常常就是像他这时头发那么杂乱无章次，要好好地睡，办得到？然而像一匹各处逃奔长久失眠的狼样的毛弟家癫子大哥，终于不久就为疲倦攻击，仍然倒在自己铺上了。

第二天，天还刚亮不久娘就起来跑到楼下去探看癫子，听到上面鼾声还很大，就不惊动他，且不即放塒内的鸡，怕鸡在院子中打架，吵了这正做好梦的癫子。

这做娘的老早到各处去做她主妇的事务，一面想着癫子昨夜的脸相，为了一些忧喜情绪牵来扯去做事也不成，到最后，就不得不跑到酒坛子边喝一杯酒了。

六

显然是，癫子比起先前半月以来憔悴许多了。本来就是略带苍白痨病样的癫子的脸，如今毛弟的娘觉来是已更瘦更长了。

毛弟出去放早牛未回。毛弟的娘为把昨夜敬过土地菩萨煮熟的鸡切碎了，蒸在饭上给癫子做早饭菜。

到吃早饭时，娘看癫子不言不语的样子，心总是不安。饭吃了一碗。娘顺手方便，为癫子装第二碗，癫子把娘装就的饭赶了一半到饭箩里去。

娘奇诧了。在往日，这种现象是不会有的。

"怎么？是菜不好还是有病？"

"不。菜好吃。我多吃点菜。"

虽说是多吃一点菜，吃了两个鸡翅膊，同一个鸡肚，仍然不吃了。把箸放下后，癫子皱了眉，把视线聚集到娘所不明白的某一点上面。娘疑惑是癫子多少身上总有一点小毛病，不舒服，才为此异样沉闷。

"多吃一点呀。"娘像逼毛弟吃出汗药一样，又在碗中检出一片鸡胸脯肉掷到癫子的面前。

劝也不吃，终于把那鸡肉又掷回。

"你瞧你去了这几天，人可瘦多了。"

听娘说人瘦许多了，癫子才记起他那衣扣上面悬垂的铜铗，觉悟似的开始摸出那面小圆镜子夹扯嘴边的胡须，且对着镜子做惨笑。

娘见这样子，眼泪含到眶子里去吃那未下咽的半碗饭。娘竟不敢再细看癫子一眼，她知道，再看癫子或再说出一句话，自己就会忍不住要大哭了。

饭吃完了时，娘把碗筷收拾到灶房去洗，癫子跟到进灶房，看娘洗碗盏，旋就坐到那张烧火凳上去。

一旁用丝瓜瓤擦碗一旁眼泪汪汪的毛弟的娘，半天还没洗完一个碗。癫子只是对着他那一面小小镜子反复看，从镜子里似乎还能看见一些别的东西的样子。

"癫子，我问你——"娘的眼泪这时已经不能够再忍，终于扯了挽在肘上的宽大袖子在揩了。

癫子先是口中还在嘘嘘打着哨，见娘问他就把嘴闭上，鼓气让嘴成圆球。

"你这几天究竟到些什么地方去？告给你娘吧。"

"我到老虎峒。"

"老虎峒，我知道。难道只在峒内住这几天吗？"

"是的。"

"怎么你就这样瘦了？"

癫子可不再作声。

娘又说："是不是都不曾睡觉？"

"睡了的。"

睡了的，还这样消瘦，那只有病了。但当娘问他是不是身上有不舒服的地方时，这癫子又总说并不曾生什么病。毛弟的娘自觉自从毛弟的爹死以后，十年来，顶伤心的要算这个时候了。眼看到这癫子害相思病似的精神颓丧到不成样子，问他却又说不出怎样，最明显的是在这癫子的心中，此时又正汹涌着莫名其妙的波涛，世界上各样的神都无从求助。怎么办？这老娘子心想十年劳苦的担子，压到脊梁上头并不会把脊梁压弯，但关于癫子最近给她的忧愁，可真有点无从招架了。

一向癫子虽然癫，但在那混沌心中包含着的像是只有独得的快活，没有一点人世秋天模样的忧郁，毛弟的娘为这癫子的不幸，也就觉得很少。到这时，她不但看出她过去的许多的委屈，而且那未来，可怕的、绝望的、老来的生活，在这妇人脑中不断地开拓延展着。她似乎见到在她死去以后别人对癫子的虐待，逼癫子去吃死老鼠的情形。又似乎见癫子为人把他赶出这家中。又似乎见毛弟也因了癫子被人打。又似乎乡约因了知事老爷下乡的缘故，到猫猫山宣告，要把癫子关到一个地方去，免吓了亲兵。又似乎……

天气略变了，先是动了一阵风，屋前屋后的竹子，被风吹得像是一个人在用力摇。接到不久就落了小雨。冒雨走到门外土坳上去，喊了一阵毛弟回家的毛弟的娘，回身到了堂屋中，望着才从癫子身上脱下洗浣过的白小褂，悲戚地摇着头——就是那用花格子布包着的花白头发的头，叹着从不曾如此深沉叹过的气。

　　毛毛雨，陪到毛弟的娘而落的，娘是直到烧夜火时见到癫子有了笑容以后泪才止，雨因此也落了大半天。